novum pro

Andrea Arnold

Zehen.

Ein klitzekleines Vorwort X zum Buch X. Regenbogenfragment, Rosengarten und Allgemeinwohlwirtschaft.

novum pro

Bibliografische Information
der Deutschen Nationalbibliothek:

Die Deutsche Nationalbibliothek
verzeichnet diese Publikation in
der Deutschen Nationalbibliografie.
Detaillierte bibliografische Daten
sind im Internet über
http://www.d-nb.de abrufbar.

ISBN 978-3-95840-961-3
Lektorat: Heinz G. Herbst
Umschlagfotos: Maksim Marchanka,
Ratchadaphon Sriprapha, Rozi81,
Elena Schweitzer | Dreamstime.com
Umschlaggestaltung, Layout & Satz:
novum Verlag
Innenabbildung: Andrea Arnold

Gedruckt in der Europäischen Union
auf umweltfreundlichem, chlor- und
säurefrei gebleichtem Papier.

www.novumverlag.com

Heute, Montag, 13. August 2018

Grüß dich, liebe Leserin und lieber Leser,

herzlich willkommen bei meinen Gedanken und meinem Buch. Ich schrieb ja bisher eine Zahlenreihe von Büchern; von 1–9, die ich als Buchi bezeichne. Und nun folgt mein 10. Buch. Es gehört auch zu der „Buchi". Eigentlich wusste ich ja nicht, ob ich dieses Buch überhaupt schreiben werde und soll. Ich halte aber meine Reihe erst mit dem 10. Buch, und dann auch mit dem 11. Buch, für komplett. Diese Entscheidung entwickelte sich im Laufe der Zeit. Und Formfehler in der Rechtschreibung sind bei diesem Buch nicht beabsichtigt. Schließlich einigten sich die Menschen auf eine bestimmte Regelung, die jedem Wort ihre Bedeutung beimisst. Und jeden Menschen vertonen wir Menschen mit einem Wort. Und jeder Mensch hat einen Namen und es gibt ihn. Und Gott und Jesus und den Heiligen Geist benennen wir Menschen auch. Zurück zur Rechtschreibung von Wörtern. Passieren Rechtschreibfehler dennoch, sehe ich das wieder als Kunstform von mir an. Mir ist vorrangig der Inhalt und der positive Gesamtzusammenhang meines Buches wichtig. Klar ärgere ich mich auch, wenn ich Fehler im Detail machen würde. Ich wurde ja in der Schule auf die richtige Form getrimmt. Die Rechtschreibung, das richtige Schreiben von Worten, nahm einen breiten Platz im Schulunterricht ein. Die Worte sind total wichtig. Die Rechtschreibung und ist für mich auch eine Kunstform, auf die sich Menschen in einem Sprachgebiet einigten. Menschen bringen damit ihre Gedanken verständlich auf das Papier und auf den Laptop. Zuvor entwickelten sie eine gemeinsame Sprache mit Wörtern. Und es gibt auch eine kulturelle

Sprache. Auf die will ich jetzt nicht eingehen. Ich bleibe bei den Wörtern. An und für sich halte ich eine einheitliche Rechtschreibung auch für wichtig; dann können alle Menschen, jedes Wort, die Wörter klar und eindeutig verstehen. Auf diese Details der Rechtschreibung kommt es mir jedoch hier nicht an. Wichtig ist mir der Inhalt des Buches. Also wesentlich für mich sind die Kernaussage meiner Texte, meiner Gedankenzüge, meines Herzens. Und jedes Buch ist eine Kunstform, die versucht die Wirklichkeit einzufangen und zu beschildern. Und es gibt viele Bücher auf der Welt. Für mich ist das wichtigste Buch die Bibel. Und kluge Menschen leiteten Lehrbücher davon ab. Und es gibt die verschiedensten Bildungsinhalte in diesen Büchern. Und diese Bücher sollen ein gutes Leben beschreiben. Und mir fehlen manche Lehrinhalte. Und ich fordere die Bibel in meinen Büchern als weiterführende Literatur. Und ich fordere in meinen Büchern immer wieder andere Kerngedanken, andere Kernfächer; die eine intakte Umwelt und das gute soziale Leben mehr einbeziehen. Das ist jetzt am Rande erwähnt. Und in meinen Büchern stelle ich heraus, dass Gott das Wesen ist, das die Welt im Innersten zusammenhält. Er ist Anfang für alles. Im Anfang ist das Wort. Und Gott ist das Wort. Das 10. Buch, oder X. Buch ist ein klitzekleiner Beitrag dazu. Ein Beitrag und ein Vorwort. Zu was denn genau ist denn dieses Buch noch ein Beitrag? Zu was ist es denn ein Beitrag und ein Vorwort? Das ist auch ein Teil des Rätsels von meiner Buchi. Meine Buchi ist ein Rätsel. Ein Rätsel, eine Art Geheimnis, wie es viele gibt. Und da ich keine Geheimnisse mag, lüfte ich es. Lege alles offen. Ich will alles klar und eindeutig. Und nun denke ich mir, dass das Buch eine Art Vorschlag sein könnte, wie eine Geschichte und ein Wirtschaftssystem positiv aussehen sollten und könnten; wie es schön wäre. Wieder so eine Idee. Hoffentlich keine Litze, sondern ein positiver Beitrag. Hoffentlich ein Geistesblitz. Hoffentlich das Wirken eines guten Geistes. Und ich denke, dass gute Worte Anleitung für das gute Tun sind. Gute Worte sind gute Anleitung. Darum gibt es die Bibel und das sagte uns auch Jesus. Und Jesus ist das Tun. Und „Gott“ ist das wichtigste Wort überhaupt. Jeder Buchstabe und jeder Ton ist mit keiner Goldwaage aufzuwiegen. Gold ist für ihn belanglos. Er schuf das Ganze und das Leben. Und seine Energie ist unbegreifbar für uns Menschen. Gott ist in seinem vollen Umfang nicht fassbar. Als Mängelwesen, jedoch als sein Ebenbild machte er uns Menschen. Die Bibel berichtet davon, dass wir Gottes Ebenbild sind. Das wir ein Mängelwesen sind, definiere ich so. Auch manche andere Biologen, Verhaltensforscher oder EntwicklungsforscherInnen. Gott wird ein Rätsel bleiben und nur teilweise von mir entschlüsselt werden können. Und ich vermute, dass es andere Menschen umfangreicher, jedoch auch nie komplett erklären können. – Und ich schreibe das, was mir gefällt. Schlicht und einfach. Eindeutig und klar. Und dafür schreibe ich ein klitzekleines Vorwort: ein kleiner, hoffentlich stümperhafter Beitrag zu wichtigen Gedanken, die ich gar nicht alleine bewerkstelligen kann, zu denken. Und wo viele Menschen mitdenken müssen. Menschen, mit hoffentlich vielen großartigen Einfällen und Ideen und Willen. Viel mehr noch, als ich es in der Lage bin. Ich versuche in diesem Vorwort, es bleibt nur ein Vorwort, eine Geschichte zu verfassen und eine Gedankenkette für sinnvolles Wirtschaften und für Allgemeinwohlwirtschaft anzuregen. Ich muss nochmal betonen: es ist ein klitzekleines Vorwort. –Und dieses Vorwort bedeutet etwas. Dieses Vorwort bezeichne ich zunächst als x. Es ist ein kleiner Buchstabe. Es ist eine Unbekannte, wie auch viele andere Unbekannte auch. In der Mathematik ist x eine Unbekannte und muss dann errechnet werden. Irgendwie mystisch und ersetzbar. Es ist ein Symbol. Ich weiß noch nicht genau, für was. Vielleicht steht x für mal; oder X für Mal; also Malnehmen. Etwas vervielfachen und damit vermehren. Um dieses Vielfache wieder gerecht aufzuteilen, gibt es einen Doppelpunkt. Also ein „:“. Für was könnte denn dieses „X“ noch stehen? Ich knobel selber. Vielleicht für das große x. Also X; weil das X in der lateinischen Sprache auch für 10 steht. Weil es mein 10. Buch ist, nehme ich ein großes X. Also X. – Und das X steht in der christlichen Symbolik für Jesus. Das X steht für Jesus. Für was das X steht? Ich habe eine Ahnung. Es trägt dazu bei, dass ein bestimmter Punkt errechnet werden kann. Und an diesen Punkt will ich mich annähern. Ähnlich wie in der Mathematik. Mir ist statt „Rechnen" das Wort „Einkreisen" und „Umzingeln" lieber; also umschreiben. Eine Annäherung von allen Seiten. Ähnlich wie ein Stein, der ins Wasser plumpst und Kreise zieht; jedoch mache ich das nun umgekehrt. Das ist Phantasie. Denn in der Realität kann nur ein Stein ins Wasser plumsen und dann Kreise ziehen; Kreisentstehung von Außen nach Innen, als Annäherung an einen Punkt ist nicht möglich; es kann keine Umkehrung stattfinden. Es geht einfach nicht. Es gibt nur eine Bewegung: von Innen nach Außen im Wasser; Kreise, die sich von der Mitte nach Außen bewegen. Nur von der Mitte aus können im ruhigen Wasser kleine Wellen entstehen. Die Entstehung von Wellen im Meer ist eine andere Geschichte. Die Wellen bei Flüssen ist auch eine eigene Entstehungsgeschichte. Und in einem ruhigen Gewässer entstehen bei einem Steinwurf wunderschöne Kreise. Das Wasser bewegt sich dann in kleinen Wellen gleichmäßig nach Außen. Es entstehen runde Kreise. Vollkommene Kreise. Phänomenal. Ich könnte da stundenlang sitzen und diese Kreisbewegungen anschauen; immer wieder muss ich einen Stein werfen. In der Mathematik sind ja Umkehrungen möglich; in der Wirklichkeit der Wasserkreisentstehung nicht. Kreise im Wasser können nur durch einen Punkt entstehen; dieser Punkt kann auch ein Putzermockel, ein Ästchen oder ein Erdklumpen sein. Oder es ist der Aufprall von Regentropfen, die kleine Kreise ziehen. Und dieses X ist nun genau von mir bestimmt. Und nun könnte ich, wenn ich talentierter wäre, eine komplexe Gleichung aufstellen. Und Jesus bezeichnete sich ja als Mitte, die er sein kann. Das setzten die Leute um und bauten ihre Kirchen in Bayern immer Mitten ins Dorf. Und eventuell noch auf den höchsten Punkt im Dorf. Als Zufluchtsort und damit zu zeigen, dass Gott groß ist und das alles Überragende. In Veitsaurach ist das so. Die Kirche ist die Vituskirche. Und der Ort ist auch am Wasser, dem Flüsschen Aurach gebaut. Im Nachbarort Berthelsdorf ist die Kirche auch am höchsten Punkt. Der Ort liegt auch an der Aurach. Und wahrscheinlich ist der Heilige Berthold auch der Namensgeber der Kirche. In Barthelmesauchrach, der übernächste Ort, ist es ähnlich. Die Kirche ist dem Heiligen Bartholomäus geweiht. Und in meinem Dorf liegt die Kapelle auch auf einem kleinen Berg; von Straßen umrundet. Im Altar der Kapelle hängt Jesus am Kreuz. Jesus ist der Mittelpunkt der Kapelle. Ich finde es faszinierend, wie meine und unsere Vorfahren ihr Leben nach der Bibel und damit an Gottes Wort ausrichteten. So wie sie die Bibel verstanden, setzten sie sie baulich um. Und es ist toll, wie weit die Architektur entwickelt war und die Leute so tüchtig waren und das bauen konnten. Mit viel Fleiß und Schaffenskraft. Jedoch auch Schweiß, Blut und Tränen. Allein die Statik ist eine gedankliche Meisterleistung. Und auch, dass die Kirchen so lange halten. Mittlerweile gibt es auch Studiengänge, die sich mit der Architektur befassen. Ich habe vor diesen Meisterleistungen, der Handwerkskunst und dem Können voll Respekt. Und auch heute werden Gotteshäuser neu errichtet und sind die Kirchen unsere Gebetsstätten. Sind die Kirchen der Versammlungsort für gute Gemeinschaft in Gottes Sinne. Sie sind der Andachtsraum zum Denken, Beten, Hören auf Gottes Wort, Singen und Jubeln. Sie sind der Treffpunkt für Menschen. Darum faszinieren mich alle Kirchen. Wegen der Gläubigkeit und dem Beten in der Kirche. Wegen den guten Gedanken, die diese Gebäude ausdrücken und schaffen. Und in Bayern stehen überall Kirchen und Kapellen. Ich finde diese christliche Spiritualität so toll. Dieses Verbunden sein mit Gott. Und wir sagen zur Begrüßung auch: „Grüß Gott“. Oder das Wort: „Gott-sei-Dank“ oder „Vergelt's Gott“ mit „Segens Gott“ gibt es. Und wenn wir uns plagen oder Leid erfahren, sagen wir: „Was für ein Kreuz.“ „A Kreiz und Leid.“ Es gibt noch viele andere Begriffe, die aus dem christlichen Glauben kommen. Damit möchte ich mich im Moment nicht befassen. Und in den Häusern gab es früher den Herrgottswinkel in jeder Stube; und jetzt hängen in meinem Haus auch Kreuze und eine Ikone. Gebetswürfel, Gebetsbücher und Gebetshefte und die Bibel sind griffbereit. Auch ein Weihwasserkessel und Kerzenständer und andere Devotionalien sind da. Und ich möchte nochmal erwähnen, dass Gott eigentlich in unserem Herzen wohnen will; das Herz soll Jesus gehören. Und darum ist jeder Mensch unheimlich wichtig. Und Jesus hat einen Namen. Nämlich Jesus. Und ich habe auch einen Namen. Und du auch. Und ich bin darum wichtig. Gott hat mich beim Namen gerufen. Er ruft dich beim Namen; wenn du ihn hörst. Ich fasse mich kurz und bündig und gehe auf keinen mathematischen Weg ein; das ist mir nun wirklich zu kompliziert. Ich schlage nun einen poetischen Weg ein. Versuche Komplexes in Lyrik zu fassen. Das Komplexe ist das Leben; in Worten ausgestaltet. Es kann nur ein Spiegel, einer hoffentlich guten Wirklichkeit, sein.

Und weil ich von Geheimniskrämerei nichts halte und ich die Lösung jetzt weiß, sie entstand in meinem Kopf, sage ich sie vorweg: Das Buch entspringt meiner Denke. Das Buch ist meine Idee von Leben und mein Versuch, den Willen Gottes zu finden. Die Geschichte dieses Buches basiert auf einen Satz von Jesus, den ich sehr wichtig halte. Die Geschichte, meine autobiografische Geschichte, orientiert sich an meinem Leben. Mein Leben ist bestimmt von den Gedanken Jesus und seinen Leben. Und ich möchte, dass mich der Heilige Geist leitet. Nur Gott gibt Macht und Herrlichkeit. Gott ist die Macht und die Herrlichkeit. Die Entstehung dieses Buches ist ein Gedankenprozess; ähnlich einer mathematischen Rechnung mit: 1. Verhalten von Menschen, 2. Frage, 3. Rechenweg zur Lösung und 4. Antwort für gutes, sinnvolles Tun. Also: X steht für Jesus. Und X steht für die Zahl 10. Damit sind die Aussagen in diesem Buch schon klar und eindeutig definiert. Das erste X des Titels steht für die Zahl 10 und das zweite X des Titels steht für Jesus und die Bibel. Und weil jeder und jede Jesus sein könnte, könnten die X auch vertauscht werden. So gedanklich möglich. Ich traue mich diese konkrete Anmaßung jedoch nicht zu; so setze ich das X in der genannten Reihenfolge. Ich schreibe für ein Leben in Fülle. Für ein erfülltes Leben. Fülle ist ein Schlagwort. Ein gutes gefülltes Leben. Fülle. Leben. Leben in Fülle.

Zurück zu meinem Buchtitel: Es heißt Zehen. Eigentlich wollte ich zuerst das Wort „Zeh'n" nehmen. Verwendete es dann aber doch nicht. Zeh'n ist zweideutig. Es steht für die Zahl 10, die ja eine vollkommene Zahl ist, weil ich z.B. 10 Zehen habe und 10 Finger. Und sie steht für meine Zehen. Diese sind für mich sehr wichtig, weil sie intakt sein müssen, damit ich gut laufen kann. Ich habe einen Hallux-valgus und stopfe am linken Fuß, jeden Abend, zwei Silikonspreizer, zwischen den großen Zeh und dem 2. Zeh und dem 2. Und 3. Zeh, hinein. Damit werden die Zehen richtig gestellt und ich kann am nächsten Tag schmerzfrei laufen. Das funktioniert mit ein paar Zehenübungen jeden Abend bisher ganz gut. Zusätzlich besorgte ich mir noch Schuhe, die mindestens eine Nummer größer sind, als sie eigentlich berechnet werden. Also diese neu errechnete Schuhgröße ist für mich die richtige. Diese Berechnung nahm ich selber vor. Und ich bin so happy, dass ich darauf gekommen bin und das herausgefunden habe. Ich erforschte mich da selber. Und so entwickelte ich meine individuelle Schuhgröße. Und ich bin auch froh, dass andere Menschen so tolle Schuhe produzieren und produzieren können. Die Entwicklung des Schuhs ist eine jahrtausendalte Geschichte. Das wäre für mich auch mal spannend, das nachzulesen. Eine so alte Handwerkskunst, die mich staunen lässt. Da haben sich viele Menschen dazu Gedanken gemacht und Techniken und Materialien dazu entwickelt. Ein Handwerk, welches die Hände filigran zum Einsatz bringt und ganz viel Geschick erfordert. Ein Schuh von Menschen für Menschen angefertigt. Ein gut sitzender Schuh ist Gold wert; schließlich unterstützt er mich in meinem Leben. Schmerzfrei zu laufen ist für mich ein wichtiges Ziel. So zu laufen, dass ich meine Füße gar nicht merke. Das gibt mir ein Gefühl von Leichtfüßigkeit und Lebensfreude. Meine Finger sind mir auch wichtig. Sie gehören zu meinem Leben. Sie sind bedeutsam, wegen dem schnellen Tippen über die Tastatur. Und für meine Arbeit am Kiosk. Und für die Hausarbeit und die Massage bei meinen Kindern. Und für all die anderen Sachen, die ich in meinem Leben tue. Auch das Blättern in Zeitschriften kann ich nur mit den Fingern. Das blättern in guten Büchern, als Handlungsanweisungen und Vorbild, auch. Und weil ich viel stehe und laufe, und gerne auf den Füßen bin, sind meine Zehen sehr wichtig. Darum nehme ich das Wort „Zehen“. Zehen, die zu meinem Körper gehören und auch gesund sein sollen. Zehen, mit denen ich fest auf der Erde stehe. Zehen, die zu meinen Füßen gehören, die mich tragen. Zehen, die ein Teil meiner Füße sind, mit denen ich durch das Leben tanze.

Und überhaupt will ich einigermaßen gesund sein, um mein Leben zu gestalten. Von Anforderungen des Lebens an mich will ich gar nicht reden. Ich möchte immer noch, nach Gott, Schöpferin meines eigenen Lebens sein. Die Ansprüche sind meine eigenen an mich. Fremde Forderungen kann ich abwiegeln. Allerdings nicht alle. Krankheiten und anderes Ungemach überschatten auch mich; und meine Gesundheit liegt letztendlich in Gottes Hand. Dennoch ist mir ganz wichtig, Gottes Willen zu finden.

Weil ich meinen Kindern auch ab und zu die Welt zeigen möchte, fahren wir ab und zu weiter weg. Nach jahrelangen Bayrischen-Wald-Urlauben folgte nun ein Urlaub in einem europäischen Land. Vor Kurzem war ich mit drei Kindern in Bibione in Italien. Ich mag dieses Land: die emotionale Sprache. Die Italiener tragen ihr Herz auf der Zunge. Meine Kenntnisse beschränken sich bisher auf den VHS-Kurs und kurzen Gesprächen mit Italienern. Ich mag die Landschaft Italiens, die Flora und Fauna, die Städte und die Architektur, das Meer und Venedig. Venedig schauten wir an. Ein Traum von einer Stadt. Schade ist, dass der Meeresspiegel steigt; aufgrund der bisher nicht gestoppten Erderwärmung und der Stadt in 100 Jahren der Niedergang bevorstehen könnte. Es müsste nicht soweit kommen, denke ich mir. Wir könnten uns als Menschen auch andere Sachen prophezeien. Uns um die zentralen Fragen, wie den Klimawandelstopp, kümmern. Während wir dort waren, gefiel es den Kindern, zu schwimmen – und vor allen Dingen, was mir den letzten Nerv raubte, mit dem Handy (von mir als Meerschweinchen bezeichnet) zu kommunizieren.

Nun zurück zum Ungemach. Wir stellten am Abend vor der Abreise fest, dass mein großer Sohn und ich Madenwürmer hatten. Ich hatte zusätzlich noch Fadenwürmer. Meine ausgeschiedenen Tiere zappelten nicht mehr. Das beunruhigte mich am meisten. Wir informierten uns am Handy über die Suchmaschinen über diese Parasiten. Vielleicht hatten wir das schon seit Wochen und stellten es nicht fest. Was das bedeutet, spürten mein Sohn und ich am eigenen Leib. Ich hatte ziemlich viel Durchfall; lag zusätzlich noch mit Schmerzen in der Herzgegend im Bett; konnte mich kaum rühren vor Schmerzen. Nach einem halben Tag ging es mir wieder besser. Daheim gingen wir zu einem Vertretungsarzt. Er verschrieb ein Wurmmittel auf Rezept. Ich finde es gut, dass ein Arzt es verordnen kann und mir helfen kann. Den Zwillingen wollte der Arzt wegen mangelnden Nachweises gar nichts verschreiben. Da müsste eine Tesaprobe gemacht werden. Und dann unter dem Objekt untersucht werden. Da wir alle in einem tollen Hotel schliefen und die Badetücher und Handtücher wild tauschten, nahm ich an, dass die Kleinen auch Würmer hatten. Oh je. Wegen dem BWL-Diktats wollte der Vertretungsarzt uns erst zum Abwarten auf tatsächliche Würmer bei den Kleinen abwimmeln. Da im Internet steht, dass die ganze Familie bei einem Madenwurmbefall behandelt werden muss, bestand ich auf ein Rezept. Mich nervt diese BWL und dass Medikamente reglementiert werden. Bei einer einheitlichen Bezahlung von Medizinern und einfachem Bezahlen von Notwendigem von der Krankenkasse, die dann auch eine Einheitskasse für alle Menschen wäre, wäre so was nicht notwendig gewesen. Ich finde dieses System schäbig. Mich nervt das ohne Ende. Und vor allen Dingen, werden die Führungskräfte der Krankenkasse bestimmt gut bezahlt. Bei uns scheinen diese Führungskräfte den Rotstift ansetzen zu wollen. Ich setze in meinen Roman allen Ungerechtigkeiten den Rotstift an. Den Rotstift setze ich ein, wenn Menschenrechte nicht eingehalten werden.

Ich möchte diesen Roman teilweise autobiografisch schreiben. Zuviel von meiner Familie soll ich, nach deren Wünschen, nicht erzählen. Die Kinder möchten sich wenig in meinen Büchern wiederfinden. Diesen Wunsch kann ich ja beherzigen. Und das Thema meine Bücher sind für die Kinder gerade ein rotes Tuch. Weil sie diese Themen über Religion und Heimat nicht so intensiv in der Schule hören, meinen sie, dass meine Themen nicht wichtig sind. Manchmal meinen sie sogar, dass ich nicht bestimmen darf, welche Themen wir bereden. Und ich sage dann, dass mir meine Themen auch sehr wichtig sind und ich sie deswegen auf den Tisch bringe. Es gibt eine Vielfalt an Themen, die wichtig ist. Kriterium eines Themas ist für mich, dass diese Themen gut sind. Gut so, wie ich das verstehe. Und in dem Sinne gut, wie ich das von der Bibel herleiten kann. Und so wie es eine Vielfalt an Meinungen gibt, gibt es auch eine Vielfalt an Glauben. Ich halte mich da an Jesus. Und Jesus will ja Eintracht und Frieden; also eine Einigung bei den entscheidenden Fragen dieser Welt. Und darum ist es mir so wichtig, dass sie auch meine Themen zulassen. Ich lasse ihre ja auch zu. Mir ist wichtig, dass wir alle bei den Themen mitbestimmen dürfen. Jeder darf Bestimmer oder Bestimmerin sein. Alle sollen ein gleiches Mitspracherecht haben. Alle dürfen gleichberechtigt mitreden. Und es soll das Interesse von jedem vertreten sein. Ich möchte, dass wir uns beachten und an alle denken. Mir sind alle Themen wichtig. Darum möchte ich auch alle Themen auf den Tisch bringen und sie zulassen. Manche Themen will ich nicht dauernd durchkauen. Es ist zu anstrengend. Weil ich jedoch immer wieder meine, Kritikpunkte beheben zu müssen und Korrektur machen zu müssen, werden manche Themen öfter durchgekaut. Bis das Thema von allen gegessen wurde. Das heißt, eine Einigung wurde erzielt und dementsprechend handeln wir. Und dann haben die Kinder diesen Punkt verstanden und es geht weiter mit anderen Themen. Es gibt ja so viele Themen auf der Welt. Wichtig ist mir Heimat- und Religionskunde. Damit die Kinder ihre Wurzeln verstehen und Flügel bekommen. Und die Basis des Lebens von meinen Kindern muss und will ich immer wieder wiederholen. Darum sind auch die Rituale in der Kirche so wichtig. Sie geben auch Entspannung und Struktur und Sicherheit, Geborgenheit im Glauben. Ich weiß allerdings auch, dass Wiederholungen, so wie manchmal bei meinen Kindern, auch ermüdend sein können. Wiederholungen können anstrengend sein. ---Weil dieser Roman autobiografisch ist, ist auch das Cover weiß. Als Coverbild überlegte ich mir zwei Füße, die auf dem Boden stehen mit Socken. Das Bild soll zwei verschiedene, selbstgestrickte Socken mit freien Zehen zeigen. Die eine Socke ist mit dünner, kunterbunter Wolle gestrickt. Diese Farben sind die des Regenbogens. Die rechte Socke ist auch eine Zehensocke und ist mit dünner, dunkelblauer Wolle gestrickt. In der Wolle sind silberne Glitzerknöllchen eingenäht. Es schaut aus, als wäre die Socke das Firmament, der Sternenhimmel. Auf der Regenbogensocke ist ein Kreis mit Holzperlen gestickt. Darin zwei einzelne Perlen und zehn Perlen, die als Halbkreis angeordnet sind. Es schaut aus, wie ein Smiley. Diese Holzperlen sollen die Lebendigkeit auf der Erde symbolisieren. Holz ist ja was lebendiges. Holz ist von einem Baum, der wächst. Leider sind bei uns schon viele Kiefern kaputt oder sind gerade am Sterben. Das Wort „viel" will ich nicht genau definieren; für mich ist es schon eine Katastrophe, wenn ein Baum kaputt wird. Und ich hoffe, dass das Baumsterben jetzt gestoppt ist. Ich will nur noch gesundes Wachstum von Pflanzen. Ich möchte lebendige Bäume. Dieses Baumsterben fiel mir schon vor ein paar Jahren auf. Manchen Menschen fällt es immer noch nicht auf. Es ist jedoch so auffällig, dass es von allen Menschen bemerkt werden kann. Mit einem offenen Blick in die Natur, kannst du die Natur erkennen. Du musst dir allerdings Zeit für die Natur nehmen. Bewusst und mit offenem Blick durch die Landschaft gehen. Jeden Baum im Wald und jede Pflanze genau anschauen. Dann auch das Gesamte genießen. Oder gleich die Pflanzen und die Erde anfassen und begreifen. Das Anfassen hat viel mit Verstehen zu tun. Auch bei den Kindern. Alles sollte angefasst und berührt werden, um damit in Kontakt zu treten. Anfassen ist die Verbindung zu allem. Anfassen ist sehr, sehr wichtig, um Zusammenhänge zu verstehen. Anfassen ist wichtig, um den Bezug zu einem Menschen, Lebewesen oder einer Sache zu erhalten. Anfassen heißt, mit den Händen was zu begreifen. Etwas zu verstehen. Anfassen heißt, in Verbindung zu einem Menschen oder der Natur zu treten. Das Fassen mit den Händen, also mit den 10 Fingern, halte ich sehr wichtig. Auch kann ich mit den Füßen und mit den 10 Zehen den Boden erfassen. Im Kontakt mit der Erde sein. Und wenn ich diese Gedankenkette weiterspinne, lebe ich letztendlich auf der Erde. Diese sprachliche Steigerung und Ausschmückung spare ich mir nun im Detail; ich brachte es gleich auf den Punkt. Einkreisen und Umschreiben mag ich nicht so. Ich will es immer punktgenau. Und das Schreiben ist nur eine Methode um das Wesentliche einigermaßen zu erfassen. Eigentlich kann ich nur als Ganzes was begreifen; ich kann als Mensch begreifen und leben. Und von dem was ich begreife und verstehe, zeugt mein Leben und so gestalte ich mein Leben. Mein Leben ist Ausdruck des Verstehens von Gott und der Welt; meiner Sicht der Welt. Meine Einordung und dann Gestaltung der Welt. Die Natur ist für mich der schönste Ort der Welt. Hier bin ich in der Welt. Hier bin ich mit Gottes Schöpfung verbunden. Hier ist meine Wirklichkeit. Hier ist die Realität. Hier ist das eigentliche Leben. Hier ist Leben. Ich brauche es nur wahrnehmen und genießen. Die Natur ist der perfekte Ausdruck unseres Schöpfers. Sie ist vollkommen. Du kannst in Beziehung zu der Natur treten. Auch die Schule könnte uns mehr mit der Natur in Kontakt bringen. Sie kann den Kontakt zur Natur schaffen. Praktische Fächer in Gartenbau und Naturerkundungen wären wichtig. Und ich selber bin auch angehalten, meine Kinder mehr in diese Richtung zu fördern. Ich will sie noch mehr in die Gartenbewirtschaftung als gemeinsames Tun einbeziehen. Auch in den Medien wird vom Baumleiden berichtet. Vor Kurzem hörte ich im Radio, dass dieser Sommer der heißeste und regenärmste Sommer in Bayern seit 100 Jahren ist. Das ist wirklich eine Herausforderung und Forderung, dagegen was zu unternehmen. Und dieser Forderung wollte ich eigentlich nicht begegnen. Mein ganzes Leben richte ich eigentlich danach aus, so wenig Aufwand wie möglich zu haben. Ich möchte viel Zeit für mich, meine Familie und zum Entspannen. Einfach zum Löcher in die Luft starren. Ich schaue gerne in den Himmel und betrachte die ziehenden Wolken. Ich schaue gerne in die Ferne. Ich befasse mich dabei auch mit der Frage, wer ich bin und was ich tun soll. Und diese Aufgabe, der „Naturreparatur“, passt mir gar nicht. Dieses Wort soll sagen, dass sich die Natur regenerieren soll und auf einen intakten Zustand zurückkommen soll; es klingt wie „Schuhreparatur." Im übertragenen Sinne ist es das auch. Dafür entwickelten kluge Menschen auch den Begriff vom „Ökologischen Schuhabdruck." Und diesen Fußabdruck kann ich auch für mich berechnen. Mit diesem Thema befasste ich mich in einem der anderen Bücher von mir. Ich setze eine intakte Natur und ein ehrliches, gemeinschaftliches Leben voraus. Ich erwarte ein einfaches, unkompliziertes und entspanntes Leben. Ich möchte ein klares und einfaches Leben. Und nun ist ein Problem zu lösen. Probleme sind immer zum lösen da. Wie gesagt: mir ist Problemvermeidung, an und für sich, lieber. Zurück zum Klimawandel: Ich denke, dass viele von der Klimaveränderung wissen, aber nicht wirklich damit rechneten. Und ich versuche nun damit zu rechnen und viele Aspekte mit einzukreisen. Und zwar in die Richtung, dass die Menschenrechte, Erhalt der Temperaturen und eine saubere Umwelt eingehalten wird. Ich finde es ein Menschenrecht, lebenswerte und intakte Natur vorzufinden. Ich brauche so was, für ein glückliches Leben. Und mein Leben.

Ich bin nun beim Cover. Beide Socken zeigen offene Zehen. Und die Zehen stehen auf der Erde. Ich bin ja lebendig. Ich habe Füße, die mich, statistisch gesehen, im Laufe meines Lebens einmal um die ganze Erde tragen. Die Basis für mein gesamtes Fuß-Knochengerüst sind 26 Knochen und 33 Gelenke. Dazu ein komplexes Paket mit Sehnen, über 100 Bändern und Muskeln. Weil ich einen Hallux-valgus habe, spreize ich oft Silikonpaketchen zwischen die Zehen. Ich erwähnte es ja schon. Und da ist es praktisch, wenn die Zehen offen sind. Außerdem mache ich die verschiedensten Übungen am Tag, um meine Füße fit und belastbar zu halten. Ich hebe Taschentücher und Stifte mit den Zehen vom Boden auf. Pro Fuß mindestens 5mal. Das lockert die Zehen und hebt das Fußgewölbe. Ich massiere die Zehen; das macht mich munter und die Reflexzonen werden animiert. Ich habe leider diese beschriebenen Socken noch nicht. Wenn ich die Zeit und Ruhe und Muße dafür habe, werde ich mir solche offenen Socken stricken. Zumindest kann ich sie auf dem Cover platzieren. Ich stelle mich mit diesen Socken auf den Boden. Das finde ich ein schönes Bild. Und was es genau für ein Bild auf dem Cover wird, entscheide ich spontan. Es sind ja viele Varianten von Socken mit den verschiedensten Motiven möglich. Für die Nacht brauche ich natürlich geschlossene Socken; damit es mich nicht friert. Die Bildentstehung eines Covers ist auch ein eigener kreativer Prozess. Bilder können nur versuchen, die Wirklichkeit einzufangen. Sie sind ein Weg, die Wirklichkeit zu zeigen. Und überhaupt: der Mensch und sein gutes Leben ist das Wichtigste. Dann kommen erst die Wege, um die Wirklichkeit Gottes darzustellen. Über diese Wege kann dann geredet werden. Der beste Weg kann gesucht und gefunden werden. Das Buch ist eine Geschichte, um Gottes Schöpfung ins richtige Licht zu bringen. Der 1. Rang ist Gott; sein Ebenbild der Mensch und die Erde. Und dem sind dann alle Versuche untergeordnet, Gottes perfekte Schöpfung zu zeigen. Das ist die Aufgabe unseres Tuns und auch von der Kunst. Gottes Lichtgestalt zu zeigen; ihm zu verherrlichen. Darum haben wir z. B. auch die Kirchen. Sie sind auch Kunst. Und mit den Gotteshäusern gelingt es den Menschen wunderbar, Gottes Herrlichkeit und Macht zu zeigen. Und auch mit sämtlichen „Erfindungen" der christlichen Kirchen zeigen die Menschen Gottes Gegenwart. In Bayern ist der Glaube, die christliche Tradition sehr tief verwurzelt und wird lebendig gelebt. In Bayern ist Gottes Wort das Zentrum des Lebens und des Tuns. Der Glaube an Jesus war das Fundament aller Entwicklungen. Und der Mangel an Glaube an Jesus, oder der Mangel an Glaube an das Gute, war der Grund für Fehlentwicklungen. Jesus kann dir Frieden bringen. Jesus will bei jedem Menschen sein. Und das jeder Mensch von Jesus weiß, ist so wichtig. Sehr wichtig. Auch Wissen von Jesus Botschaft, ohne tieferen Glauben, kann sehr existenziell wichtig sein. Und es gibt die verschiedensten Formen von Spiritualität. Mir erscheint der Glaube an Jesus am logischten. Seine Sicht der Welt ist für mich perfekt. Und darum ist er für mich der Gottessohn. Und lange Zeit wusste ich gar nicht so viel von anderen Glaubensrichtungen. Und das war unheimlich entspannend. Ich kannte nur die katholische Sicht. Und im Nachhinein denke ich immer noch, dass ich zwar wenig wusste, aber für mich das Richtige. Je mehr ich weiß, desto mehr denke ich, dass ich schon immer auf den richtigen Weg geführt wurde. Und darum denke ich, dass ich in der für mich richtigen Kirche bin. Und meine Vorfahren dachten sich viel, dass sie diesen Glauben annahmen, lebten und weiterentwickelten. Und ich lebe ja auch mein Verstehen so, wie ich es für richtig halte. Gott gibt mir da freie Hand. Er bietet mir an, seinen Willen zu suchen und zu finden. Mehr Freiheit gibt es nicht. Das ist die absolute Freiheit. Zu überlegen, wie ich was richtig mache und es dann mache. Ich denke, das Gefühl auf dem richtigen Weg zu sein, möchte jeder Mensch haben. Das Gefühl, das Richtige zu tun. Und ich denke, dass jeder Mensch spirituell ausgerichtet ist. Gott gibt uns seinen göttlichen Funken mit. Wir sind seine Kinder. In der Bibel wird das genau erklärt. Und der göttliche Funke ist jetzt ein Phantasiewort von mir. In der Bibel ist dieses Wort so nicht zu finden. Da wird Gott als Schöpfer und wir als seine Geschöpfe bezeichnet. Gott ist der Vater der seine Kinder liebt. Jesus ist der Heiland und Retter dieser Welt. Er ist das Lamm Gottes. Und so weiter und so fort.

Vor mir liegt eine GOLD-SCHATZ-Karte. Die Oberseite des Bildes beschrieb ich bereits im 9. Buch. Der Mensch ist der Schatz auf der Karte. Jeder Mensch ist der eigentliche Goldschatz. Ich bin ein Goldschatz. Ich bin die Fülle und damit Alles. Die Karte zeigt eine tanzende Frau am Meer mit einem aufgespannten Regenschirm in der Hand. Auf der Karte steht in dezentem Grau geschrieben: „Regentanz". Ich würde ja so gerne im Regen tanzen. Es soll nach der FLZ, also Fränkischen Landeszeitung, heute Nachmittag regnen. Dann würde ich tanzen. Außerdem würde ich gerne regelmäßig zum Tanzen gehen; es ist jedoch kein Tanzpartner, mit dem ich Lust hätte, zu tanzen, in Sicht. Ich bin nach wie vor Single und finde diesen Status zum Kotzen. Männern geht es jedoch genauso. In der Fernsehzeitung lese ich, dass morgen, 14. August um 22.15 Uhr eine Sendung im ZDF kommt, die sich dieses Themas annimmt. In der TV-Today heißt es: „37 Grad". Wenn ich diese Zahl lese, denke ich, dass es meine Körpertemperatur ist. Es ist aber auch die Temperatur, die in letzter Zeit hier oft herrschte und mich körperlich manchmal ganz schlapp machte. Also ich fahre mit dem Text der Fernsehzeitschrift fort: „37 Grad – Sag mir, wo die Frauen sind. Gesellschaft." „„Das Leben ohne Frau ist sinnlos"", sagt Uwe aus Leuna. Doch eine Partnerin zu finden, ist schwierig für ihn und viele andere ostdeutsche Männer. In manchen ländlichen Regionen der Ex-DDR liegt der Männerüberschuss bei zwanzig Prozent ... Eine Reportage über die Liebeskrise der Ost-Singles." Ich habe auch eine Krise. Es funkte einfach noch nicht zweiseitig mit einem Mann. Ich wurde glücklicherweise am Kiosk schön öfter von netten Männern angemacht. Leider sprühten nie die Funken, was ich auch sehr schade finde. Und es wollen mich auch nicht viele Männer über Online-Portale kennenlernen. Das frustet mich schon sehr. Das finde ich den Hammer. Und das führe ich auf den mangelnden Christlichen Sozialismus zurück. Mit Sozialismus meine ich einen richtigen Sozialismus und keine Sozialismusdiktatur, die wir schon in der DDR als Unrechtsstaat hatten. Ich meine mit Sozialismus einen christlichen Sozialismus, der sich an den Menschenrechten und damit Jesus orientiert. Darüber schrieb ich ja schon. Oder die Männer suchen eine Nanny, und mit Kindern ist meine Zeit auch an meine Familie gebunden. Meine Aufmerksamkeit und Zeit binden viele Menschen. Ich habe da auch eine Lebenskrise. Eine gewaltige. Und ich bin über das mangelnde Interesse von Männern an mir schon sauer. Vor allem ist das Wirtschaftssystem hausgemacht. Und viele glauben noch an die Mär von Reich und Arm. Ich nicht. Alle Menschen sind Kinder Gottes und auch materiell gleich. Vor allen Dingen ärgert mich, dass diese hoch verdienenden Entscheidungsträger uns diesen Klimawandel und diesen Kapitalismus mit eingebrockt haben. Befehle gaben, die andere gedankenlos ausführten. Das ist auch auf ein schlechtes Bildungssystem zurückzuführen. Und diese Bildung und Erziehung geben wir uns auch wieder selber. Erkenntnisse und Wissen, die wir weiterreichen. Wir sind uns Lehrer und SchülerInnen gleichzeitig. Und das zunächst ganz ohne geldlichen Vorteil. Zunächst ganz spielerisch; so wie das Leben ist. Das Leben ist ein Spiel. Und dieses Wissen ist um Wohl und auch Fluch für die Menschheit. Bis jetzt wird ja jedes Wissen hochverehrt; und die viel haben, honorieren sich das ja selber sehr hochpreislich. Und die anderen Blöden lassen es zu. Ich lasse das nicht mehr zu. Sowas geht nicht. Es ist sogar so, dass die, die viel Geld haben, meist der Menschheit einen Scheiß bringen. Ich bin da bedient. Danke. Vielen Dank. Das meine ich jetzt ausnahmsweise sehr ironisch. Weil eigentlich mag ich Ironie nicht. Aber manchmal kann ich mir das nicht verkneifen. Ich schrieb ja schon, dass ich ein bedingungsloses Grundeinkommen will und gleiches Einkommen für alle. Und ich will ein Bildungssystem, was sich am Menschen und seinen Wohlergehen orientiert. Und schaue ich mir das Wetter an, ist auch nur noch das gerechtfertigt. Es gibt genug Hitzeelend auf dieser Welt. Und es gibt viele andere, noch nicht reparierte, Umweltschäden. Und es gibt viel Waffen und anderen Unfug. Ich mag diesen Unfug nicht mehr. Ich mag nur noch Sinnhaftigkeiten.

Heute steht auf der ersten Seite der FLZ: „Horrende Schäden. Dürre kostet die Bauern bereits über eine Milliarde“. Auf das wirkliche Ausmaß wird leider nicht verwiesen: Es geht darum, dass weniger Lebensmittel auf den Feldern wuchsen. Es geht darum, dass Menschen zu essen haben. Dass alle Menschen gut versorgt sind. Aus Getreide entsteht Brot. Brot ist Lebenskraft. Brot ist das Sinnbild für Leben. Brot ist Leben. Ich habe schon auf die Bedeutung eines eigenen Gartens hingewiesen: Als sinnvolle Beschäftigung zum sinnlosen Reisen und als Versorgung zum Überleben. Garten als Rückbindung zur Natur, zur Verwurzelung des Menschen, Finden seiner Mitte, Bodenständigkeit, Erzeugen von Mittel zum Leben, sinnvolle Betätigung, als Entlastung der bäuerlichen Landwirtschaft, als Zusatzversorgung mit Lebensmitteln und Sonstiges. Außerdem sehe ich nicht ein, weswegen wir Obst aus Südafrika essen und andererseits Afrikaner wegen Hunger flüchten und zu uns kommen. Ich bin für saisonales, regionales und biologisches Essen. Und weswegen biologische Landwirtschaft, jetzt zum 100. Mal, so wichtig ist, kann auch im Internet nachgelesen werden. Da können die hoch-verdienenden Menschen der Chemieindustrie und sonstigen unethischen Industrien, schreiben, was sie wollen. Es ist ja eine Frechheit, was die sich an Lobbyisten leisten können und rein ihre materiellen Interessen zum Schaden der Menschheit durchsetzen. Gedankenlos und dem Kapitalismus ergeben. Ich habe kein Verständnis mehr für Dinge, die allein der Religion Kapitalismus und der Geldgier geschuldet sind. Ich habe kein Verstehen für einen menschenverachtenden Kapitalismus. Ich habe kein Verstehen für den Mörder Kapitalismus. Mir reicht's.

Es ist gerade 12.05 Uhr auf meiner Wohnzimmeruhr. Und der Himmel ist wolkenlos zu betrachten. Auch seelisch bin ich am Ende und verzweifelt. Und eigentlich will ich nur Gutes schreiben weil ich es ja erleben will. Ich möchte nur Gutes erleben. Es soll ja alles gut werden. Es soll alles gut sein.

Zurück zur Holzkette. Ich verwies ja schon mal darauf, dass jeder Gedanke mit Haupt- und Nebenwirkung betrachtet werden soll. Jeder Gedanke soll eine Kette sein. Ein Kreislauf, der sich bei logischem Denken wieder schließt. Darum auch die Holzperlenkette auf der Socke. Ich mache mal eine logische Gedankenkette. Ich sehe in einer Wirtschaft ein Steak auf einem Teller. Lecker angerichtet mit Salat und anderen Beilagen. In der Karte lese ich, dass es ein argentinisches Steak ist. Ich mache mir so meine Gedanken. Das Steak kam wahrscheinlich mit dem Schiff oder mit dem Flugzeug in einem Kühlschrank an. Am Hafen oder am Flughafen. In Gedanken fliege oder schiffe ich nun nach Argentinien zurück. Ich fahre in Gedanken zu dem Schlachthof, wo es geschlachtet wurde. Da ist ja das Tier noch lebendig. Also fahre ich mit dem Viehtransporter (ich sehe da einen Haufen beteiligter Menschen) zu dem Bauernhof. Es ist kein kleiner Bauernhof, sondern eine riesige Ranch mit weiten Prärien. Die Tiere fressen das Gras dort und werden sogar noch mit Sojafutter gefüttert. Könnte so sein. Weiß ich nicht. Auf jeden Fall wird für diesen Sojaanbau Regenwald gerodet. Mir ist nun beim Anblick dieses Steaks ganz schlecht. Den Leuten bisher nicht. Ein Mann stopft das Steak in sich hinein. Jetzt sehe ich die Nachspeise von diesem Mann. Es ist ein Cocktail. Wahrscheinlich der super klingende Name: „Sex on the Beach“. Laut der Karte eine Kreation von

Kokosmilch, Zitronensaft, Kiwisaft und Ananasssaft. Ach ja, ich weiß: Sex ist Leuten wichtig. Darum wird dieser Cocktail auch so angepriesen. Verkauft sich so leichter. Weil: Bisher wird ja nicht auf den Inhalt, die Qualität, geschaut, sondern auf den Namen, die Form und Verpackung. Also auf das Äußere. Und hier assoziiert der Name „Sex" ein positives Gefühl oder Geborgenheit. Keine Ahnung, was ein Mensch damit verbindet. Ich verbinde Positives und Berührung damit; und auch meine Familie. Und Strand ist ja der Inbegriff für Erholung und Wasser und Wärme. Und manches, was am Strand passiert, könnte auch daheim passieren. Und der Strand könnte auch der Strand am Brombachsee in meiner Heimat sein. Ich bilde nun eine Gedankenkette mit der Kiwi. Sie könnte sogar von Neuseeland hergeflogen sein. Sie hat also schon eine Weltreise mit einem 20-stündigem Flug hinter sich. Das Kerosin für das Fliegen fliegt jetzt auch in der Luft und zerstört jetzt die Erdatmosphäre. Sie wurde eventuell mit viel Gift produziert. Mich nervt das. Es ist auch ein ungeheurer Energieaufwand, sie soweit zu transportieren. Auch wenn die Flieger umweltfreundlich wären. Es ist ein Mehraufwand, der mir zu viel ist und den ich auch nicht als sinnvoll achte. Ich empfehle nun eine einheimische, biologisch produzierte Frucht aufzunehmen. Wenn ich so weiterdenke, gibt es vielleicht bald Kiwiplantagen bei uns. Kiwis wachsen ja schon vereinzelt bei manchem Hobbygärtner. Ich wünsche mir jedoch keine Plantagen, sondern viele Hobbygärtnerinnen und Gärtner. Dann hat jeder seine eigenen Kiwis. – Beim anderen Tischnachbarn dampft gerade das Schäufele. Ein Berg Fleisch. In dieser Menge nicht mal gesund zum Essen. Ich denke an die gesunde Öko-Sau beim Biobauern, dass sie auf Stroh aufwächst. Und dann an einen Schweinemastbetrieb in Holland, der seine Scheiße nach Deutschland fährt, weil sie in Holland den Mist wegen des Grundwassers gar nicht mehr ausbringen dürfen. Und an die Arznei, die diese zusammengepferchten Tiere erhalten; und an die Spaltböden, mag ich gar nicht mehr denken. Ich schaue in die Speisekarte. Es ist noch nicht biologisch und regional selbstverständlich. Also ist es eine saumäßige Schweinhaltung unter saumäßig schlechten Bedingungen. Und dann denke ich daran, dass ich eigentlich, wegen meinem Übergewicht, sowieso weniger essen sollte. Und dann denke ich mir, vegetarisches Essen macht mich auch satt und es ernährt mich. Weniger Fleisch tut es auch. Und wenn ich schon Fleisch essen sollte, dann aus einheimischer, biologischer Haltung. Da kann ich dann auch mal in den Stall des Bauern schauen und mir selber ein Bild vom Tierleben machen. Und da bin ich dann in Verbindung mit der Landwirtschaft und meinem Umfeld. Ich bin dann selber auch ganz verwurzelt mit der Heimat und den Menschen. Und auf diese Verwurzelung mit dem Lebensstandort kommt es mir an. Denn wenn ich wo verwurzelt bin, kümmere ich mich um die Natur und den Menschen. Ich lebe dann in einer wirklichen Heimat. Ich bin dann ganz bei mir. Und um meine Umgebung dreht sich dann alles. Wie schön würde dann die Erde ausschauen. Die Natur wäre beschützt und das Wohlergehen der Menschen auch. Dieses Wohlergehen wünsche ich mir. Mir reichen meine Gedankenketten und Kreisläufe. Das meine ich, einen Gedanken von Anfang bis zum Ende zu denken.

Und nun zum Sternenfunkeln. Vor ein paar Tagen stand in der FLZ von Laura Feuerlein ein interessanter Artikel. (Das Datum weiß ich leider nicht mehr, riss ich ab): „Hunderte Sternschnuppen regnen herab. In der Nacht von Sonntag auf Montag erreichen die Perseiden ihren Höhepunkt. Gut zwei Wochen nach der totalen Mondfinsternis lässt sich ein weiteres spektakuläres Naturereignis am nächtlichen Himmel beobachten: die Perseiden. Hunderte Sternschnuppen werden an diesem Wochenende vom Himmel fallen.“ Und weiter geht's mit: „Jedes Jahr lässt sich das Naturspektakel im Zeitraum von 17. Juli bis 24. August beobachten. In der Nacht von Sonntag auf Montag können Beobachter, sofern die Wetterbedingungen gut sind, bis zu 100 Sternschnuppen pro Stunde sehen. Um Verwirrungen bei Begriffen zu vermeiden: Meteoriten nennt man Gesteinskörnchen, die eine Umlaufbahn um die Sonne haben. Treten diese in die Erdatmosphäre ein und verglühen, so nennt man diese Meteore oder auch Sternschnuppen. Erst wenn Gesteinsbrocken auf der Erde auftreffen, wird von einem Meteorit gesprochen.“ Ich saß an diesem Abend vor dem Haus. Ich sah drei Sternschnuppen am sternenblauen Himmel. Jede Sternschnuppe bringt angeblich Glück, und ich durfte mir was wünschen. Meine Wünsche verrate ich jetzt nicht direkt, aber indirekt kannst du sie dir ja ableiten von meinem Text. Und dieses Funkeln am Himmel beeindruckte mich. Und ich dachte mir, dass ich dieses Funkeln und Funken auch auf der Erde haben will. Zusammen mit dem Regenbogen, der ja so viel Gutes symbolisiert. Und jede gute Tat kann so ein Funkeln sein. Und jede Aktion kann aufgeschrieben werden. Und jedes wirtschaftliche Handeln kann ein Glück sein und in Büchern sinnvoll niedergelegt werden. Und diese Bücher sind vielleicht auch eine Anleitung zum Tun. Also ein klitzekleines Lehrbuch.

Heute habe ich einen zynischen Tag. Ich hoffe, es ist mein letzter. Ich will positiv sein können. Ich möchte gute Gedanken hegen. Ich will Gutes erfahren und denken. Und ich will auch sagen, dass ich keinen Absolutheitsanspruch habe. Es gibt sicher noch bessere Ideen als meine. Sie müssen nur überlegt werden von interessierten Menschen. Meine Gedankenkette ist eine Idee. Eine von vielleicht vielen anderen sinnvollen Ideen. Es geht um unser Leben; um mein Leben in Fülle. Um dein erfülltes Leben. Um ein Leben aller Menschen in Fülle. Um eine gute Menschheitsgeschichte.

Außerdem las ich gestern noch ein „Julia-Extra-Heftchen“, einen Liebesroman. In meiner Jugend verschlang ich diese Bücher. Also in der 10. Klasse. Ich konnte damals bei den Sexszenen noch gar nicht mitreden, weil ich ja noch keine Erfahrung hatte. Es war jedoch aufregend, diese Texte zu lesen. In der 12. Klasse schrieb ich dann meine Facharbeit über Trivialliteratur. Und nun verkaufe ich, unter anderem, diese Heftchen, in dem Kiosk, in dem ich arbeite. Und ich lese die Heftchen immer noch gerne, wenn sie, das ist die Ausnahme, nicht die Stereotypen von Arm und Reich bedienen und damit zementieren und verfestigen. Ich frage mich immer, wie wohl diese Heftchen in einem perfekten Kommunismus geschrieben wären. In einer Gesellschaft, in der die Menschen materiell gleich sind. Das Geld wäre wirklich das Liebesband, weil es hat ja jeder gleich viel; und es gibt wirkliche, geldbefreite Liebe. Vielleicht schreib ich da auch noch mal eine Liebesgeschichte. Eine Liebe in einem perfekten System; weil Menschen es sich perfekt machen wollen und als Kinder Gottes Leben wollen. Meine Kollegin sagte mir, je freizügiger beim Anziehen die Paare auf dem Cover dargestellt werden, umso schärfer ist der Inhalt. Wenn bei mir sexuell Flaute ist, habe ich Nichts gegen einen scharfen, verbalen Inhalt. Den Rest stellt sich meine Fantasie schon noch vor. Oder auch nicht. Gestern Abend stellte sich keine Fantasie ein, weil ich vor Erschöpfung einschlief. – Vormittags packte ich nämlich mit meinen Zwillingen die Koffer für das Zeltlager, zu dem ich sie dann nachmittags hinfuhr. Tapfheim. Ein toller Ort in einer tollen Gegend. Ich hatte bei der Heimfahrt nur noch 8,5 km in einem Ort nach Wemding, wo ich als Kind mit meinen Eltern oft einen Gottesdienst besuchte. Es ist ein Marienwallfahrtsort. Wir bekamen als Kinder sogar eine Goldkette mit einem Bild von der Gottesmutter Maria. Meine Schwester und ich trugen die Gottesmutter gerne. Das in meinem katholischen Glauben die Gottesmutter so wichtig ist, kapierte ich erst jetzt. Wir glauben an Gott und Jesus. Jesus ist ein Mann. Und verehren Maria, eine Frau. Das ist schon toll. Unser Gott lebte als Mensch und machte alle Entwicklungen eines Menschen durch. Ob Jesus wohl auch mit Würmern kämpfte? Ich weiß, solche Fragen stellt man an den Gottessohn nicht. Aber Würmer gibt es ja schon immer; und bis nach dem 2. Weltkrieg machten die Menschen regelmäßig Wurmkuren. Ich weiß auch, dass ich solche Fragen erst nach meinem irdischen Tod beantwortet kriege. So was Kleinkariertes interessiert mich dann wahrscheinlich nicht mehr.

Bei „Vivat!“, einem christlichen Buchverlag, steht für heute, als Impuls für den Tag, folgendes in der E-Mail an mich:

„Aus der Lesung: ‚Wie der Anblick des Regenbogens, der sich an einem Regentag in den Wolken zeigt, so war der helle Schein ringsum. So etwa sah die Herrlichkeit des Herrn aus.‘ Ez 1,28a“

Und als Gebet steht Folgendes in der E-Mail: „ Sieh uns freundlich an, Herr, sei so mit uns, wie du den Menschen damals begegnet bist, heile uns." Ich schnaufe tief durch. Heilung. Das ist gut. Heilung für alles. Vor allem auch für die Würmer. Ich kann dieses lästige Thema einfach nicht vergessen. Und der Hausarzt meinte, dass die Würmer eventuell auch das Immunsystem stärken könnten. Was soll ich dazu sagen? Sind die Würmer nun gut oder schlecht? Ich möchte sie auf jeden Fall nicht haben, weil ich sie dann doch nicht gut finde. Dass ich sie hatte, kann ich positiv sehen. Bei mir sollen sie nicht mehr wohnen. Und ich will auch keine mehr. Ich denke mein Immunsystem baut sich auch ohne Würmer auf.

Mein jüngster Sohn fragte mich vor Kurzem, er ist Linkshänder, warum die Eltern und Lehrer die linkshändigen Kinder umerzogen. Sie mussten früher alle mit Rechts schreiben. Ich sagte, dass 50 % aller Regeln sinnlos und unsinnig sind; die Menschen aber erst später daraufkommen. Und bei dieser Regel zum zwanghaften Rechtsschreiben trifft dies auch zu. Und nun sind die Menschen schlauer. Und keine Mutter käme auf die Idee, einen Linksschreiber verändern zu wollen. Andere Regeln sollten schnellstens geändert werden. So wie die Betriebswirtschaftslehre. Das schreibe ich dann noch später.

Nun möchte ich kurz die Geschichte von Sahra weiter erfinden. Sahra war ja die Hauptperson in einigen Romanen von mir. Ich erschuf sie. Eine Phantasiefigur. Ich stattete Sahra größtenteils mit Gedankengängen von mir aus. Das was sie tut, könnte ich auch tun. Theoretisch. Sie hat einen Charakter, der mir gefällt. Ich schrieb ihr gute Eigenschaften zu und ein größtenteils erfülltes Leben. Sahra lebt in meinen Büchern. Für sie soll es ja auch das 10. Buch geben mit einem Happy-End und der Vollendung und Erfüllung, wie es sie sich vorstellt. So ähnlich wie bei einem Romanheftchen: Verliebt sein; Kuss- und damit Partnerschaft und letztendlich sexuelle Verschmelzung. Hingabe nicht nur an die Religion, sondern teilweise auch an den Lebenspartner und eventuell dann auch noch an die Kinder. Und nun denke ich mir in Grundzügen diese Geschichte von Sahra aus. Weil ich hier keinen anderen Roman reinpacken will, werde ich die Geschichte nur skizzieren. Ich werde nun nur den Inhalt grob darstellen. Daraus kann ich bei Gelegenheit mein 11. Buch machen. Oder ich mache ein noch wichtigeres Thema zu meinem 11. Buch. Das Wort Elf stammt, laut Wikipedia, vom althochdeutschen Wort „einlif" ab. Gebildet aus den Wurzeln ein (eins) und lif (übrig) (vgl.englisch „left"). Es bedeutet also ungefähr „Rest eins". Es beschreibt den Rest, der bleibt, wenn man mit elf (den Fingern) zehn abgezählt hat. Und wenn ich Zeit und Muße habe, kann ich das Buch „Elf" schreiben und somit meine Buchi fortsetzen. Allerdings meine ich im Moment, dass ich mit dem Buch 10 mal stoppen sollte. Weil 10 ja eine vollkommene Zahl ist. Und weil ich eigentlich ziemlich schreibmüde bin. Und eigentlich bin ich vom Schreiben meiner Inhalte auch ganz k.o. Ich bin von meinen Inhalten auch ganz arg, oder soll ich sagen schön? gerädert. Und einfach geschlagen. Und mit dem 10. Buch leiste ich einen Beitrag zu manchen Problemlösungen. Vor allen Dingen von meinen Problemen. Möchte es aber nicht als non-plus-Ultra ansehen. Es gibt bestimmt noch viele andere gute, oder sogar bessere, Ideen. Und es mag sein, dass manche Leute andere Problemlösungen hätten und auch andere Problemlösungen für ganz andere Schwierigkeiten haben. Zumindest versuche ich für mich einen Gesamtzusammenhang herzustellen und mir einen Überblick über meine Gedankenwelt zu verschaffen. Und mein Leben zu ordnen, zu sortieren, zu ändern und zu verbessern. Ich versuche für mich, gedanklich die richtige Richtung einzuschlagen. Darum stelle ich mich in den Kontext meiner Betrachtungen. Darum kreiere ich meinen Gedankenkosmos. Gute Gedanken sind sehr wichtig. Darum beziehe ich mich auf Jesus und die Bibel. Jesus meinte ja, er ist der Weg, die Wahrheit und das Leben. Das kann ich nicht oft genug sagen. Ich wiederhole es immer wieder. Das ist ein zentraler Satz von Jesus. Er ist in den Evangelien nachzulesen. Gott und Jesus und die Weisheit bleiben mit der Bibel in ewiger Erinnerung. Es ist ein so wertvolles Buch. Das Wichtigste überhaupt. Darum nannten es gescheite, helle Leute auch: „Das Buch". Und tatsächlich schrieb ich im Anschluss an dieses Buch das 11. Buch.

Die Zahl 10 gibt es auch im Christentum. Schon im Alten Testament gibt es die 10 Gebote. Drei Gebote beziehen sich auf das Verhalten des Menschen zu Gott, und sieben Gebote beziehen sich auf das Verhalten der Menschen untereinander. Die Zahl 10 hat auch sehr viel Zahlensymbolik. Sie setzt sich aus der Zahl 1 und 0 zusammen. Was auch sehr spannend ist.

Morgen will ich mich weiter mit Sahra befassen. Sie soll ja was Positives erleben und erfahren. Ich betitle ihre Geschichte mit: „Der Rosengarten". Es geht im folgenden Text nun nur um die Inhaltsangabe von Sahras Leben; so, wie ich mir das gerade ausdenke. Ich male mir ihr Leben aus. Dabei werde ich auch öfter rot. Das ist immer so, wenn ich manchmal was über Intimes schreibe. Und ich schlage manchmal schon auch die Hände über den Kopf und vor dem Gesicht zusammen. Wirklich. Eigentlich sind Liebesromane doch nicht so mein Schreibthema. Meine Kinder würden mich fragen, ob es mir peinlich ist. Ja. Es ist sogar mir peinlich, obwohl ich ja schon so viel schrieb über Sex. Zu sehr ins Detail will ich dann doch nicht gehen. Es ist wie gesagt, nicht mein Lieblingsthema sprachlich so detailliert vorzugehen. Ich denke, das können andere besser. Und eigentlich möchte ich ja lieber richtigen Sex und keine Poesie. Es ist gerade ein schwieriges Kapitel für mich. Schon sehr schwierig. Naja, um die Hauptthemen komme ich sprachlich nicht herum. Darum greife ich das Anbahnen einer Partnerschaft an. Begreifen, aufgreifen, und hoffentlich thematisch und sprachlich nicht danebengreifen, ist nun mein Thema. Die richtigen Worte finden und sprachlich das ausdrücken, was sein könnte. Mit den Wissen von mir und meinen zur Verfügung stehenden Wortschatzes. Ach ja. Der könnte hinsichtlich dieses Themas doch noch umfangreicher sein. Die richtigen Worte finden. Oh je. Und zu sehr ins Detail möchte ich nicht gehen. Auch in meiner Phantasie geht mich das direkte Liebesleben von Sahra und Hand-Dieter nichts an. Es ist doch ihre Beziehung. Ihre Ausgestaltung. Ihr Leben; auch wenn ich mir das nur ausdenke. Zu nahe möchte ich denen nicht treten. Nicht übergriffig werden. Und eigentlich geht es mich denen ihr Liebesleben gar Nichts an. Rein gar Nichts. Da möchte ich keinen stilistischen Fehlgriff machen. Es ist ja kitschige Romantik und Phantasie. Könnte jedoch die Realität sein. Es könnte von den Gefühlen und dem Verhalten so sein. Das ist doch auch erfreulich ☺ Den Kontext zu meinem Leben spare ich mir. Bitte stelle du auch keine her. Ich stellte genug Zusammenhänge her. Wirklich genug. Bei diesem Thema mache ich das nicht. Das Thema ist nämlich sehr privat. Sehr privatst.

Dienstag, 14.08.2018: „Der Rosengarten"

Sahra sieht Hans-Dieter beim Volleyball, und er bittet sie erneut, um ein Fotoshooting. Sie machten bereits eines in der Natur, und es machte total Spaß. Sie spielten mit Sahras Hund und machten auch davon Bilder. Picknickten. Betrachteten den Sternenhimmel. Davon gibt es auch Bilder, und sie erlebten einen schönen Tag. Nach dem Volleyballspielen treffen sie sich regelmäßig mit den anderen Spielerinnen in der Kneipe. Diesmal ist das Date in seinem Rosengarten. Er hat einen kleinen Schrebergarten mit Rosen. Diesen pflegt er intensiv am Wochenende. Sahra spürt, dass sie mittlerweile in Hans-Dieter sehr verliebt ist. Sie meint, er in sie auch. An einem Samstagnachmittag machen sie gegenseitig Fotos. Beiden macht es sehr viel Spaß. Wegen der großen Hitze sind beide leicht bekleidet, und schließlich fliegen die Funken über, und es kommt zu einem stürmischen Kuss zwischen den Zweien. Sie küssen sich sehr intensiv und leidenschaftlich. Hans-Dieter teilt Sahra mit, dass er sehr verliebt ist, und sich eine Partnerschaft mit ihr vorstellen kann, und sie beschließen, sich auf das Wagnis Partnerschaft mit zunächst regelmäßiger Zweisamkeit einzulassen. Sie planen gegenseitige Verbindlichkeit und Exklusivität ihrer Partnerschaft. Gegenseitige Wertschätzung und Respekt. Sie wollen sich Freiräume geben und wollen keine ausschließliche Verpflichtung füreinander sein, sondern ein Geschenk. Schließlich gehen dann beide in das Schrebergartenhäuschen. Hier haben sie leidenschaftlichen Sex. Stundenlang. Sehr intensiv und sehr gefühlvoll. Für beide Ekstase und Rausch. Mit Kondom. Nach ein paar Stunden schauen sie ein Kamasutra- und Tandra-Buch an. Es sind hier Personen in verschiedenen Stellungen abgelichtet. Sahra hofft, dass es nicht nur Modells sind, sondern dass die abgebildeten Menschen diese Innigkeit und emotionale Verbundenheit auch wirklich spüren und leben und darum abgelichtet sind. Beide beschließen, diese Stellungen nach und nach auszuprobieren und davon ab und zu Fotos zu machen. Fotos, die gefühlsecht sind. Sahra verwundert es, dass Tantra als sexuelles Yoga bezeichnet wird. Im Tantra ist die Klitoriseichel die Perle oder Knospe. Die Scheide der Liebesgarten. Die Vulva die Liebesblüte. Die Brustwarzen die Brustknospe und das weibliche Geschlecht die Blüte. Sie freut es auch, dass sie nicht alleine „fingern" muss/kann/darf/soll/will, sondern das mit ihrem Partner machen kann. Beide schauen in Wikipedia nach, was mit Fingern gemeint ist. Da läuft sogar ein Filmchen darüber. Sie stellen fest, dass in Wikipedia ziemlich alle Bilder, die es im sexuellen Bereich gibt, zu finden sind. Wir sind da eine echt aufgeklärte Gesellschaft. Sahra stellt fest, dass sie mehr Körpermasse als die abgebildeten Frauen im Internet hat. Es schaut bei ihr alles anders aus, als auf manchen Fotos und bei den schlanken Damen. Sie findet sich aber schön und wundervoll. Hans-Dieter findet sie auch wundervoll. Sahra spürt sich gerne. Sie ließ sich in der Vergangenheit immer gerne anfassen und genießt jetzt diese ganzheitliche Kombi von Emotionen und allen Sinnen: Fühlen, riechen, schmecken, hören, sehen, tasten. Vielleicht gibt es noch mehr Sinne. Es gibt auch einen 7. Sinn. Sie begreifen, dass ihre Liebe ein großes Geschenk ist. Von Gott. Oder auch sich selbst gegenüber. Sie wollen ein anderes Mal darüber reden. Abends schauen sie im Internet einen virtuellen Rundgang über die Sixtinische Kapelle in Rom an. Auch Bilder vom Wasserschloss Leeds Castle in der englischen Grafschaft Kent. Dabei kuscheln sie. Sahra und Hans-Dieter haben beide das Kuscheln so vermisst. In den nächsten Monaten sind beide richtig glücklich miteinander. Sie haben miteinander ihr Glück gefunden und beglücken sich. Die Kinder mögen den neuen Partner von Sahra. Und auch Frieda, Jakob und Hedwig schließen ihn in ihr Herz. Sahras Bücher werden vermehrt gelesen und ein Mindesteinkommen wird eingeführt. Und überhaupt wird das Wirtschaftssystem umgestaltet. Und der Blaue Goldpreis wird berechnet. Und die Erderwärmung ist gestoppt und hausgemachtes Leid wie Hunger und Waffenverletzungen verschwunden. Sahra entdeckt das Hobby Filzen für sich. Auch Röschen in den verschiedensten Farben filzt Sahra gerne. Sie kann jetzt sogar Vasenummantelungen filzen. Auch das Stricken entdeckte sie neu. Vor allem kuschelige Socken, als Bettsocken, haben es ihr angetan. Und Socken mit Zehen separat zu stricken, eignete sie sich dank Freundinnen und Internet auch an. Und hoffentlich sind Hans-Dieter und Sahra lange glücklich und zufrieden. Hans-Dieter schenkt ihr immer wieder rosa, pinke, gelbe, orangene und dunkelrote Rosen von seinem Garten. Diesen Liebesbeweis schätzt Sahra sehr. Auch Sahras Kinder verbringen viel Zeit mit Spielen in diesem Garten. Sie bauen Obst und Gemüse an. Sie genießen es, barfuß in der nassen Erde umeinander zu laufen und Fußabdrücke zu hinterlassen. Manchmal machen sie extra Fußspurenwege in die Erde. Sie verstehen sich super-toll mit Hans-Dieter, der selber kein biologischer Vater ist. Nina und Tobi basteln viel. Sie bekamen vom Opa Bastelbücher. Nämlich von Daniel Picon das Buch: „Kunterbuntes Gestalten mit Händen.“ Und ein ähnliches Buch, mit dem sie mit den Fingerabdrücken Bilder anfertigen.

Sahra und Hans-Dieter blühen in ihrer Beziehung richtig auf; und sind sehr glücklich. Beide kapieren, dass der andere Partner bleiben wird. Dass sie vorhaben, beieinanderzubleiben. Und das ist ein so tolles Gefühl von Geborgenheit, dass ich es hier gar nicht beschreiben kann. Hans-Dieter ist vor Jahren, durch Zufall oder Fügung?, auf das kleinformatige Buch: „Tantra. Die hohe Schule spiritueller Erotik“ gestoßen. Die alte indische Lehre des Tantras ist eine Philosophie der Lebensfreude, die sich mit Genuss und Lust in allen Lebensbereichen beschäftigt, laut dem Autor

Kalashatra Govinda. So kann Tantra auch die erotische Begegnung mit dem Partner in eine tiefgreifenden spirituelle Vereinigung verwandeln. Der Autor sagt im Umschlag: „In diesem Buch finden Sie die wichtigsten Elemente der tantrischen Liebeskunst und erfahren, wie Sie sie einsetzen können, um Ihre Sinnlichkeit zu wecken, die Freude an der Sexualität neu zu entdecken und gemeinsam mit dem Partner in neue spirituelle Dimensionen der Liebe vorzudringen." Für Hans-Dieter waren diese Gedanken neu; er integrierte sie nun in sein Leben. Im Tantra ist eine rituelle Begrüßung als Symbol für gegenseitigen Respekt vorgesehen. Dies lehnen Sahra und Hans-Dieter ab. Schließlich behandeln sie sich immer respektvoll im Leben. Es geht im Tantra um Energieaustausch durch zarte Berührungen und inniges Verschmelzen. Es geht um die hohe Schule der Vereinigung. Auf der Rückseite des Buches heißt es: „Die spirituelle Dimension der Erotik entdecken. Tantra bringt Körper, Geist und Seele in Einklang und kann sogar helfen, zur Erleuchtung zu gelangen. Mithilfe dieser alten indischen Lehre können Sie zudem die sexuelle Energie steigern und die hohe Kunst der Liebe erlernen. Dieser handliche Ratgeber zeigt Ihnen vorbereitende Rituale, erotische Spiele, sinnliche Massagen und nicht zuletzt alle wichtigen Stellungen der tantrischen Vereinigung. Die zahlreichen exquisiten Farbaufnahmen geben den Zauber der Verbindung von Spiritualität und Sexualität wieder." Auf Seite 80 wird „Das Herz öffnen" als eine energetische Technik beschrieben. Dabei kommt es zu einer heilenden Energieübertragung, wodurch Blockaden im Feinstoffleib gelöst werden und der Energiefluss harmonisiert wird. Das Herz-Chakra ist das Zentrum der Liebe. Es erscheint in der Farbe Grün. Es ist auf Höhe des Herzens zu finden, jedoch in der Mitte der Brust. Auf Seite 27 heißt es: „Im tantrischen Liebesspiel begegnen sich nicht nur Mann und Frau, sondern auch Gott und Göttin. Beide Geschlechter werden eins." Auf Seite 22 steht: „Tantra in seiner modernen Form kann jeder üben – unabhängig von Kulturkreis und Religion. Das tantrische Weltbild geht von einer kosmischen Urenergie aus, die allem Sein zugrunde liegt. Dabei werden Geist und Materie als Einheit betrachtet.

Denn trotz der vielen Gottheiten sieht Tantra das Göttliche im Grunde als ungeteilte Energie an. Da ‚Brahman', die allgegenwärtige Wirklichkeit oder die Weltseele, überall anzutreffen ist, unterscheidet Tantra nicht zwischen göttlich und weltlich. Alle Wesen werden ausnahmslos von der einen Urenergie gespeist, und so kann die Wahrheit in der eigenen Seele ebenso erkannt werden, wie in der Welt der Erscheinungen." Auf Seite 18 steht: „Grundsätzlich muss jeder Mensch seine eigene Form des Tantra finden ... Die Methoden des Tantra sollten immer Ihren persönlichen Bedürfnissen angepasst werden ... Experimentieren Sie auf dieser Grundlage mit Ihrem Partner und finden Sie gemeinsam heraus, welche Methoden Sie besonders reizvoll finden und ob es Ihnen mehr um die Entfaltung Ihrer Sinnlichkeit, um die Stärkung der sexuellen Energien oder um die meditative Vereinigung geht." Auf Seite 89 heißt es: „Ziel und Höhepunkt des Tantra liegen in der tantrischen Vereinigung von Mann und Frau. Nur wenn der Geschlechtsakt als Ritual bewusst, meditativ und mit viel Zeit – vollzogen wird, kann es zu ‚großen Verschmelzung' kommen." Es geht auch um eine seelisch-geistige Vereinigung. Eine Liebesstellung heißt „Geöffnete Rosenblüten", eine andere „Halbmondstellung". Es gibt „Liebesschwalbe", „Libelle" und „Umrankender Efeu". Ein Liebesgarten wird von den Begriffen mit einem richtigen Garten gleichgesetzt. Darum nenne ich die Geschichte von Sahra auch „Rosengarten" Diese Kombination gefällt mir. Und Sahra und Hans-Dieter machen auch oft eine Yoni-Massage. Yoni ist beim Tandra die Scheide. Die Autorin Michaela Riedl hat dazu ein Buch geschrieben und realistisch bebildert. Es heißt: „Yoni-Massage. Entdecke die Quellen weiblicher Liebeslust. Sinnlich. Energetisch. Spirituell." Ob das Buch, als ich noch alleine war, hilfreich war, verrate ich selber jetzt nicht. Allerdings macht Allein-Sex ja nur bedingt Spaß. Das Buch ist schon auch sehr sinnlich und energievoll aufgemacht. Zweisamkeit ist jedoch nicht zu toppen. Und vielleicht beende ich die Geschichte mit dem Satz von vielen Märchen: Und wenn sie nicht gestorben sind, dann leben sie noch heute. Diesen Satz lasse ich aber noch offen. Weiß ich nicht. Keine Ahnung.

Wenn ich es mir genau überlege, passt dieser Satz nicht. Ich will ja kein Märchen. Das Sterben gehört zum Leben auf der Erde. Und danach, folgt das Leben nach dem Tod. Also gehören, laut Jesus, Tod und Leben/Auferstehung zusammen. Der Satz: „Und sie werden leben in Ewigkeit“, gefällt mir bei meinem Roman auch nicht. Einen Abschlusssatz zu finden, fällt mir gerade auch nicht leicht. Ich schaue im Tantarbüchlein nach. Ich nehme einen Satz von Seite 21 und wandele ihn leicht ab. Der Abschlusssatz von „Rosengarten“ soll sein: „Die tiefere Bedeutung der östlichen Liebeskunst liegt darin, die engen Grenzen des Ich-Bewusstseins zu sprengen.“ Mir gefällt dieser Satz doch nicht. Der letzte Satz soll lauten: „Sie lebten glücklich und zufrieden bis an das Ende ihrer Zeit.“

Dienstag, 14.08.2018 Immer noch

Glücklich und zufrieden leben, will ich auch. Das Ich Bewusstsein zu erweitern, finde ich grundsätzlich wichtig. Universelle Liebe auch in die Welt zu tragen halte ich noch für wichtiger. Das halte ich auch bei einem neuen Wirtschaftssystem für wichtig. Weil: Prostitution ist ja da nicht vorgesehen. Da erscheint mir Tinder doch wieder als „Notlösung“ für manche Menschen, die mit Masturbation nicht zurechtkommen und wirklich keinen Partner finden, der zu ihnen passt. Immerhin hörte ich schon von der Möglichkeit, dass sich Menschen erst beim Sex ineinander verliebten. Aber das war dann nur beim Mann so. Die Frau ist bei Sex oft schon verliebt. Beim Tindern weiß ich es nicht, wie es da ist mit dem Verliebt sein. Ich war ja auch schon an der Grenze, oder fast an der Grenze, zu not geil. Immerhin kann tindern glücklich machen. Ich sollte vielleicht manchmal nicht so streng beim Beurteilen sein. Zumal mir beurteilen eh nicht zusteht. Ich selber träume ja immer noch von der Liebe, wie bei Sahra. Und handhabe das auch so. Ist das ein schwieriges Thema. Ich kenne mich da echt zu wenig mit den Bedürfnissen von anderen aus. Ich kenne halt meine eigenen seelischen Befindlichkeiten, und über die schreibe ich ja die ganz Zeit. Ich teile meine Sicht der Dinge und meine Gefühle mit. Und denke immer noch, dass gegenseitiger Respekt und Wertschätzung die Welt verbessern könnte. Auch manche Probleme lösen kann.

Themawechsel: Sahra dichte ich in dieser Geschichte keine Würmer an. Sie ist hinsichtlich der Würmer kerngesund. Was bei Sex auch notwendig ist. Wer weiß, wie sich Madenwürmer verhalten, weiß, warum ich das jetzt schreibe. Aus der Kurzgeschichte vom „Rosengarten" würde sich wirklich ein toller Roman machen lassen. Mit so ähnlichen Szenen, wie bei den Trivialheftchen, das vor mir liegt. Als 15 jährige, habe ich die Sexszenen immer extra langsam gelesen, damit ich auch alles mitkriege. Die waren für mich damals das Beste vom ganzen Buch. Jetzt ist es kurz vor 16.00 Uhr, und es hat gerade einen Regenduscher getan. Ich schaue sofort im Regenmesser nach. Es sind gefühlte 0,101 darin. Ich überprüfe mit Leitungswasser, ob mein Plastikregenmesser ein Loch hat. Es hat keines. Gar keines. Das Wasser ist wirklich gleich wieder verdunstet. Ich beschließe, heute Abend den Garten wieder zu wässern. Gemüse und auch manche Blumen. Vor allem die empfindlichen Rosen. Sie benötigen dringend Wasser. Mein Blumenbeet vor dem Haus wandelte sich eh schon zu einem halben Naturbeet. Der Flecken mit den Quecken ist braun und ganz klein. Ich bin gespannt, wie die Quecken das überleben werden. Gießen tue ich die nicht. Es kann sein, dass sich die eigentlich toll grüne Quecke, mal noch zu einer Kulturpflanze entwickelt. Warten wir es ab. Wenn es aufgrund einer Klimakatastrophe ist, wäre das der Hammer. Jahrelang bekämpfte ich diese Pflanze im Garten. Hartnäckig riss ich die raus. Und nun das. Ich komme manchmal nicht mehr mit. Die Topinambur sind teilweise vertrocknet, weil ich an manchen Stellen kein Wasser hinbrachte. Der größte Teil schaut jedoch lebhaft aus. Am Garteneingang steht ein Hochstammrosenstock mit vielen Blütenblättern an den Blüten. Sie sind so rot, wie die Herzchen von meinen Covern. Heuer hat dieser Hochstammrosenstock leider nur eine Blüte getragen. Und weil Papa an dieser Stelle einen kleinen Apfelbaum wollte, versetzte er meinen Rosenstock an den Gartenzaun in Richtung Straße. Das machte er eigenmächtig; und ich war ziemlich überrascht, als ich den Rosenstock verpflanzt vorfand. Ich bin froh, über seine Energie und sein Schaffen im Garten. Er sprüht da noch voller Lebensfreude und nimmt mir eine Menge Arbeit ab. Gartengestaltung ist ein großes Thema von ihm. Meine Oma machte es auch immer. Sie machte den größten Teil des Gartens; ich einen kleinen Teil. Als sie es nicht mehr machen konnte, sagte ich ihr, dass der Garten nach ihr schreit. Dass die Gartenarbeit für sie so wichtig war und sie im Garten so produktiv ist, erkannte ich leider erst, als sie es nicht mehr machte. Und dann wandelte ich manche Gemüsebeete zu Blumenbeete um, weil ich die Arbeit mit dem Gemüse nicht zeitlich und energiemäßig schaffte. Und bevor ich Gartenarbeit verrichtete, teilten sich meine Mama und Oma diese Arbeit. Und davor bewirtschafteten x-zählige Frauen der verschiedensten Generationen von meiner Familie diesen Garten. Ob sie es auch so lebhaft und manchmal mit den intensivsten Diskussionen und manchem Gezänk machten, weiß ich nicht. Jedoch war der Garten für sie immer überlebensnotwendig. Der Garten lieferte viele Früchte zum Essen. Der Garten versorgte sie. Heuer pflanzte Opa noch viele weitere Obstbäume neu an. Leider musste auch ein alter Obstbaum, dem seine Früchte wir ausschließlich für Saft verwendeten, dafür weichen. Jedoch wird der Garten so immer wieder erneuert. Papa bleibt da dran. Eigenmächtig. Ich sagte ihm nun, dass die alten Obstbäume grundsätzlich stehenbleiben müssen; bis sie von selbst sterben. Ein alter Baum ist ein Wohnort für Insekten und Vögel und auch ein Kulturgut. Und wenn ich den Garten sehe, dann muss ich immer an die Schnecken denken. Sie sind die erklärten Feinde von Opa, meiner Mama und Oma. Und Opa sammelt sie immer ein. Legt extra Holzbretter hinein. Um zum einen dem Garten damit eine Struktur zu geben und zum anderen, um darunter die Schnecken zu sammeln. Und zur Zeit lebt auch ein Maulwurf im Obstgarten. Ich werde das Solarton-Vertreibungsgerät aufstellen. Ob mir bei der Vertreibung des Maulwurfes auch die Wühlmauspflanze was hilft, muss ich erst noch eruieren. Immerhin ist der Maulwurf nicht im Gemüsegarten.

Und weil die Fortsetzungsgeschichte von Sahra nun auch in diesem Buch ist, möchte ich, das der Titel und das Cover anders ist. Titel ist: „Zeh'n. Regenbogenfunkeln und Rosengarten. Eine Gedankenkette für Öko-Soziale Bilanzen." Es sind, nach wie vor, zwei selbstgestrickte Socken, mit separierten Zehen auf dem Cover. Bei dem linken Socken sind in die Regenbogenwolle ein paar Silberfäden eingewebt. So dass die Socken nun silbern funkeln. Die rechte Socke ist in Grün gestrickt und hat kleine, rotfarbene und pinkfarbene Filzrosen darauf gestickt. Und es geht um öko-soziale Bilanzen. Oder sollte ich besser schreiben: menschliche Bilanzen oder göttliche Bilanzen? Diese wünsche ich mir. Sehe es selber als Hybris an, diese in diesem Buch zu erstellen und sehe es eher als Versuch, auf diesem Weg hin zu kommen. Darum auch der Begriff öko-soziale Bilanzen. Und letztendlich wird das Cover aus Socken in Regenbogenfarben und dem Rosengarten bestehen.

Und weil ich ja Würmer hatte, schaue ich im Internet nach weiteren Wurmmitteln. Ich stoße auf kolloidales Silber. Angeblich wirkte Silberbesteck schon immer antibakteriell und entzündungshemmend und so weiter. Die medizinische Wirkung ist nicht nachgewiesen. Vielleicht kaufe ich mir doch so ein kolloidales Silber. Und weil ich immer vom Hundertsten ins Tausendste komme, schaue ich in Wikipedia die Texte von den Edelmetallen Bronze, Silber und Gold an. Ich denke an den Blauen Goldpreis, den ich ja berechnen will. Zuerst muss ich auf meinem PC nachschauen, ob ich auch Excel habe, um Rechnungen zu machen. Bisher brauchte ich das nie.

Gestern, der 15.08.2018

Gestern war Maria-Himmelfahrts-Feiertag, und arbeitete Nachmittags im Kiosk, weil es bei uns kein gesetzlicher Feiertag ist. Sehr schade; weil es ja so ein wichtiges Fest ist. In den Gottesdienst schaffte ich es wegen Erschöpfung in der Früh leider auch nicht. Ich räumte im Haus auf, schnippelte Tomaten zum Einfrieren, und saß auf der Coach und surfte im Internet. Ich fand einen Buchtipp mit einer Karikatur von wem? Ich weiß den Namen des Karikaturisten nicht mehr. Sorry. Finde ich auch nicht so schnell. Und darauf ist ein Bauernhof zu sehen. Vor dem Wohnhaus sitzen zwei Frauen und reden. Und vor dem Haus repariert ein Mann den Traktor. Die Frau sagt zu der anderen Frau sinngemäß oder so ähnlich: „Ich würde mir wünschen, dass sich mein Mann, die gleiche Zeit so intensiv mit mir befasst, wie mit seinem Traktor.“ Ich würde mir das auch wünschen. Wie viel Zeit wäre damit sinnvoll gebunden? Wirklich viel.

Bei der Hinfahrt zur Arbeit, zwischen 12 und 13 Uhr, hörte ich im Radio auf Bayern 2 oder Bayern 1, das weiß ich nicht mehr so genau, Teile vom Schlager-Lied von Sarah Schiffer: „Wenn das nicht der Himmel ist, was ist es dann?“ Im Einkaufszentrum, in dem ich als Verkäuferin arbeite, waren auf dem Flachbildschirm folgende Wortzeilen zu lesen: „Bundestag beschließt- ‚divers‘ als drittes Geschlecht; Bischof Schick, möchte, dass Christen die Heiligkeit anstreben“, und noch vieles andere, was die Menschen gerade bewegt. Daheim aß ich und flog wegen Müdigkeit ins Bett. Am nächsten Tag hörte ich mir das Schlagerlied: „Wenn das nicht der Himmel ist“ auf YouTube an. Das Lied erzählt vom Wunder der Liebe. Ich mag Schlagermusik und auch, zu Schlagern, zu tanzen. Auch die meisten Texte zur Liebe zwischen Mann und Frau gefallen mir. Zur Zeit ruht allerdings das Paartanzen bei mir. Und Papa bringt den Kräuterbüschel vom Gottesdienst vom Vortag mit. Er steht jetzt im Wohnzimmer und wird zu einem Trockenstrauß. Mir gefallen die katholischen Traditionen und Riten. Es werden bei meiner

Kirche alle Sinne angesprochen. Und auch Bewegungen und viele Symbole sind in meiner Kirche vorgesehen. Und es wird immer versucht, Gottes Pracht im Gottesdienst zu zeigen und zu entfalten. Und auch die Kirchen als Haus Gottes zeigen diese Größe und Energie von Gott. Letztendlich sollen wir aber, laut Jesus, selber Tempel des Heiligen Geistes sein. Jesus Bruder, Schwester oder Mutter sein. Und weil Jesus, Gott und Heiliger Geist eine Einheit bilden, sind Menschen umfassend als Göttliches erfasst. Wenn Menschen sich so betrachten und sein wollen. Wenn ich so sein will. Für die Theologie bin ich jetzt nicht so umfassend zuständig. Darum lasse ich jetzt dieses Thema.

Heute, 16.08.2016

Ich verbrachte heute viel Zeit im Liegestuhl. Ich war einfach erschöpft, und es war wieder heiß und trocken. Die Kleinen sind noch im Zeltlager. Die zwei Großen gehen ihres Weges, und die zwei mittleren Kinder waren heute nicht sehr gesprächig mit mir und mit Helfen beim Onkel und mit Autoführerschein beschäftigt. Ich sah also zwei Kinder nur kurz. Außerdem bräuchten wir dringend Regen. Ich war auf einer Beerdigung von einem sehr netten Gemeindemitglied. Hier sangen wir das folgende Lied zum Schluss: „Segne du, Maria, segne dich mich dein Kind, dass ich hier den Frieden, dort den Himmel find. Segne all mein Denken, segne all mein Tun, lass in deinem Segen Tag und Nacht mich ruhn. Lass in deinem Segen Tag und Nacht mich ruhn!" Der Text ist von Cordula (Peregrine) Wöhler. Als Jahreszahl sind im Gesangsbuch 1870 und 1916 angegeben. Die zweite Strophe ist: „Segne du, Maria, alle, die mir lieb, deinen Muttersegen ihnen täglich gib! Deine Mutterhände breit auf alle aus, segne alle Herzen, segne jedes Haus! Segne alle Herzen, segne jedes Haus!" Die 3. Strophe ist: „Segne du, Maria, unsere letzte Stund! Süße Trostesworte flüstre dann der Mund! Deine Hand, die linde, drück das Aug uns zu, bleib im Tod und Leben unser Segen du! Bleib im Tod und Leben unser Segen du!“ Mir fällt auf, dass in unserer Kirche drei große Marienstatuen sind. Eine Abbildung von Maria hält das Jesuskind auf dem Arm. Bei einer anderen ist Maria von einem Rosenkranz umgeben. Maria wird ja auch als Rosenkranzkönigin bezeichnet. Und die andere Maria hält den gestorbenen Jesus auf dem Schoß. Und wir beten auch das Gebet: „Gegrüßt seist du Maria, voll der Gnaden, der Herr ist mit dir.“ Usw. Das Gebet ist überall nach zu recherchieren. Und ich finde es toll, dass Maria in meiner Kirche so einen hohen Stellenwert hat. Und es gibt auch ein Hochfest Maria Schutzfrau Bayerns. Im Gesangbuch der Diözese Eichstätt steht auf Seite 862 das Lied: „Maria Himmelskönigin, der Menschen treue Helferin: du Bayerns hohe Schutzfrau bist, das Land und Volk dein eigen ist. Patronin voller Güte, uns allezeit behüte.“ Die 2. Strophe lautet: „Oft hat in schicksalsschwerer Zeit dein gläubig Volk sich dir geweiht. Du bist ihm Trost und sichrer Hort, in Angst und Not ein Zufluchtsort. Patronin voller Güte, uns allezeit behüte.“ Die 3. Strophe lautet: „Einst grüßte dich in heilger Stund Gott selber durch des Engels Mund. Beim Aveläuten klingt dies Wort von Haus zu Haus, von Ort zu Ort. Patronin voller Güte, uns allezeit behüte.“ Ich finde bei Nummer 860 noch Rosenkranzandachten. Ein Lied für den freudenreichen Rosenkranz, ein Lied für den lichtreichen Rosenkranz, ein Lied für den schmerzhaften Rosenkranz und ein Lied für den glorreichen Rosenkranz. Die erste Strophe ist bei allen Texten gleich. Sie lautet: „Rosenkranzkönigin, höchste der Frauen! Sieh uns mit Zuversicht auf zu dir schauen. Du Mutter unseres Herrn, strahlender Morgenstern: Jungfrau, höchste der Frauen.“ Und die letzte Strophe ist auch für Rosenkranzandachten gleich: „Rosenkranzkönigin, Hilfe der Christen! Lass nie den bösen Feind uns überlisten. Mach uns zu jeder Zeit für Christ Dienst bereit: Jungfrau, Hilfe der Christen.“ Was jetzt der böse Feind ist? Ich denke, unsere strukturellen Sünden. Und Jesus sagte, dass wir keine Feinde haben sollen. Das finde ich auch. Alle zu Freunden zu machen. Das ist ein friedliches, entspanntes Leben.

Und ich Ratschte mit zwei Nachbarn. Bestaunte mit Papa unseren Obstgarten. Er hat im Frühjahr einen Pflaumenbaum gepflanzt. Und dieser trägt etwa 50 große blau-lilafarbene Früchte. Eine wahre Augenweide und eine totale Köstlichkeit. Für mich eine Art Götterspeise. Ein Gottesgeschenk. Ein Geschenk unseres Schöpfers. Einfach lecker und gesund. Abends schauten wir zusammen fern. Auch die Rundschau. Unser bayerischer Umweltminister wurde in der Abendrundschau im Dritten einige Minuten lang zu den Wölfen und das Reißen von Kälbern befragt. Ich meine, dass die Menschen die Wölfe in ein Gehege tun sollten. Wenn das möglich ist. Leider fragte der Moderator nicht nach der Gesundheit des Waldes. Und der Umweltminister äußerte sich auch nicht zu dieser zentralen Frage der Menschheit. Der Klimawandel wurde nicht besprochen. Im Wetterbericht erfuhren wir, dass es vielleicht die nächsten Tage bei uns regnen könnte, jedoch heiß bleibt. Heute starb auch die amerikanische Sängerin Aretha Franklin, die viele Menschen mit ihrer Musik verzauberte. Mich auch. Sie fordert in den 60'er Jahren Respekt von allen Menschen für alle Menschen. Sie sagte: „Seid respektvoll untereinander." Dann schauen wir noch kurz das Vereinsheim Schwabing im TV. Papa ist müde und rollt sich. Und ich blättere noch einige Zeitschriften durch. In „Women's Health" liegt die Zeitschrift „Women's Running Spezial" drin. Ich erfahre: „Laufen macht glücklich." Ich legte dieses Hobby zur zeit ab; kann die Aussage jedoch bestätigen. Weitere Titelzeilen sind: „Diese Sport-BH's geben wirklich Halt." Und: „Die besten Beauty-Tricks für Läuferinnen." Ich habe die neue „TV. Hören und Sehen" Nr. 33 vor mir liegen. Ich erfahre etwas über den Palast der Mona Lisa. Lese über Intuition; und wann wir unbedingt auf unser Bauchgefühl hören sollten und erfahre, wie ich mich vom inneren Stress befreie. Auf Seite 6 lautet das Thema: „Was wirklich zählt. Ich wurde hochsensibel geboren. Die norwegische Prinzessin Märtha Louise (46) steht seit ihrer frühsten Kindheit im Rampenlicht – was ihr lange Zeit sehr schwerfällt. Bis sie endlich erfährt, warum. Märtha Louise kam mit einer ganz besonderen Eigenschaft zur Welt. Hier erzählt sie exklusiv von ihrer Reise zu sich selbst." Außerdem liegt die Zeitschrift: „Zeit Wissen" vor mir. Januar/Februar 2018. Schlagzeilen sind: „Am liebsten würde ich damit aufhören. Wie man sich neu programmiert und hartnäckige Verhaltensmuster loswird." Ich denke mir, dass Veränderung also doch möglich ist. Dazu sind nach der Zeitschrift notwendig: konkrete Pläne statt abstrakte Ziele. Positive Absichten. Commitment; das heißt: von seinem Plan überzeugt sein und das dann durchführen. Auslösende Situationen vermeiden. Belohnungen. Gewohnheiten bleiben erhalten, wenn sie sich gut anfühlen. Der Verhaltensmediziner Josef Egger sagt: „Umlernen ist immer ein emotional vermittelter Prozess." Ich erfahre allerdings auch, dass Verhaltensmuster und Gewohnheiten überlebenswichtig sind. Sie lassen sich zum Glück nicht einfach abschalten. Die ungewünschten Verhaltensmuster müssen allerdings durch neue Muster ersetzt werden. Ein anderer Titel ist: „Die Macht des Gewissens. Wer uns so alles damit manipuliert. Eine Befreiungsstrategie." Ich erfahre, wie Politik, Wirtschaft, Religion und Erziehung Gewissen missbrauchen. Es geht darum, das Gewissen als eine Art Kompass zu nutzen, als sich davon lähmen zu lassen." Ein Titel lautet: „Der Wert des Lebens. Ökonomie, Medizin, Philosophie: Eine ungewöhnliche Bilanz." Diesen Artikel werde ich gleich lesen. Ich finde die Berechnungen des Menschen, anhand der Realität! In der BWL gibt es das Wort: „Humankapital." Es wurde 2004 zum Unwort des Jahres gekürt. Es gibt auch das Wort:„Death benefit". Und es gibt total schreckliche Sachen, wie z. B. auch das Kaufen von Sperma aus einer Samenbank. Total würdelos. Und schon Immanuel Kant sagte, laut dem Text: „Was einen Wert hat, hat auch einen Preis. Der Mensch aber hat keinen Wert, er hat Würde." Ich nehme die Wirtschaftswoche Ausgabe 29 vom 29.06.2018, und es sind viele verantwortliche Leute von Unternehmen und Wirtschaft abgebildet. Ich wundere mich, wie kritiklos sie sich mit ihren Entscheidungen dem Kapitalismus unterordnen. An eine Änderung der Raubtierregeln denken sie gerade noch zu wenig. Ich erfahre, dass, trotz des Atomausstiegs, der Handel mit Brennstäben blüht. Wie ein großer Mittelständler seine Lieferkette bei dem Brexit absichert. 30 Jahre Dax. Welche Werte lohnen und warum der Dax schlechter ist, als sein Ruf und Informationen rund um die Dieselaffäre. Dazu sage ich nichts. Ich fahre auch Diesel. Und aus Kostengründen und Transportgründen fahre ich das Auto noch weiter. Und bin momentan ziemlich hilflos, was ich genau tun soll. Und nun bin ich mit den Zeitschriften durch. Ich bin immer schon wieder wütend, über das, was ich da lese. Ich könnte wirklich kotzen. Bekam aber Blähungen. Mir stinkt's gewaltig. Blöd, dass ich auf Unbehagen gleich auch immer körperlich reagiere. Unter Wikipedia schaue ich nach Tantra nach und erfahre, dass der sexuelle Aspekt ursprünglich nicht im Mittelpunkt stand. Mir egal. Mir gefällt dieses besagte Buch trotzdem, und in der Vergangenheit fand ich Tantra toll. Und nun lege ich mich schlafen. Weil Schlaf ist mir, neben Gott, schon sehr, sehr wichtig. Wenn nicht sogar heilig.

20. August 2018

Das Wochenende liegt nun hinter mir. Am Freitag fuhr ich zur Arbeit und erfuhr im Radio Bayern 2, dass es auch umweltfreundliche Erdgasautos gibt. Wusste ich bis dahin nicht. Dann verkaufte ich Zeitschriften, Tabakwaren, Lottoscheine und Postversandetiketten. Abends schaute ich, wie fast immer, mit Papa TV. Nachtcafe im WDR. Das Thema ist: „Glücklich ohne Partner." Eine Sängerin, Cindy, von dem Duo Cindy und Bert, erzählt. Eine lesbische Frau erzählt vom Zusammenleben mit dem Vater ihres Kindes. Eine glückliche Single-Designerin spricht von ihrem Leben. Und noch andere. Die Professorin in der Sendung sagt, dass es viele Lebensmodelle gibt. Es gibt verschiedene Formen der Liebe und auch des Zusammenlebens. Leute binden sich später, und es gibt keinen ökonomischen Zwang mehr. Leben und Sexualität ist auch ohne Liebespartnerschaften möglich.

Und eine Talkshowteilnehmerin sagt, dass sie Tinter hat. Um Prostitution abzuschaffen, ist das garantiert nicht schlecht. Die Professorin meint, dass der Wunsch nach Bindung fundamental menschlich ist. Ich finde die Sendung recht interessant, teile jedoch nicht die Meinung von allen Erzählerinnen. Samstag arbeitete ich wieder. Eine Zeitungsschlagzeile ist, dass die Lebenserwartung durch Krankheiten, wie psychische Erkrankungen und Demenz wieder sinkt. Im Vergleich zu anderen Ländern leben wir jedoch noch sehr lange. Sonntag verbringe ich mit einigen Kindern von mir und mit Hausarbeit. Ich lese auch viel. Und beschließe, manches niederzuschreiben.

Heute früh las ich meine Mails und die Nachrichten von t-online. Ich erfahre, dass in Indien mehrere Hunderttausend Menschen ihre Häuser wegen außergewöhnlich starken Monsunregens verlassen mussten. Ein so starker Regen war das letzte Mal vor 100 Jahr der Fall. Und diesmal könnte es mit dem Klimawandel zusammenhängen. Der Klimaforscher Joachim Curtis meint, dass Indien und Bangladesch trocken werden könnten. Auch der Mittelmeerraum könnte austrocknen, und der Persische Golf könnte Temperaturen von 50 bis 60 Grad erleben. Millionen Menschen werden nach Europa flüchten. Und t-online meint, dass sich die Politik endlich um das Hauptthema Klimaschutz kümmern soll. Und nicht Nebensachen abhandeln.

Ich hörte gestern wieder geistliches Liedgut an. Ich lernte diese Lieder schon in der Realschule. Ich sehe darin die Lösung von Problemen. Der Text dieses Liedes ist von Eckart Bücken; die Musik von Oskar Gottlieb Blarr: „Einer hat uns angesteckt, mit der Flamme der Liebe, einer hat uns aufgeweckt, und das Feuer brennt hell. Wer sich selbst verliert, wird das Leben finden, wer die Freiheit spürt, kann sich selber binden. Einer hat uns angesteckt mit der Flamme der Liebe, einer hat uns aufgeweckt, und das Feuer brennt hell. Wer die Armut kennt, wird im Reichtum leben, wer von Herzen brennt, kann sich anderen geben. Einer hat uns angesteckt mit der Flamme der Liebe, einer hat uns aufgeweckt, und das Feuer brennt hell. Wer betroffen ist, wird das Wort neu sagen, wer sich selbst vergisst, kann auch Lasten tragen. Einer hat uns angesteckt mit der Flamme der Liebe, einer hat uns aufgeweckt, und das Feuer brennt hell." Das nächste Lied ist von dem Josef Metternich-Team, Kurt Rose. Die Musik von Peter Janssens: „ Unser Leben sei ein Fest, Jesu Geist in unserer Mitte, Jesu Werk in unseren Händen, Jesu Geist in unseren Werken. Unser Leben sei ein Fest, so wie heute an jedem Tag. Unser Leben sei ein Fest, Jesu Geist in unserer Mitte, Jesu Werk in unseren Händen, Jesu Geist in unseren Werken. Unser Leben sei ein Fest, so wie heute an jedem Tag." Und beim nächsten Lied stammt der Text von Ernst Hansen: „Herr, Deine Liebe ist wie Gras und Ufer, wie Wind und Weite und wie ein Zuhaus. Frei sind wir, da zu wohnen und zu gehen. Frei sind wir, Ja zu sagen oder Nein. Herr, Deine Liebe ist wie Gras und Ufer, wie Wind und Weite und wie ein Zuhaus.

Wir wollen Freiheit, um uns selbst zu finden, Freiheit, aus der man etwas machen kann. Freiheit, die auch noch offen ist für Träume, wo Baum und Blume Wurzeln schlagen kann. Herr, deine Liebe ist wie Gras und Ufer, wie Wind und Weite und wie ein Zuhaus.

Und dennoch sind da Mauern zwischen Menschen, und nur durch Gitter sehen wir uns an. Unser versklavtes Ich ist ein Gefängnis und ist gebaut aus Steinen unserer Angst. Herr, Deine Liebe ist wie Gras und Ufer, wie Wind und Weite und wie ein Zuhaus.

Herr, Du bist Richter, Du nur kannst befreien. Wenn Du uns freisprichst, dann ist Freiheit da. Freiheit, sie gilt für Menschen, Völker, Rassen, soweit, wie Deine Liebe uns ergreift. Herr, Deine Liebe ist wie Gras und Ufer, wie Wind und Weite und wie ein Zuhaus."

Ich dichte die folgende Strophe dazu. „Herr" heißt bei mir „Vater" oder „Papa"; wegen der Melodie „Dad". Und weil wir wie Jesus sein sollen, dürfen wir uns Menschen auch Freiheit geben:

Dad, ich bin Freiheit, Ich nur kann befreien. Wenn ich mich freispreche, dann ist Freiheit da. Freiheit, sie gilt für mich, der Erd', Menschen, soweit, wie deine Liebe mich ergreift. Dad, deine Liebe ist wie Gras und Ufer, wie Wind und Weite und wie ein Zuhaus.

Gestern hatte ich auch Zeit, die Erzählungen von Annika Line Trost zu schmöckern. Titel: „75F. Ein Buch über wahre Größe." Ich selber liege mit meiner BH-Größe um Einiges darüber. Darum kann ich ihren Erzählungen allzu gut folgen; aber Gott-sei-Dank auch schmunzeln. Hinten steht darauf: „Manchmal ist das Leben einfach viel größer, als man es gerne hätte." Natürlich hat jede Frau Brüste. Irgendwann sind sie mal gewachsen. Doch was, wenn sie damit gar nicht mehr aufhören? Der Busen von Annika Line Trost füllt Körbchengröße 75F (natürlich, ganz ohne Silikon). Nichts also, was man auf die leichte Schulter nehmen könnte: Wenn in der U-Bahn mal wieder alle glotzen, Blusen plötzlich platzen oder die Brüste beim ersten Date unaufgefordert Lambada tanzen. Situationen, die jede Frau kennt, werden bei 75F leicht zum Super-GAU. Humorvoll, schlau und gnadenlos ehrlich erzählt Annika Line Trost über tiefe Blicke und schwere Missverständnisse, echte Gefühle und wahre Größe." Ich meine, mit manchen Aussagen übertreibt die Autorin mit der Beschreibung des Sachverhaltes. Wobei ich mir ja erhoffe und erwarte, dass mit der Einführung des 3. Geschlechtes auch die Toleranzgrenze und Akzeptanz für alle Menschen und ihr Aussehen rapide ansteigt. Es gibt andere Probleme, als sich gegenseitig das Leben schwer zu machen.

Im Kiosk kaufte eine Frau die Zeitschrift: „Einfach sein. Der kluge Weg, sich selbst treu zu bleiben. Einfach. Fühlen. Einfach. Denken. Einfach inspiriert. Einfach. Ich." Ausgabe 4/2018. Sie machte mich dadurch unbewusst auf die Zeitschrift aufmerksam, und ich besorgte sie mir auch. Auf der Titelseite stehen vier Bilder mit folgenden Zeilen: „Gib nie etwas auf, an das du jeden Tag denkst." Hier ist eine geschminkte Frau mit halbem Gesicht abgelichtet. Und dann beim 2. Bild: „Wann weiß ich, dass ich angekommen bin?"Rosenblüten in zart-rosa-Tönen bilden hier das Wort: „Love." Und dann: „Das Lebens-Sinn-Experiment + 20 Intuitionskarten." Auf diesem Bild sagt in einem Cartoon Charly

Brown zu Snoopy: „Eines Tages werden wir alle sterben, Snoopy." Und Snoopy sagt den Satz: „Das ist wahr, aber an allen anderen Tagen nicht." Und auf dem 4. Bild steht in grünen und weißen Wörtern: „GLÜCK braucht 3 Fragen: Wer bin ich? Wohin gehe ich? Und mit wem?" Hier ist eine ungeschminkte, lachende Frau mit fast dem ganzen Körper, sie sitzt und trägt ein Kleid. Und in der Mitte von allen vier Bildern ist ein lila Kreis, und darin steht der Satz: „DU kannst! Ende der Geschichte". Allein das Titelbild finde ich schon klasse. Ich will nun die Zeitschrift ein wenig beschreiben und die Inspirationen darin. Schließlich beschäftigte ich mich ja gestern im Liegestuhl mit den Gedanken darin. Ich schlage folgende Seite mit dickem Papier auf, und darauf sind Karten mit Fragen aufgemalt. Es heißt: „20 Selbstgesprächs-Karten. Für ein gesundes Ich. Nur mit uns selbst im Einklang können wir das Leben führen, nach dem wir uns wahrhaft sehnen. Wenn wir uns Zeit nehmen, unserem Ich einige wichtige Fragen zu stellen, lernen wir uns neu und unter der Oberfläche kennen. Die 20 Fragen (und Folgefragen) auf der Vorderseite der Karten sollen ein Anstoß sein, der uns innehalten und zuhören lässt. Auf der Rückseite erwarten uns mögliche Antworten – als Anregung für einen Dialog mit uns selbst." Es sind folgende Fragen vorgeschlagen: „ Wofür brennst du?" Wie lange kannst du allein sein? Was hast du nie verziehen? Welche Angst beeinflusst sich? Läuft dir die Zeit davon? Wie viel Wut steckt in dir? Welche Erinnerung ist deine wertvollste? Was hast du nie über dich erzählt? Wohin willst du gehen? Von wem kommst du nicht los? Liebst du dich? Kannst du dich fallen lassen? Woran hast du zu glauben aufgehört? Wo liegen deine Grenzen? Wovon ist dein Glück abhängig? Wen beneidest du am meisten? Bist du wie deine Eltern? Wann bist du ganz du selbst? Kannst du vertrauen? Welche Chancen hast du verpasst?" Ich finde alle Karten mit den weiterführenden Fragen und den Text dahinter mega-spannend. Ich möchte auf die Karte: „Woran hast du zu glauben aufgehört?" näher eingehen. Es wird gefragt: „Wann ist das passiert? Und warum? Woran glaubst du heute? Woran in zehn Jahren?" Mir ist Glaube so wichtig, weil Glaube angeblich Berge versetzen kann. Auf der Karte hinten steht darauf: „Friedrich Hölderlin sagt: ‚Was mir nicht Alles, und ewig Alles ist, ist mir Nichts.' Wir haben feste Werte, an die wir glauben: Liebe, Familie, Moral, Freiheit, vielleicht Gott – all das kann uns jedoch abhandenkommen. Wir machen Erfahrungen, die uns vor Abgründe stellen. Ein sicher geglaubtes Fundament zerbröckelt unter uns. Wenn wir uns von einem essenziellen Wert verabschieden müssen, weil zum Beispiel unsere Familie zerbricht oder wir uns selbst – aufgrund neuer Werte – fremd werden, lohnt es sich, nachzuhaken: Haben sich unsere Überzeugungen im Laufe des Lebens wirklich gewandelt? Welche sind gut für uns, welche schlecht? Welche gilt es, neu zu gewinnen, welche loszulassen? Schließlich sind es unsere Werte, die darüber bestimmen, wer wir sind." Eine andere Karte finde ich auch total inspirierend: „Welche Chance hast du verpasst? Warum denkst du, sie kommt nie wieder? Was würdest du heute anders machen?" Global gesehen, denke ich bei dieser Karte sofort an den Klimawandel, Kriege, Elend und auch mein persönliches Leben. Schnief und schnauf und oh und ach. Ich lese hinten darauf: „Es kann die große Liebe sein, die wir zu spät als solche erkannt haben, oder eine berufliche Entscheidung, die sich nicht mehr rückgängig machen lässt. Im Nachhinein verachten wir uns für unsere Blindheit und sind sicher: So eine Gelegenheit kommt nie wieder. Doch ist es in Wahrheit nicht so, dass wir unsere Gründe hatten, so zu handeln, wie wir es taten? Hatten wir damals das Wissen, die Fähigkeit, den Mut, den wir heute haben? War die Entscheidung nicht sogar dem Zeitpunkt entsprechend nachvollziehbar? Die verpasste Chance ist womöglich der Grund, warum wir nun wissen, was wir wollen. Jetzt können wir anders entscheiden. Und die nächste Möglichkeit wartet bereits: ‚Die Welt besteht aus lauter Gelegenheiten zur Liebe', meint Sören Kierkegaard." Eine andere Karte lautet: „Wo liegen deine Grenzen? Willst du frei sein? Oder lieber geborgen? Wenn du ausbrechen möchtest: Was hält dich auf?" Hinten auf der Karte steht: „Engen uns das Leben, das wir führen, und die Menschen, die uns umgeben, ein? Stecken wir in einer Falle, die längst zugeschnappt ist – oder haben wir im Gegenteil das Gefühl, die Optionen sind so unendlich, dass uns Grenzen guttun würden? Wünschen wir uns Geborgenheit, begreifen wir unser Leben nicht als festgelegt. Je vorherbestimmter es jedoch zu sein scheint, desto mehr haben wir das Bedürfnis, dieser Umlaufbahn zu entkommen. ‚Die individuelle Freiheit ist kein Kulturgut. Sie war am größten vor jeder Kultur', meint Sigmund Freud. Wollen wir zurück zu unserer persönlichen Freiheit, hilft es zu erkennen, welche Forderungen die Gesellschaft an uns stellt. Entsprechen sie meinen eigenen? Wenn nicht, haben wir jedes Recht, uns von ihnen freizumachen." Mich von den Forderungen freizumachen, mache ich gerade. Es sind meine eigenen Forderungen, die mir zu schaffen machen. Positiv wie negativ.

Auf Seite 21 und folgende wird das Thema Glück behandelt. Ich schreibe mal wieder ab. Das kann ich mittlerweile ganz gut, zu zitieren. „Warum Glück nicht davon abhängt, wer wir sind, sondern was wir denken. Was berührt uns? Was lässt uns kalt? Und warum erleben wir manchmal Momente, die sich geradezu magisch anfühlen? Auf der Suche nach Antworten sind Wissenschaftler auf die Gesetze der Resonanz gestoßen, auf Glückserfahrungen, die etwas in uns zum Schwingen bringen." Die Resonanz ist in der Physik und Musik das Mitschwingen eines Körpers mit der Schwingung anderer Körper. Es sind auch Reaktionen, die durch etwas hervorgerufen werden. Es ist ein Widerhall, eine Zustimmung. Ich schreibe mal wieder was ab. Auf Seite 22: „Es gibt Augenblicke, die fühlen sich einfach magisch an. Wie zum Beispiel überwältigende Momente des Musik-Erlebens, die so tief und schön sind, dass wir zu Tränen bewegt werden. Auch in der Natur. Wenn wir auf einem Berggipfel stehen und staunend in die unergründliche Gebirgswelt blicken. Oder am Rand des Ozeans die Wellen heran rollen sehen und hören und dabei das Gefühl haben, die Welt atme und würde mit uns kommunizieren – würde Antworten finden auf unsere Fragen. Immer dann machen wir die Erfahrung, dass zwischen dem Draußen und dem eigenen Inneren eine Beziehung besteht. Wir erleben ein Verbunden sein mit der Welt, das etwas in uns zum Schwingen bringt, weil wir uns von einem Augenblick bewegen und ergreifen lassen. Wie auch von anderen Menschen, die uns auf eine besondere Weise berühren, zu denen wir uns magisch hingezogen fühlen. Meist ohne genau zu wissen, warum eigentlich. Dieses beglückende und lebenswichtige Gefühl der Verbundenheit, für das der Soziologe Hartmut Rosa den Begriff ‚Resonanz' geprägt hat, erwächst aus dem Wissen, nicht allein zu sein, und der Erfahrung, dass zwischen der Welt und den persönlichen Bedürfnissen Übereinstimmung herrscht. Das Gefühl, lebendig und authentisch zu sein. In solchen Momenten spüren wir, hier kann ich ganz sein, wie ich bin. Wir fühlen uns in unserem innersten Wesen angesprochen. Und am beglückensten ist es, wenn wir das Gefühl haben, da antwortet mir etwas, wir schwingen sozusagen auf derselben Wellenlänge. Dieses Weltverhältnis beschreibe ich mit dem Begriff der Resonanz." Dies schreibt Hartmut Rosa (Resonanz – Eine Soziologie der Weltbeziehung, Suhrkamp Verlag). „Dabei kann der Resonanz Moment von außen kommen, zum Beispiel durch Menschen, die etwas Besonderes ausstrahlen, die Resonanz vermitteln und andere sozusagen anstecken. Er kann aber auch in unserem Inneren entstehen, wenn uns eine Emotion bewegt, wir gewissermaßen einen Draht zur Welt spüren und das Gefühl haben, ich kann da draußen etwas erreichen! Resonanz meint also einen Zustand, in dem ich mich berührt oder bewegt fühle, aber zugleich auch die Erfahrung mache, selbst etwas oder jemanden berühren oder bewegen zu können. Interessanterweise fühlen wir uns gerade dann am ehesten im Einklang mit uns selbst." Ich erfahre, dass Resonanzerlebnisse Aufmerksamkeit brauchen. Und ich brauche ein Selbstwirksamkeitsgefühl, damit ich Resonanz spüre. Ich schwinge dann wie bei einer Stimmgabel, die mit dem rechten Ton angeregt wird, mit. Außerdem erfahre ich: „Das beglückende Gefühl der Verbundenheit erwächst aus dem Wissen, nicht allein zu sein." Mir sagt der Text: „Wer Resonanz erfährt, dem erscheint die Welt atmend, tragend und wohlwollend." Außerdem sagt die Autorin des Textes, dass uns Muße dabei hilft, Resonanzerfahrungen zu machen. Auf Seite 25 heißt es: „Wie jedes menschliche Wohlbefinden hat auch das Gefühl, von jemandem oder durch etwas tief im Inneren berührt zu werden, biochemische Grundlagen. Es führt in unserem Gehirn zur Freisetzung des Bindungshormons Oxytocin. Wissenschaftler sprechen von dem ‚Hormon der Ruhe, Liebe und Heilung'. Und wenn wir diese drei Säulen des Glücks spüren, machen wir die Erfahrung der Urgeborgenheit und sind plötzlich in der Lage, ohne große Sorgen in die Welt zu blicken und uns auf das Leben zu freuen. Deshalb hat ein magischer Moment, der in uns Resonanz erzeugt, diese geheimnisvolle Kraft. Er berührt uns zutiefst und ermöglicht es, so, dass wir uns dem Leben mit kindlicher Neugierde und jugendlichem Wagemut zuwenden. Psychologen zufolge ist das die wichtigste Voraussetzung für ein gelingendes Leben. Menschen, die ein gelingendes Leben führen, haben eine lebendige Verbindung etwa zu anderen Menschen, zur Natur, zu ihrer Arbeit. Das Leben. Leben gelingt nicht allein, wenn wir reich an Ressourcen sind, sondern wenn wir es lieben." Und es steht ein Zitat von Luciano De Crescenzo da: „Jeder von uns ist ein Engel mit nur einem Flügel. Und wir können nur fliegen, wenn wir uns umarmen." Und Buddha sagt: „Ganz gleich, wie beschwerlich das Gestern war, stets kannst du im Heute von Neuem beginnen." Und Jesus sagt sowieso, dass jeder sein Kreuz auf sich nehmen soll und ihm nachfolgen soll. Und er sagt auch, dass ihm alle Menschen wichtig sind. Er sagt das im Gleichnis der 100 Schafe.

Auf Seite 53 geht es mit dem Thema: „Mehr Mut wagen" weiter. Es heißt: „Was wollen wir erreichen? Was blockiert uns? Wie weit können wir wachsen? Fragen, die sich auf unserem Lebensweg immer wieder stellen. Und manchmal ist es nicht so einfach, Antworten zu finden. Der Psychologe Dr. Viktor Frankl hat sich zeitlebens mit diesen Fragen beschäftigt und erforscht, wie wir den nötigen Mut in uns entdecken und wie wir lernen können, unserer inneren Stimme zuzuhören. Darüber haben wir in Wien mit Dr. Elisabeth Lukas, der bekanntesten Schülerin und Nachfolgerin von Viktor Frankl, gesprochen." Auf Seite 46 lautet das Thema Selbstgespräche. Selbstgespräch ist das, was ich gerade mache. Wobei ich meine Selbstgespräche ja mitteile. Die Verfasserin Isabel Adolf fragt: „Wenn ich mit mir selbst spreche, wer antwortet mir da eigentlich?" Sie erklärt: „Es ist ein offenes Geheimnis: Wir alle reden (manchmal) mit uns selbst. Aber welche Psychologie steckt dahinter?" Von dem Psychotherapeuten Prof. Norbert W. Lotz lässt sie sich erklären, was die Unterhaltungen mit dem eigenen Ich über unsere Psyche verraten. Platon meint: „Das Denken ist das Selbstgespräch der Seele." Es geht auch darum, dass es möglich ist, in Gedanken mit anderen Personen zu sprechen oder mit Verstorbenen Gespräche zu führen. Übergänge zu Erkrankungen aus dem psychotischen Bereich sind fließend. Wenn wir Stimmen als fremd wahrnehmen, meint der Psychologe, ist das eine Tendenz zur psychischen Erkrankung. Ich denke, dass es diese Stimmen jedoch auch gibt, sie dann aber nur bei psychischer Labilität wahrzunehmen sind. Stehe ich ungestresst im Leben, höre ich keine Stimmen. Und dann sagt mir der Stress, und eventuell Stimmen, was ich tun soll, um wieder auf den richtigen Weg zu kommen.

Und nun zu einem erfreulicheren Thema. Die alten Griechen dachten sich aus, dass sie bei Inspirationen von einer Muse geküsst werden. Die Musen sind die Göttinnen der Kunst. Und um diese Musen ranken sich die verschiedensten Geschichten. Diese Musen waren ja Hauptpersonen der Religion der Griechen. Und es waren auch teilweise sehr spirituelle Menschen, die diese Geschichten entwickelten. Und nun lebe ich in einer anderen Zeit mit einer weiterentwickelten Menschheitsgeschichte. Mit Jesus kam eine ganz neue Denke in die Welt. Und an seine neue Denke glaube ich. Seine Denkweise ist für mich schlüssig und intelligent. Und die Bibel erzählt mir von Gottes Wort. Dieses Buch transportiert die Reden und das Leben Jesu. Dieses Buch sagt mir, wie ich handeln kann. Dieses Buch erzählt mir Gutes. Jesus ist für mich das Non-plus-ultra. Dieser christliche Glaube ist für mich wegweisend. Er ist die Beschilderung, an die ich mich orientieren kann. Jesus gibt uns ein gutes Herz und ein Mitgefühl. Jesus sagt uns, dass alle Menschen gleich wichtig sind; egal wie die Fähigkeiten veranlagt sind. Er liebt alle Menschen. Für Inspirationen ist für mich jetzt Gott, Jesus und der Heilige Geist zuständig. Gott macht diese Inspirationen; die frei sind und die wir Menschen aufgreifen können oder nicht. Die Gedanken sind frei. Wir können einen Gedanken nehmen oder auch nicht. Wie es halt Sinn macht und Gottes Willen entspricht. Wir haben die Freiheit und auch die Qual der Wahl. Zurück zu der Religion der Griechen. Der Gedanke, die Idee, das Bild, dass eine Muse eine positive Inspiration bringt, finde ich gut. Frauen tragen das Positive in die Welt. Als Feministin finde ich das toll. Bei den Griechen hießen diese Frauen: „Calliope, Clio, Erato, Euterpe, Melpomene, Terpsichore, Thalia, Urania, Polyhymnia." Sie sind die gemeinsamen Kinder des Göttervaters Zeus und von Mnemosyne, der Göttin der Erinnerung. Ihr Halbbruder ist Apoll, der Gott der schönen Künste. Und auf Seite 131 und folgende Seiten der Zeitschrift: „Einfach. Sein" greift Jutta Junge das Thema auf. Die tollen Fotos der Musen stammen von Alexey Kondakov. Bei den Fotografien steht dabei: „Alexey Kondakov aus Donezk in der Ostukraine kam bei Bildrecherchen im Internet auf die Idee, Figuren von alten Gemälden in Alltagsfotografien zu montieren – ganz so, als seien es Schnappschüsse. Wie ihm dieser Einfall kam, kann er selbst nicht so genau erklären." Ich kann es allerdings erklären. Dies geschieht auch im Schulunterricht, wenn Lehrer den Kindern schlechte Geschichten über die Welt erzählen; vor allem über das mörderische Leben von Göttern. Diese Bilder überlagern das Christusbild. Und zu viele Bilder können sich negativ einhämmern und das Leben negativ steuern. Und darum mag ich Wissen über das Leben von Lateinern und Griechen nur begrenzt. Und es ist zu fragen, wer uns diese Geschichten einhämmern will und warum. Ich komme nun wieder zu dem Künstler aus der Ostukraine zurück. Über das Thema Musen sagt er: ‚Inspiration ist eine seltsame Sache. Du weißt, nie, wo du sie findest. Aber was hilft, ist: guter Schlaf, reisen, viel frische Luft und natürlich Liebe. Meine persönliche Muse ist meine geliebte Frau Lilia. Sie ist die Erste, die meine Kunst sehen darf. Und wenn es etwas zu kritisieren gibt, überarbeite ich es so lange, bis es ihr gefällt." Übersetzt heißen die oben aufgeführten Musen in der Reihenfolge ihrer obigen Auflistung: Die Schönstimmige, die Rühmende, die Liebevolle, die

Erfreuende, die Singende, die fröhlich im Reigen Tanzende, die Blühende, die Himmlische, die Hymnenreiche". Frau Junge schreibt: „Vom Glück einer Muse zu begegnen. Wir brauchen eine Idee, eine neue Inspiration, aber wissen nicht, woher? Im antiken Griechenland waren die Menschen davon überzeugt, dass es nur eine Quelle der Eingebung geben kann: die neun Musen. Wer das Glück hat, von ihnen geküsst zu werden, erhält eines der wertvollsten Geschenke, die das Leben zu bieten hat." Ich erkläre nun die Muse Calliope. Sie ist die Muse der Rhetorik. Sie ist die Älteste der neun Schwestern und gilt als sehr weise. Ihre große Liebe ist das Lesen. Wo auch immer man sie trifft – sie trägt ein Buch in der Hand. Nach ihrem Kuss sehnen sich Redenschreiberinnen in aller Welt. Sie ist die Muse der epischen Dichtung, der Wissenschaft und der Rhetorik und der Philosophie. Sie gilt als älteste und weiseste Muse. Nun zu Urania. Sie ist die Muse der Sternenkunde und der Astronomie. Wer ihr begegnet und von ihr geküsst wird, kann das Universum besser verstehen. Und im Text heißt es sinngemäß, dass wir an den ungewöhnlichsten Orten und in den verrücktesten Situationen Einfälle haben können: in der U-Bahn, in der Badewanne, beim Rasenmähen oder beim Sortieren der CDs. Vom Rasenmähen ist bei mir wieder mal nicht die Rede, weil meine Obstwiese gerade braun ist. Und meine Einfälle kommen auf dem alten Sofa in meinem Wohnzimmer. Und nun schlug ich wieder den Bogen zum Thema Wasser. Wasser in all seinen Facetten ist das Thema, an das ich jeden Tag denke, und das ich niemals aufgeben werde. An diesem Thema bleibe ich immer dran. Die Erklärung der Musen würde auch zu meinem 9. Buch passen. Ich nehme es mit der Zuordnung nicht so genau. Ich will nun selber eine Muse, also eine gute Ideengeberin sein, zumindest für sinnvolle Inspirationen. Es wäre schön, wenn du auch eine Muse bist. Oder natürlich auch ein Musenmann oder ein Musenmensch. Mit vielen Menschen kommen auch viele Inspirationen auf die Erde und es entsteht ein Kunstwerk als Ganzes. Als Christin sehe ich es so, dass wir Geschenke des Himmels sind; mit den verschiedensten, von Gott gegebenen Gaben. Und ich suche nun in einem Heiligenlexikon und in den Suchmaschinen nach Heiligen, denen ähnliche Eigenschaften zugeschrieben werden; und die mit ihrem Leben ihren Glauben an Jesus Christus bezeugten. Ich meine, dass ich da fündig werde. Es gibt so viele Christen und Christinnen, an die ich mich wenden kann. Diese guten Eigenschaften sind ja bei so vielen Menschen ausgeprägt und universal. Im Ökumenischen Heiligenlexikon lese ich vom Heiligen Hermas von Rom. Der Name bedeutet „Stütze". Er wird auch, wie der griechische Götterbote, Hermes von Rom genannt. Er hat am 1. März Namenstag und war eventuell Schriftsteller. Ich lese seine Inspirationen. Auch unser Papst machte sich zu ihm Gedanken. Dann suche ich wieder das Thema Muse. Ich las im Internet, dass es auch eine 10. Muse geben soll. Sie ist das Kabarett. Und weil im Kabarett immer viel Wahrheit mitschwingt und der eigentliche Sollzustand oft ins Lächerliche gezogen wird, führe ich das hier auf. Ich meine mit der 10. Muse ein realistisches Gesamtkunstwerk des ethisch richtigen Wirtschaftens.

Dienstag, 28.08.2018

Am letzten Samstag regnete es endlich mal wieder. 1 l im Regenmesser. Gestern 2 l im Regenmesser. Gestern kaufte ich in einem Supermarkt das Heftchens: „Zeit für mich. Übungen, Tipps und Aktivitäten für ein bewusstes Leben." Hinten drauf steht: „Schaffen Sie sich bewusst Zeit für geistige Entspannung und erreichen Sie emotionale Ausgeglichenheit mithilfe von leicht umsetzbaren Übungen und Aktivitäten. Yogaübungen. Malen und Schreiben. Meditation. Nach und nach lernen Sie, die eigenen Bedürfnisse zu erkennen. So nehmen Sie eine Auszeit vom Alltag und tanken zugleich Energie, um ihm ausgeglichen und positiv zu begegnen." Ich sehe mein Leben als Ganzes, und Auszeit ist da ein unmögliches Wort. Entspannung und Anspannung soll mein Leben durchgehend bestimmen. Auf Seite 10 finde ich eine einfache Tabelle, um „Zwischenbilanz zu ziehen". Ich werde gefragt: „ Wie fühlen Sie sich im Moment, und was möchten Sie in diesem Jahr für sich erreichen? Tragen Sie einfach die Antworten ein. Scannen Sie die Tabelle vor dem Ausfüllen ein, damit Sie sie öfters verwenden können. Diese Vergegenwärtigung ist in Stresszeiten nützlich und hilft Ihnen dabei, Ihre Ziele neu zu definieren." Es wird in der Tabelle gefragt: „Wie bin ich in Bezug auf: Äußeres, Emotionales, Geistiges, Spirituelles, Familiäres, Liebe, Freundschaft, Berufliches." Dann wird nach dem Ziel gefragt: „Wie ich werden will." Und dann wird nach der Methode gefragt: „Wie ich es erreichen kann." Unten wird dazu angeregt: „Notieren Sie hier die Themen, die Ihnen unnütz, unwichtig und für Ihren inneren Fortschritt kritisch erscheinen." Dazu sage ich nichts mehr. Auf Seite 36 wird auf Gemeinschaftsaktivitäten im Wald hingewiesen. Unter anderem auch, Müll in den Flüssen zu sammeln. Als Abschlusssatz heißt es: „Wir sind mit der Natur verbunden. Sie zu respektieren, bedeutet auch, auf unser eigenes Wohlbefinden zu achten." Auf der nächsten Seite wird angeboten: „Ein Garten für alle. Einen blühenden Garten für alle anzubieten, ist bereits eine sehr dynamische Aktivität. In einem Stadtviertel, auf einem gemeinsamen Grundstück, auf Balkonen oder Gebäudedächern packen alle mit demselben Ziel an. Wenn einige Einwohner beschließen, Gärtchen anzulegen, profitiert jeder Passant von den Farben und Düften an einem Ort, wo es vorher nichts gab." Diese Aktivität finde ich auch sehr sinnvoll. Folgendes Vorgehen wird empfohlen: „Als Moderator eröffnen Sie einen Blog oder nutzen die Mund-zu-Mund-Werbung, um diese Aktivität anzubieten und die Arbeitsetappen zu organisieren. Bitten Sie alle, Pflanzkästen, die Sie bemalen können, Erde, Samen, und Gartengeräte mitzubringen. Wählen sie gemeinsamen den Ort aus, den Sie bearbeiten möchten. Jeder hat seine/ ihre Aufgabe. Aufgaben verteilen und Verhaltensregeln aufstellen. In diesem Jahr waren Sie der Moderator. Nun muss eine andere Person ernannt werden, die dafür sorgt, eine andere solidarische Aktivität für das Folgejahr zu finden. Die Bewegung soll nicht zum Stillstand kommen." Mit meiner Tochter Tabea ging ich gestern in den Obstgarten und sammelte heruntergefallene Äpfel auf. Die Bäume werfen sie wegen der Dürre ab. Ich lege einen Wasserschlauch unter die Bäume, um ihnen Wasser zu geben. Hoffentlich bewirkt das was; da bin ich mir mittlerweile nicht mehr so sicher. Wir backen nun einen Hefevollkornkuchen mit Streuseln und diesen Äpfeln. Als ich in der Früh Tabea abholte, hörten wir auf Bayern 2, dass eine Sendung auf 3sat abends im Fernsehen kommt. Es geht um den hochbegabten schweizer Jungen Maximilian. Er sagt im Radio: „ Ich bin glücklich, wenn ich Ruhe habe und Zeit und wenn ich was tun kann." Ich denke, alle Menschen wollen was stressfrei tun. Das Tätigsein-Wollen ist ein menschlicher Wesenszug. Und es muss aber in die richtige Richtung gelenkt werden. Viele Tätigkeiten sind sinnlos in Bezug auf die Menschenrechte und die materielle Gleichheit aller Menschen. Und wahre Intelligenz zeigt sich in einem Wirtschaftssystem im Einklang mit Gott und der ganzen Schöpfung. Da müssen wir hinkommen. Während der Wartezeit bei dem Kuchen lese ich die Zeitschrift: „Ratgeber. Magazin für die Frau". Ausgabe 8/2018. Ein Artikel heißt: „Gießen – aber richtig. Was wachsen soll, braucht Wasser. Aber wie gießt man richtig, wann, wie oft und wie viel? Wer die Antworten kennt, kann manchen Liter sparen." Es gibt auch Tipps, Trockenkünstler zu pflanzen. Auch hält sich der Gießaufwand in Grenzen, wenn man die Beete mit wenig durstigen Kartoffeln, Speiserübchen, Zwiebeln, Roten Beten, Pastinaken oder auch Artischocken bepflanzt." Ich will ja keinen Gartenratgeber schreiben. Aber da wären alle wichtigen Infos zu holen. Mit Tabea höre ich im Hintergrund die CD: „Die 30 besten Kirchenlieder für Kinder. Mit allen Liedtexten zum Mitsingen." Mit gefällt das Lied: „Kleines Senfkorn Hoffnung". Der Text ist von Alois Albrecht und die Musik von Ludger Edelkötter. Ich schreibe es ab; und ich ändere ein paar Worte ab.

„Kleines Senfkorn Hoffnung, mir umsonst geschenkt, werde ich Dich pflanzen, dass Du weiter wächst, dass du wirst zum Baume, der uns Schatten wirft, Früchte trägt für alle, alle, die in Ängsten war'n.

Kleiner Funke Hoffnung, mir umsonst geschenkt, werde ich Dich nähren, dass Du überspringst, dass Du wirst zur Flamme, die uns leuchten kann, Feuer schlägt in allen, allen, die im Finstern war'n.

Kleine Münze Hoffnung, mir umsonst geschenkt, werde ich Dich teilen, dass Du wirst gerecht, dass Du wirst zur Gabe, die uns leben lässt, Reichtum selbst für alle, alle, „damit sie gleich" sind.

Kleine Träne Hoffnung, mir umsonst geschenkt, werde ich Dich weinen, dass Dich jeder sieht, dass Du wirst zur Trauer, die uns Handeln macht," helfen lässt für alle, „alle, die in Nöten war'n."

Kleines Sandkorn Hoffnung, mir umsonst geschenkt, werde ich Dich streuen, dass Du manchmal bremst, dass Du wirst zum Grunde, der uns halten lässt. Neues wird mit allen, allen, die in Zwängen war'n."

Das andere Lied, dass mir gefällt, ist: „Ins Wasser fällt ein Stein." Der Text und die Melodie sind von Kurt Kaiser. Dass das Wasser mit dem Stein nicht immer möglich ist, stellte ich ja in meinem 6. Buch fest. Jetzt ist der Weiher, wegen dem nassen Winters, gerade etwa zur Hälfte gefüllt. Der Text des Liedes lautet:

„Ins Wasser fällt ein Stein, ganz heimlich, still und leise, und ist er noch so klein, er zieht doch weite Kreise. Wo Gottes große Liebe in einen Menschen fällt, da wirkt sie fort in Tat und Wort hinaus in unsere Welt.

Ein Funke, kaum zu sehen, entfacht doch helle Flammen, und die im Dunkeln stehen, die ruft der Schein zusammen. Wo Gottes große Liebe in einem Menschen brennt, da wird die Welt vom Licht erhellt, da ist der Schein, der uns belebt.

Nimm Gottes Liebe an. Du brauchst dich nicht allein zu mühen, denn seine Liebe kann in Deinem Leben Kreise ziehen. Und füllt sie erst Dein Leben, und setzte sie Dich in Brand, gehst Du hinaus, teilst Liebe aus, denn Gott füllt Dir die Hand."

Als ich Tabea später wieder zu ihrem Vater fahre, fallen mir die vielen kranken und toten Kiefern auf. Mir dreht es wie immer, fast den Magen um, und mir ist schlecht.

Heute, am Dienstag, arbeitete ich im Kiosk. Eine Kundin kaufte eine Karte, darauf stand: „Glück ist, wenn die Katastrophe eine Pause macht." Ich kenne den Verfasser dieser Zeilen nicht, und weiß nicht, wie er das meint. Ich weiß jedoch, wie ich das meine. Eine blecherne Tasse war mit, sinngemäß dieser Aufschrift versehen: „Eine bunte Tasse für Freude und Spaß; kein Grau für Ärger." Auch das kommentiere ich nicht. In der Zeitung, die FLZ von heute, dem 28.8.2018, steht: „Gute Laune in den Chefetagen. Ifo-Präsident Fuest: ‚Wirtschaft befindet sich im Sommerhoch.'" Seine Freude kann ich nicht teilen. Wir haben einen viel zu hohen ökologischen Fußabdruck und produzieren in Deutschland mehr, als die Umwelt verkraftet. Und Wachstum geht auf Kosten von Klimawandel und Natur. Zusätzlich erlauben es Gesetze, Arbeitskräfte, als „Braindrainage" aus armen Ländern abzuziehen. Auch diese Länder brauchen zur Weiterentwicklung tüchtige Leute. Außerdem gibt es auch hier Leute, die geschult werden können. Die Tatsache, dass etwa 30% der Leute staatsbürgerlich dumm gehalten werden und nicht zum Wählen gehen, sagt viel über die Interessen der anderen Bürgerinnen und unseres Bundestages aus. Ich würde alle Menschen bilden und zur Wahl einer Partei verpflichten. Ich denke, Linksparteien würden endlich zu den Stimmen kommen, die sie verdienen. Und es kann ernsthaft darüber nachgedacht werden, dass alle Menschen beachtet und respektiert werden. Noch scheint es eine Lobby zu geben, die sehr damit zufrieden ist, dass Leute ein Stillhalteleben führen. Verblödet durch Privatfernsehen. Ich nenne dieses Fernsehen Verblödungsfernsehen zu Gunsten von wenigen Leuten. Diese wenigen Leute sind Multimillionäre und haben leider, dank unserer bescheuerten Gesetze, die Medien in der Hand. Die freuen sich, wenn Leute primitiv streiten und laut aufeinander losgehen. Es sollen falsche Vorbilder Leute dumm halten. Klar, es gibt die Möglichkeit auszuschalten. Leider tun es zu wenige Leute. Die gebildeten Leute freuen sich ja auch, dass sie das meiste vom finanziellen Kuchen abbekommen. Von wirklicher Bildung und Beteiligung von vielen Menschen am Wohlstand für alle, scheint kein wirkliches Interesse da zu sein. Warum? Ich denke, es liegt an den Wahlentscheidungen der Wähler. Und die suchen ihren Vorteil. Ihr Vorteil ist das mögliche Verrecken eines Staates emotional und tatsächlich. Mit emotionalem Verrecken meine ich auch, dass Ehen oft ein Geschäft sind. Das möchte ich nicht weiter vertiefen. Beweise dafür gibt es genug. Schade eigentlich, wenn Menschen nicht zu echter Liebe fähig sind. Das ist ein wirkliches Armutszeugnis. Mit einem finanziellen Gleichstand, sind solche Armutszeugnisse nicht mehr möglich. Im Kiosk fiel mir die Zeitschrift „TV hören und sehen" vom 1.9.–7.2018 auf. Ich kaufte mir diese Gedanken. Auf Seite 12 gab Alain de Botton, ein Philosoph (48 Jahre alt), eines seiner sehr raren Interviews. Seine Aussage steht in der Zeitung wie folgt: „Warum wir so wenig brauchen, um glücklich zu sein. Vom Glück des Einfachen." Und er sagt auch einiges zu Partnerschaft. Unter anderem: „Wahre Liebe ist, den anderen auch im Pyjama zu mögen. Mit allen Ecken und Kanten." Also mir kommt es vor allem auch auf den Mann ohne Pyjama an. Sex ist schon sehr, sehr wichtig. Aber davon bin ich ja noch weit entfernt. Von Tantra-Massagen bin ich noch weit entfernt. Zumindest liegt das Buch von Kalashatra Govinda: „Tantramassage. Die hohe Kunst der erotischen Berührung", vor mir. Alle Wirkungen bleiben mir leider versagt. Diese Wirkungen sind auf Seite 9 sehr gut beschrieben: Durch Tantra-Massagen erzeugen die Liebenden eine Atmosphäre der Nähe und Geborgenheit. Sie entwickeln ihre Sinne und ihre Sinnlichkeit. Sie stärken ihre sexuellen Energien. Sie können Blockaden in den Chakras, den sieben Energiezentren, lösen. Sie reinigen die eigene Aura und die des Partners. Sie können neuen Raum für liebevolle Begegnungen schaffen. Beide lösen Muskelverspannungen und seelische Anspannungen auf. Es werden Glückshormone wie Oxytocin ausgeschüttet. Das Immunsystem wird gestärkt. Ich setze das jetzt nicht fort. Hoffe nur, dass ich mich bald wieder verliebe und der Mann auch eine Partnerschaft will und sich auf Zweisamkeit mit mir einlässt. Ich werde mein Leben auch ohne Tantra überstehen. Mit Tantra wäre natürlich schöner. Ich werde jedoch gerade von niemandem gefragt. Und Stress mit einem falschen Partner oder unbefriedigende one-night- stands will ich nicht. Entweder alles oder nichts. Ich bin da rigoros.

Und weil ich gerne singe, suche ich im Buch von Gisela Walter (Hrsg.) vom Ravensburger Verlag Lieder. Der Titel des Liedbuches ist: „Neue Kinderlieder." Allerdings kenne ich die Kinderlieder schon seit vielen Jahren. Sie sind nicht so neu. Als 16-jähriger Teenager war ich bei einem Konzert von Gerhart Schöne. Er hat das folgende Lied arrangiert:

1) „Lass uns eine Welt erträumen, die den Krieg nicht kennt, wo man Menschen aller Länder seine Freunde nennt, wo man alles Brot der Erde teilt mit jedem Kind, wo die letzten Diktatoren Zirkusreiter sind.
2) Lass uns eine Welt erträumen, wo man singt und lacht, wo die Traurigkeit der anderen selbst uns traurig macht, wo man, trotz der fremden Sprache, sich so gut versteht, dass man alle schweren Wege miteinander geht.
3) Lass uns eine Welt erträumen, wo man unentwegt Pflanzen, Tiere, Luft und Wasser wie einen Garten pflegt, wo man um die ganze Erde Liebesbriefe schreibt, und dann lass uns jetzt beginnen, dass es kein Traum bleibt."

Im Kiosk las ich zufällig auf einer Karte den Spruch von Walt Disney: „Wenn du es träumen kannst, dann kannst du es auch tun." Und dass für mich der Diktator der Kapitalismus ist, ist dir hoffentlich klar. Der Kapitalist, wenn es denn noch einer sein will, wird Zirkusreiter. Ich träume davon, dass alle Menschen zu Gott finden, sich als Kinder Gottes begreifen, und ein gerechtes Wirtschaftssystem umsetzen. Schließlich können und dürfen wir denken, was wir wollen.

Der Blaue Goldpreis

Jetzt fange ich mit dem eigentlichen Thema an. Mal wieder. Zum X-ten Mal. Vor mir liegen trockene Bücher; wirklich richtig trocken. Trockener geht es nicht mehr. Das eine Buch ist das Buch:

„Ihre private Ökobilanz. So sparen Sie Energie und Kosten und schonen die Umwelt." Das ist mal der Ausgangspunkt meiner öko-sozialen Überlegungen. Ich bin der Mittelpunkt. Der Ausgangspunkt. Allerdings muss ich vorwegschicken, dass meine Bücher noch nicht total ökologischen Herstellungskriterien entsprechen. Ich hoffe, dass sie es irgendwann, möglichst bald, mal tun werden. Im Moment stehen noch ökonomische Zwänge im Vordergrund. Alles muss klein beginnen. Dies ist, übrigens auch wieder ein Liedanfang von Gerhard Schöne. Ein anderes Lied von ihm ist: „Der Märchenprinz". In dem Lied, es steht auf Seite 84, steht, dass in jeder schwierigen Situation ein Märchenprinz kommen müsste, um die Sache in Ordnung zu bringen und er sich um alles kümmert. Das Lied endet mit der 5 Strophe, die folgendermaßen lautet: „Wenn der Märchenprinz erschiene, das wär wunderbar. Doch du weißt ja selber, der macht sich heute leider rar. Dauernd muss man ihn vertreten. Der scheint sich auszuruh'n. Man muss selbst nach Wegen suchen, selber etwas tun! Da kann schon ein Märchenprinz kommen, und alle schau'n staunend ihm zu. Es können noch Wunder geschehen. Der Märchenprinz aber bist du!"

Auch in meinem 4. Buch wies ich darauf hin, dass der neue König, der Prinz, also Jesus kommt. Ich könnte eine Verknüpfung in meinen Gedanken ziehen. Und es gibt auch ein Regenbogenlied von Dorothee Kreusch-Jakob. Es lautet: „Ich schenk dir einen Regenbogen." Und dann in der letzten Strophe: „Ich schenke dir ein Kuchenherz, darauf steht: ‚Ich mag dich so!' Ich wünsch dir was! Was ist denn das? Jetzt weißt du's sowieso!" Also ich bin eigentlich auch dafür, dass der Blaue Goldpreis ein Kuchenherz ist, von dem alle Menschen gleich satt werden. Ein richtiger Hefeteig. Ein richtiger Obstkuchen. In Herzform. Da wir ja rechnen wollen und der Übergang in ein anderes Wirtschaftssystem noch nach den Prinzipien der herkömmlichen BWL erfolgen sollte, nehme ich die alten Symbole vom Gold. Eigentlich ist Brot so wichtig wie Gold. Brot ist das Gold. Jesus ist das Gold. Das Herz als Zeichen von Gefühlen und Liebe bleibt. Ich möchte mich auch nicht in Symbolik versteifen. Es geht darum, dass jeder Mensch gleich würdig ist; dies orientiert an den Menschenrechten und jeder und jede genug zu essen und die anderen Grundbedürfnisse befriedigt hat.

Angeblich gehört, laut dem Brockhaus-Lexikon, Sexualität zu den Grundbedürfnissen. Ich fange schon wieder damit an. Es ist so ein Lieblingsthema von mir. Und heute legte ich mit meiner Tochter Socken zusammen. Manche Paare waren nicht zu finden. Und meine Tochter sagte: „Was machen wir mit denen, die keinen Partner haben?" Ich musste lachen. Sie fuhr fort: „Wegwerfen?" Ich musste noch mehr lachen. Und meinte, dass man bei Socken auch bunte zusammenstecken kann. Und die dann daheim tragen. Oder manche Künstlerinnen und Herstellerinnen machen das grundsätzlich. Sie wollen keine zwei gleichen Socken erstellen zum anziehen. Was man mit Single-Menschen macht, die partout keinen Partner finden wollen, weiß ich nicht. Keine Ahnung. Ich gehöre ja auch dazu. Meine Lösungsstrategie mache ich ja immer offenkundig. Ob das das non-plus-Ultra ist, weiß ich nicht. Meine Gefühle lassen keine andere Lösung zu.

Heute, 28.08.2018

Papa meint, ich soll die Rosen nicht gießen, weil es wahrscheinlich morgen regnen wird. Ich lasse es. Mache mir aber schon Sorgen, um die Pracht im Garten. Ich schaue die Symbolik von Rosen nach. Möchte ich in meinem Buch doch Gewinne, wie Rosen in meinem Leben haben. Sogar mein Cover mit dem Wort „Gewinne" ist mit lebendigen Rosen verziert. Unter Wikipedia finde ich eine Menge an Informationen. Rosen gehören zur namensgebenden Pflanzgattung der Familie der Rosengewächse. Die Gattung umfasst, je nach Auffassung, zwischen 100 und 250 Arten. Merkmale sind Blüten, Stacheln, Hagebutten und unpaarig gefierte Blätter. Gärtnerisch ist zwischen Wildrosen und

Kulturrosen zu unterscheiden. Die Rose wird seit der griechischen Antike als „Königin der Blumen“ bezeichnet. Rosen werden seit mehr als 2000 Jahren als Zierpflanzen gezüchtet. Das aus den Kronblättern gewonnene Rosenöl ist ein wichtiger Grundstoff der Parfumindustrie. Rote Rosen gelten seit dem Altertum als Symbol von Liebe, Freude und Jugendfrische. Mit der Rose wurde auch die Vorstellung des Schmerzes verbunden und auch mit Vergänglichkeit und Tod. Im Christentum entwickelte sich eine Rosensymbolik. Christlichen Mystikerinnen des Mittelalters erschien eine Rose, die aus der Brust Jesu Christi erwächst. Aus der Mystik wurde das Symbol der roten Rose in die Alchemie übernommen, wo sie für den mächtigen roten Stein steht, auch Stein der Weisen genannt, der unedle Metalle in Gold verwandeln und Menschen erleuchten kann. Auf Erleuchtung warte ich auch bei mir. Vielleicht fällt mir was Gewinnbringendes ein. Das Gold Brot ist, erkannte ich ja schon. Jetzt gehe ich mit einer Freundin zum Altmühlsee. Relaxen und genießen muss für mich sein. Einfach entspannen; die Füße baumeln lassen. Die Zehen ins Wasser tauchen. Am Strand, in dem flachen Wasser, entlanglaufen. Schwimmen und faul auf der Wiese liegen. Ratschen. Lachen. Einfach sein. Gut die Zeit verbringen. Eine schöne Zeit haben. Das tut richtig gut.

Heute, 01.Sept.2018

Ich berichte nun über gestern. Ich arbeitete, und eine Bekannte sagte mir, so plötzlich und unerwartet, wie das immer ist: „Meine Freundin hat sich vor Jahren ihren großen Busen operieren lassen, weil sie immer gebückt und mit eingezogenen Schultern ging. Sie ist seitdem glückselig.“ Ich sagte ihr, dass ich nun 45 bin, eine Operation nicht mehr wünsche und glücklich bin. Ich mache immer viel Sport, weil ich glücklicherweise immer die richtigen

BH's hatte. In Deutschland werden keine richtigen Sport-BH's für vollbusige Frauen produziert, und die Medizin hat sich auf das Geschäftsmodell Busenoperation eingestellt. Ich hoffe, dass es bald richtige Sport-BH's für alle Frauen gibt. Meine Kollegin sagte im Nachhinein: „Was geht es diese Frau an?“ Mein Vater sagte darauf: „Die wollte halt auch ihre Weisheit losbringen.“ Das Buch: „Körperstörung“ spare ich mir nun. Ich finde es so schade, dass Frauen so wenig ihren eignen Körper und die Figuren der anderen respektieren. Mit dem 3. Geschlecht ist ja ein Umbruch im Gange. Gott-sei-Dank.

Eine andere Kundin erzählte mir vorgestern, auch so aus dem Nichts, dass ihr mein Job als Verkäuferin zu langweilig wäre. Ich denke ja, dass jede Aussage mehr über den Sprecher oder Sprecherin, sagt, als über tatsächliche Verhältnisse, und reagiere mittlerweile relaxed. Wahrscheinlich ist die Frau mit ihrem Beruf unzufrieden und zieht Vergleiche. Ich fragte sie, was sie arbeitet. Sie arbeitet im sozialen Bereich und passt ständig auf andere Leute auf. Sie ist ständig aufmerksam, und richtet sich nach den Bedürfnissen ihrer Schützlinge. Ich sagte ihr, dass ich zwei Kassen bediene, den ganzen Arbeitstag rumple und ständig konzentriert sein muss. Wenn es mir mal langweilig ist, dann fülle ich die Regale auf oder staube ab. Das muss auch sein. Es gibt eigentlich keine Leerlaufzeiten. Sie meinte, dass sie den ganzen Tag umräumen würde. Wahrscheinlich dachte sie, ich würde zum Spaß einräumen, damit ich beschäftigt wirke. Keine Ahnung. Die Aussage meiner Kollegin war: „Sagen Sie ihr das nächste Mal, wenn so interessante Kundinnen wie sie kommen, dann bleibt es spannend.“ Tatsache ist, dass der Job total Spaß macht und ich wirklich zu tun habe. Keine Beschäftigung zu haben, ist lähmend, und der Tag will einfach nicht rumgehen. Er zieht sich wie Kaugummi dahin. Auch die anderen Verkäuferinnen bedauern sich im Gespräch, wenn ein Sonnentag ist und wenig los in dem Einkaufsmarkt. Bei Regen kommen die Leute, weil alle Geschäfte überdacht sind. Was mit dem Regen ist, frage ich mich auch. Es regnet ja kaum. Endlosthema. Hauptthema. Für mich kleines Weltuntergangsthema.

Ich hätte der Kundin noch sagen können, dass ich zum Niedriglohn jobbe. Und das manche Branchen aus unbekannten Gründen mehr verdienen. Weswegen Menschen anders eingeschätzt werden, als andere, ist mir ein Rätsel. Und es gibt Menschen, die leben in einer finanziellen Glasglocke, sodass die gar nicht mitbekommen, wie andere Menschen finanziell dahin derben. Der größte Unterschied bei den DAX-Unternehmen ist, das Einkommen eines Postvorstandes zum Arbeiter der Post. Er beträgt über 159mal so viel, laut der Auskunft des Radios. Ich arbeite bei der Post. Und ich verstehe nicht, weswegen es nicht einen Aufschrei gibt. Und ich hoffe, bei den nächsten Wahlen ist dieser Aufschrei, und es werden linke Parteien gewählt.

Und ich überlege mir, dass ja jeder Mensch was tun will. Es ist im Menschen angelegt. Selbst Leute, die von unserem Staat keinen Job besorgt bekommen, weil es ja keine Arbeitsplatzgarantie gibt und die Sozialleistungen wie Harz IV. beziehen, tun etwas. Sie jagen nach Schnäppchen oder machen vielleicht wertvolle Familienarbeit (die ja in keinem bisherigen Berechnungs- und Bewertungsschema auftaucht) und müssen ihr Leben auch bewältigen. Mit bezahlter Arbeit ist das Leben definitiv leichter. Darum machen viele Menschen was. Es ist nicht immer das Geld, was antreibt. Bei vielen Menschen ist es das Gefühl, was zu Schaffen; und bei ganz wenigen ist es ernsthaft die Frage nach dem Sinn des Tuns. Ja, die Frage nach dem Sinn. Und nach dem Willen Gottes ist die Frage aller Fragen. Sie ist der Ankerpunkt für weitere Überlegungen.

Es gibt außerdem Branchen, die sorgen dafür, dass die Umwelt zerstört wird. Und bekommen noch eine Menge Geld dafür. Dieses Geld geben sie sich selber, und die anderen schafften es bisher nicht, einen gesetzlichen oder steuerlichen Riegel vorzuschieben. Für Erbschaftssteuer und sofortige Vermögensverteilung bin ich sofort. Wenn jeder Vermögen hat, passt er vielleicht auf den Wald und die Luft auf. Wobei mir ein Rätsel ist, weswegen wirtschaftlich so mörderische Befehle erfolgen können, wo alle, auch die Befehlsgeber, darunter leiden. Doch eine Körperstörung. Oder ist es so, dass reiche Leute unter einer Glasglocke leben und gar nicht mehr mitbekommen, wie es ist, weniger Geld zu haben und nicht jeden Monat 5000 Euro sparen zu können? Diesen Eindruck habe ich stark. Ich finde es eine Frechheit, so viel Geld überhaupt schon zu nehmen. Menschenrechte heißt für mich, dass auch jeder Mensch das gleiche Geld zur Verfügung hat. Ich denke, dass die Umweltzerstörung schon nach einem neuen Wirtschaftssystem schreit. Auch die ungleiche Bezahlung schreit zum Himmel und schreit nach Veränderung. Ich hoffe, dass auch das nötige Feingefühl und die Gefühle und das Herz für diese Veränderung bereit sind. Und keiner denkt, er sei besser als der andere. Das denke ich nämlich nicht, weil alle Gottes Kinder sind. Klar, die Fähigkeiten sind ungleich verteilt. Und vor allem die Gefühle. Darum bin ich ja für Herzensbildung und für Christlichen Glauben. Der Glaube ist eine Sache des Herzens. Die Gedanken sind frei. Ich kann mir die Welt machen, wie sie mir gefällt. Ich kann auf meine innere Stimme und damit auf Gott hören. Ich kann meinem Herzen folgen. Da stimme ich mit dem Pippi-Langstrumpf Lied überein: „Ich mache mir die Welt, widde widde witt bum bum, wie sie mir gefällt.“ Dann sollten wir sie uns auch machen, wie sie uns gefällt.

Noch was, weil ich vor Wut platze. In Afrika will nun VW ein Werk bauen. In Ghana. Den Leuten Perspektiven in den bereisten Ländern von Bundeskanzlerin Angela Merkel schaffen. Diese Perspektiven sind anscheinend Autos, damit nicht Tausende aus diesem Land grundlos zu uns kommen. Manche Leute sind schon da und verbringen anscheinend hier ihren Urlaub auf Staatskosten. Das halte ich für dreist und unverschämt. Aber dreist finde ich auch, wenn die Perspektiven Autos sein sollen. Ich finde, wir haben noch die falsche Technologie bei den Autos. Noch zerstören sie das Klima. Wir sollten unsere Autos nicht exportieren; für noch mehr Klimawandel und noch mehr Flüchtlinge sorgen. Wir sollten die Länder anders beraten und nicht unbedingt wirtschaftlich agieren. Warum können wir nicht einfach selber im Land bleiben und so unsere Wirtschaft in Schwung halten? Warum geht das nicht? Deutsche Ideen sind nicht die besten Ideen. Sie können für unser Land gut sein. Aber bitte nicht für andere.

Mir reicht mein lädierter Wald wegen dem Klimawandel. Und auf die Heimat bezogen, reicht mir die Tatsache, dass wir Wasserschutzgebiet sind. Andere mit Wasser versorgen müssen, weil sie nicht dazu in der Lage sind. Da ist schon wirklich was schief gelaufen. Sehr schief. Das lässt sich auch wieder rückgängig machen. Alles lässt sich reparieren.

Und mit einer Bekannten stritt ich vor Kurzem darüber, dass die Bauern jetzt Not-Hilfe für die Dürre bekommen. Sie sagt, dass sie nichts bekommt. Sie arbeitet in der Autoindustrie. Noch mal zum Verständnis: Unser Staat hat seine Steuereinnahmen von der Autoindustrie. Ein Heer von Beamten wird überproportional und ungerecht bevorteilt und davon bezahlt. Niemand von den Umweltministerien muckt auf über irgendetwas. Wahrscheinlich denken sie nur kurzfristig an sich und ihren geldlichen Wohlstand. Und dass diese Bekannte ihr Geld so gut verdient, freut eigentlich nur sie, da braucht sie nicht so blöd daherzureden. Und eine Vernetzung der Ministerien halte ich für sinnvoll. Dann kann ein Umweltministerium das Wirtschafts- und Landwirtschaftsministerium direkt beraten. Jeder Bauer ist unglücklich darüber, wenn er keine Nahrungsmittel auf den Tisch bringen kann. Das Ganze hat auch einen Haken: in Deutschland wird konventionell zu viel produziert und dann in das Ausland gekarrt. Die Umwelt verkraftet das gar nicht: siehe Nitratverschmutzung und sonstige chemische Mittel, die nicht mal gemessen werden. Dem Boden wird zu viel zugemutet und entnommen. Außerdem ist die konventionelle Landwirtschaft am Klimawandel auch stark beteiligt. Biobauern gibt es nur ein paar Prozent. Wobei auch die Lehranstalten für Bioanbau noch total fehlen. Die Vorteile der Biolandwirtschaft liegen auf der Hand: regional, saisonal und biologisch zu produzieren. Und in Maßen.

Ich könnte mich ja über alles aufregen und tue es auch. Drei Kilometer von mir, im Wasserschutzgebiet, wurde ein 5 Hektar großes Treibhaus gebaut. Mensch baut Tomaten und anderes Fruchtgemüse auf Watte an. Mir ekelt, wenn ich an das Gemüse denke. Aber der Verbraucher kauft es. Schaut es doch gut aus. Und ich frage mich, warum der Verbraucher nicht auf Erde angebautes Gemüse essen kann. Warum muss der Verbraucher im Winter Gurken essen und nicht auf Erde angebauten Rosenkohl, Lauch, Rote Beete, Karotten und Sonstiges und im Sommer die Fruchtgemüse, die in der Erde wachsen? Ich denke, der Verbraucher checkt das gar nicht; steht doch auf der Verpackung lediglich fränkisches Gemüse. Der Gesetzgeber könnte über die Produktionsbedingungen auch was auf die Verpackung oder auf das Preisschild schreiben. Den interessiert das auch zu wenig, was wir denn überhaupt in diesem Land tun. Hauptsache, es ist alles da. Zu jeder Jahreszeit und es schaut appetitlich aus. Das war's dann aber auch. Da wäre das Fach Gartenbau und Essenszubereitung so wichtig. So wirklich wichtig.

Heute, der 01. Sept. 2018, steht in der FLZ auf Seite 9 ein interessanter Bericht. Es geht darum, wie Fauna und Flora auf die lange Hitzeperiode reagieren. Amphibien leiden enorm. Ich zitiere: „Viele Feuchtwiesen, zum Beispiel in Fischbach im Südosten Nürnbergs, hätten schon gelitten." Ausgangspunkt war bereits der Jahrhundert-Sommer 2015, erklärt Herr Dörtsch. „Jetzt gibt es dort keine Feuchtwiese mehr. Das hat auch Auswirkungen auf Tiere. Der Wiesenknopf-Ameisenbläuling beispielsweise, ein Schmetterling, legt normalerweise seine Eier auf die Blüten des Wiesenknopfs. Ja, wenn er denn blühen würde. ‚Das hat er aber bei der Hitze nicht getan', sagt der Biologe. Die Folge: Der Bläuling konnte auch seine Eier nicht ablegen. ‚Es gibt kaum jemanden, den der Klimawandel so schreckt wie den Biologen oder Ökologen', sagt Wolfgang Dörtsch. Schlimm zu sehen, wie Feuchtwiesen und Arten verschwinden. Denn längst nicht alle Tiere könnten so schnell auf die Klimaveränderung reagieren wie die Libellen. Er nennt als Beispiel die Heuschrecken. Die hätten nämlich angesichts der zunehmenden Versiegelung unserer Kulturlandschaft allen Grund, Standorte zu verlassen. Es braucht, so unsere Erfahrungen beispielsweise in Kornburg, bis zu zehn Jahre, bis sie ein neues Biotop angenommen haben." Manche Tiere seien wie festgenagelt am Standort. Und noch etwas schreckt ihn: der Blick in den Reichswald. Dörtsch: „Wir haben viele besorgte Anrufer in letzter Zeit, die auf den Zustand der Bäume hinweisen. Und wir erlebten jetzt die Spätfolgen des heißen Sommers von 2015. Pilze hätten den geschwächten Birken arg zugesetzt, Käfer den Kiefern. Schon 2016 und 2017 sei die Entwicklung in der Region dramatisch gewesen." Was kommt da jetzt noch durch den Sommer 2018 und 2019. „Dass die Kiefer, die häufigste Baumart im Reichswald, die Folgen der Hitze nicht mehr packt, hätten wir nicht gedacht, gesteht der Biologe offen ein. Und fragt sich: ‚Was bleibt uns noch an waldbaulichen Alternativen?'" Ich könnte einen Heulkrampf bekommen. Bekam ich schon mal. Mich packt die Wut über so viel Unfähigkeit von uns Menschen. Das muss besser werden.

Ein Artikel auf Seite 10 ärgert mich heute in dieser Zeitung. Es heißt: „Herzig, hitzig, hundsgemein. Die Gewinner und Verlierer der Hitze berichten von Erfolgen und Pleiten – Biergärten boomten, beim Hähnchenbrater hatte es 70 Grad." Es wird von einem Wirt erzählt, der ein gutes Geschäft machte. Auch die Eisdielenbesitzer. Die Bauarbeiter mussten schwitzen, und Schülerinnen hatten heiße Ferien. In meinen Augen gibt es bei einem kaputten Wald nur Verlierer. Wir sind alle nur Loser. Ich kann leider keine Käseglocke über mein Anwesen machen. Und die Luft, das Wasser und die Natur sind Allgemeingut. Die Luft wird auch ausgetauscht. Ich finde, das ganze Allgemeinwohl hat einen großen Schaden genommen. Manchmal denke ich, dass auch Nürnberg mal in Schutt und Asche war. Auch damals hat man es wohl, vor lauter Egoismus, nicht gemerkt, was man begann anzurichten. Und die Zerstörung der Stadt merkten wahrscheinlich nur die, die gerade in den Bunkern saßen. Und als man nach der Zerstörung, also insgesamt angerichteter Blödheitsschmarrn, wieder aufbaute, sprach man von Wirtschaftswunder. Gleich blieb der Kapitalismus, und die Emanzipation des Mannes wurde nur leicht vorangetrieben. Feingefühl wurde aufgebaut; anscheinend nicht ausreichend. Ich spreche nicht mehr von Wirtschaftswunder, sondern von Wirtschaftszerstörung. Und das will ich ja ändern. Es fängt beim Herzen an: die Veränderung. Aber es muss auch ein Weg da sein, den ich gehe. Und diesen Weg will ich bahnen; zumindest einen Trampelpfad.

Immerhin las ich auf der Infotafel in dem Einkaufszentrum gestern, dass über 70 % der Deutschen nur eine technische Errungenschaft wollen, wenn es mit sozialen Kriterien vereinbar ist. Das lässt hoffen.

Vor Kurzem war ich in dem Film: „In den Gängen“. Die Vorlage war von Clemens Meyer. Ich regte mich so darüber auf, dass die Verkäuferinnen nicht gesprächig waren und kleinlich dargestellt wurden, so dass ich das Kino verließ. Es war im Tucherschloss in Nürnberg, und ein Freund fragte, ob ich ihn begleite. Er suchte den Film raus, und meinte, dass er mir, wegen meiner Verkaufstätigkeit, gefallen könnte. Ansatzweise fand ich den Film nicht mal schlecht. Er stellte heraus, dass sich eine Verkäuferin keinen Flug nach Ibiza leisten kann. Ist so. Der Klimawandel wurde nicht von Leuten mit niedrigem Einkommen verursacht. Denn diese leben äußerst sparsam, weil ihr Budget sie umweltfreundlich werden lässt. Ein bisschen mehr finanziellen Spielraum, der nicht die Luft abschnürt, würde ich mir schon wünschen. Wir saßen im Freien, weil es ja nicht regnete. Diesen Verdienst, im Freien zu sitzen, bei gemeldetem Regenwetter in den Nachrichten, haben andere einzustreichen. Ihre Leistung. Arg toll. Und dafür werden ihnen übergebührlich Geldzuwendungen gegeben. Mit meinem Freund (er ist nicht mein Partner) stritt ich dann auch noch. Weil er sagte, dass die Unterschicht zusammenhielt. Allein dieses Wort brachte mich zum explodieren. Dieses Wort halten Soziologen und alle anderen Akademiker aufrecht, weil sie ja der Oberschicht zugehörig sein wollen. Und dann wurde gemeinerweise noch eine Mittelschicht erfunden. Ich komme mir vor, wie im Mittelalter. Naja: Ich weiß ja, dass es gefühlsmäßig Mittelalter es ist. Selbst die Liebe in Deutschland ist immer ein Geschäft, und ich werde selten, wenn, dann oft aus Versehen, auf den Partnerbörsen angeschrieben. Darüber rede ich nicht mehr, was mich tief blicken lässt. Es widert mich an. Da habe ich schon gar keinen Bock mehr, überhaupt einen Mann zu finden. Und den muss ich wahrscheinlich mit der Lupe suchen. Ich bin schon sehr angepisst. Und das Blöde ist: Ich kann mir diese Glasglocke nicht überstülpen. Ich lebe hier und leider angreifbar und habe nur meine eigene kleine Aura, die jeder Mensch auch hat, um mich. Und heute schreibe ich besonders giftig. Aber nur, weil ich oft; Gift um mich herum erlebe. Und da muss man sich auch mal in mich einfühlen. Von selbst gehe ich auf niemanden los. Und eigentlich bin ich die Gutmütigkeit in Person. Und bei zu viel Gutmütigkeit, kann ich leicht die Blöde werden. Meine Interessen soll ich schon darstellen und durchsetzen. Ich will Gerechtigkeit für alle.

Der Film war im Außenhof des Tucherschlosses. Das Schloss. Ich frage nach den Mechanismen, die Menschen dazu brachten, einige Menschen, dieses Schloss überhaupt vor etwa 500 Jahren hinzustellen. Was trieb die Arbeiter an, so hart zu schuften und selber gar Nichts davon zu haben? Was war der Grund? Warum drften da welche in Luxus (damals gesehen Luxus und Saus und Braus) leben und andere nicht? Und wie war die Spur der Veränderung? Die Annäherung an gleiche Lebenschancen? Das Thema habe ich in meinem 1. Buch auch schon behandelt. War es vielleicht, Herzwachstum und geistiges Wachstum durch besseres Essen oder Gehirnveränderung oder, oder, oder? Tatsache war und ist bis heute, dass manche Leute herzlich und bescheiden sind und andere gierig bis dort hinaus. Gier ist ein Endlosthema. Und Gier will Jesus beenden. Bei Jesus gibt es keine Gier. Bei Jesus gibt es Liebe und Gerechtigkeit.

Auf Seite 15 finde ich einen erfreulichen Artikel: „Arbeiten fast ohne Hierarchie. Wertewandel und digitale Transformation führen zu agilen Prozessen – Führung muss trotzdem sein." Hier erfahre ich, dass die Chefin Mitarbeiter in Veränderungsprozesse mit einbezieht." Im Idealfall sind alle auf der gleichen Ebene, finde ich. Und im Idealfall führt Gott.

Heute, 14.09.2018

Die letzten Wochen hat es insgesamt etwa 12 l geregnet. Im Regionalteil der Fränkischen Landeszeitung steht heute: „Weiterhin kritisches Niedrigwasser in regionalen Flüssen. Viel zu wenig Regen für deutlichen Pegelanstieg – Lage hat sich nur leicht verbessert. Altmühl in Spitzenzeiten mancherorts 29 Grad warm." So die Überschrift. Am Ende des Artikels ist, ganz allgemein formuliert: „Keine Besserung ist jedoch bei der Grundwassersituation zu verzeichnen. So fehlt Landwirten das Wasser von Brunnen, die nicht tief genug sind." Der Winter war regenreich, so dass zumindest mein Weiher wieder einigermaßen voll wurde. Die anderen Weiher wurden gar nicht abgelassen. Sonst hätte das Wasser zum Befüllen gar nicht mehr gereicht. Als Opa noch jung war, war das alles kein Thema. Nun wieder zum Inhalt der Zeitung. Es heißt: „Seit Ende Januar stieg die Anzahl der als niedrig und sehr niedrig klassifizierten Grundwasser- und Quellmessstellen im oberen Grundwasserstockwerk von rund fünf Prozent auf rund 76 Prozent stetig an." So sagt es der Fachbereichsleiter Dr. Dieter Krause vom Wasserwirtschaftsamt Ansbach. „Beim Grundwasser wirken sich selbst ergiebige Regenfälle erst längerfristig aus."

Heute schreibe ich noch. Um 15.00 Uhr bis etwa 20.15 Uhr werde ich im anderen Laden vom Chef arbeiten und Karten, Geschenkartikel und Sonstiges verkaufen. Das macht mir Spaß, und ich komme mit vielen Menschen kurzzeitig in Kontakt. Gestern kaufte ich im Laden selber Zeitschriften, die mich interessieren. – Unter anderem die Zeitschrift: „Bewusster leben. Neu denken und Handeln." Der Artikel ab Seite 8 interessiert mich. Die Verfasser schrieben Folgendes: „Mach dich auf den Weg des Herzens. Hier & Jetzt. Mit einem Gedanken fängt alles an. Wenn wir nicht großartig denken, leben wir ein Leben, das uns einfach widerfährt. Die Entscheidung, bewusster zu leben, könnte zur wichtigsten Entscheidung in unserem Leben werden." Weiter heißt es: „Der erste Schritt zu einem bewussten Leben besteht darin, dass ich mir überlege, weshalb ich tue, was ich tue."

Außerdem interessiert mich der Artikel: „Flow. Das Geheiminis des Glücks.“ Ab Seite 62. Es ist eine Frau abgebildet, die im grünen Kleid im Wasser taucht. Ich zitiere nun aus dem Artikel: „Flow heißt im Deutschen nichts anderes als fließen, rinnen, strömen und meint einen zutiefst beglückenden Zustand. Die Kunst besteht darin, eine Tätigkeit zu finden, in der man vollkommen aufgeht und die Zeit vergisst. Patricia Küll weiß, wie wir am besten zu einem solchen Flowerlebnis finden.“ Die Autorin trifft folgende Aussagen: „Im Flow-Modus verschmilzt man als Person mit dem eigenen Tun.“ Oder: „Im Flow vergehen Stunden wie im Flug oder Minuten fühlen sich wie Stunden an.“ Im Text erklärt die Autorin, dass der US-amerikanische Psychologe Mihaly Csikszentmihalyi den Begriff „Flow“ definiert hat. Er stellt 8 Faktoren fest, die ein Flowgefühl entstehen lassen. Das sind: 1. Ziel muss für mich klar sein und Rückmeldungen sollten unmittelbar sein; z. B. bei einem Fußballspiel. 2. Die Aktivität soll so anspruchsvoll sein, dass ich mich völlig darauf konzentrieren muss. 3. In Momenten des Flows übe ich eine Tätigkeit aus, bei der ich weder unter- noch überfordert bin. 4. Ich fühle, dass ich die Sache im Griff habe. Das schöne Gefühl von Glück und Stolz stellt sich erst hinterher ein. 5. Die Aktivitäten, bei denen ich im Flow bin, gelingen spielerisch und leicht. 6. Mein Zeiterleben ändert sich. Im Flow vergehen Stunden wie im Flug, oder Minuten fühlen sich an wie Stunden. Hier spricht der Psychologe vom „zeitfreien“ Flow-Modus. 7. Ich verschmelze mit dem eigenen Tun. Ich empfinde mich nicht mehr als isoliertes Individuum, sondern werde eins mit meinem Tun. 8. „Flow-Erfahrungen haben eine sogenannte autotelische Qualität. Es zählt also nicht nur das Ergebnis, sondern bereits das Tun selbst bringt Zufriedenheit. Dieser Begriff ist zusammengesetzt aus den griechischen Wörtern auto-selbst und telos-Ziel.“ Um dahin zu kommen, soll ich mir überlegen, in welchen Situationen ich mich besonders lebendig fühle. Erstrebenswert ist es, in seinem Beruf Flow Gefühle entwickeln zu können. Der Psychologe, mit dem schwierigen, langen Namen sagt: „Man kann es schaffen, die schlimmste Routinearbeit in ein Kunstwerk zu verwandeln." Und die Autorin Patricia Küll sagt: „Ich habe irgendwann einmal damit angefangen, mich selbst zu verwöhnen." Und fügt hinzu: „ Manchmal gönne ich mir einen schönen Blumenstrauß als ‚Dankeschön' an mich." Es geht darum, sich selbst positiv zu beurteilen; sich selbst einzuschätzen; auch wenn Anerkennung, wie z. B. bei Schriftstellerinnen, von außen ausbleibt. Ich bin da ziemlich selbstbewusst. Und im Schreiben befinde ich mich in einer Art Flow. Und möchte diesen Flow in Form von Gedanken und Sinninhalten teilen. Manchmal habe ich jedoch keinen Flow. Das schreibe ich dann auch.

Und weil ich auch für Lotto Bayern arbeite, nahm ich das „Glücksblatt", das kostenlose Magazin der LOTTO-Annahmestelle, mit. Es ist die Nr. 35 vom 28. August 2018. In dem Heft wird Glück auch mit einem Lottogewinn gleichgesetzt. Auf der Rückseite heißt es: „Nimm dein Glück in die Hand." Das bedeutet, dass ich Lotto spielen soll. Und es ist eine Frau mit einem Elefanten abgebildet. Beide stehen im Wasser, und der Elefant spritzt mit seinem Rüssel Wasser hinaus. Dabei steht: „Mein Glück duscht mit mir". Ich bin jetzt ziemlich verdattert. Wahrscheinlich ist die Frau in Afrika. Und das kann sie sich wegen eines Lottogewinns leisten. In Afrika hat es anscheinend genug Wasser, so dass sie duschen kann. Ein Elefant spielt hier die Dusche. Sie lacht, und es scheint ihr Spaß zu machen. Mein Glück bestände in einem kleinen Lottogewinn. Große Gewinne halte ich für amoralisch. Und ich bin schon zufrieden, wenn ich in meinem Weiher baden kann. Und in einem gerechten Wirtschaftssystem sind nur kleine Geldsummen als Spielgewinn vorgesehen. Das wäre dann wahres Glück. Und weil ich ja nett schreiben will, meine ich, dass Glück Wasser ist. Süßwasser ist unser Glück. Mit Wasser sind wir glücklich. Wasser ist sehr, sehr wichtig. Wasser ist auch essentiell.

Auf der Vorderseite des „Glücksblatt" sind bunte Spielfiguren abgebildet und Würfel. Ich bin immer noch der Meinung, dass Gott bestimmt, wie die Würfel fallen. Auch die Spielregeln sollten wir nach göttlichen Prinzipien aufstellen. Auf meiner homepage sind ja Spielvorschläge zu finden.

In der Cosmopolitan vom Oktober 2018 ist ein Bild von einem jungen Mädchen abgelichtet. Auf der Vorderseite ihres weißen T-Shirts steht in schwarzen Buchstaben: „Girls can do anything." Und ein Thema ist in der Zeitschrift, zumindest besagen das die Überschriften: „Ich find mich super. Warum Nackt-Selfies Ihr Körpergefühl verbessern und das Ego stärken." Ich werde demnächst jedoch keine Nacktselfies von mir machen. Es ist nicht mein Interessensgebiet. Mit meiner Tochter turne ich oft, bekleidet, auf dem Trampolin. Wir machen oft mit einem moderneren Handy, als Fotoapparat mit verzögerter Auslösemechanik, davon Fotos. Und nun werde ich Fotos von mir selbst für mich selbst machen; dazu ziehe ich mich schick an. Schließlich las ich in einer anderen Frauenzeitschrift, dass Sex auch Konditionstraining ist. Die Sexstellungen und die positiven Dehneffekte auf den Körper beschrieben die Autoren des Artikels. Leider kann ich das nicht ausführen. Es ist kein geeigneter Partner, der auch in mich verliebt ist, zu dem ich Vertrauen habe, in Sicht. Und ob ich verliebt bin? Das ist mein Geheimnis. Vielleicht. Vielleicht auch nicht. Jedenfalls ist kein Mann in mich verliebt. Ob es eine unerwiderte Liebe ist, eine Fata Morgana, oder gar keine Liebe. Ich verrate es hier nicht. Es bleibt mein Geheimnis. Manchmal bin auch kryptisch und verschlossen. Jedes Thema will ich in dem Buch nicht besprechen. Hier ist das Innerste von meinen Gefühlen berührt. Und das würde nur dem Betreffenden was angehen. Wenn es eine unerwiderte Liebe wäre: noch schlimmer. Das schlimmste, was es geben kann. Dies ist mein privates Geheimnis. Das geht niemanden was an. Und vielleicht war dieser Gedankengang nur ein Fake, was noch Schlimmeres passieren könnte. Vielleicht. Und ich will ja Gutes schreiben. Auf so einen harmlosen Gedankenschlenkerer lasse ich mich ein. Fake will ich nicht. Fake halte ich für unehrlich und unnötig. Ich möchte bei der Wahrheit bleiben; der Wahrheit wie ich sie verstehe und die dann hoffentlich, von allen Seiten gleich betrachtet die Wahrheit ist. Gedanklich kann ich ja die verschiedensten Möglichkeiten der Liebe durchspielen. Es ist erlaubt in viele Richtungen zu denken. Manche Richtungen verweigere ich allerdings.

Dualismus mag ich nicht so. Und manche Gedanken ziehe ich nicht mal in Betracht. Sie sind nicht für mich vorgesehen. Nun zurück auf Seite 100 der Cosmopolitan. Ich erfahre, dass der Artikel 10 min Lesedauer hat. Und folgende Überschrift: „Das ist die nackte Wahrheit. Nude Selfies von sich zu schießen, pusht Körpergefühl wie Ego und hilft nebenbei noch anderen – fünf Frauen und ihre ganz persönlichen Foto-Self-Love-Stories." Auf Seite 104 heißt es: „Wenn Frauen sich ganz natürlich freizügig auf sozialen Netzwerken zeigen, hat das außerdem einen gesellschaftlichen Effekt. Es kämpft gegen die übermäßige Erotisierung des weiblichen Körpers an, die jahrelang vorherrschte. ‚Wir wissen alle, wie ein nackter Körper aussieht. Ich will echt sein, warum sollte ich mich also für das Internet verstellen und mich dort anders geben?', sagt Carina Moller-Mikkelsen. Naina Kümmel bringt es auf den Punkt: ‚Ich bekomme oft die Frage gestellt, warm ich sexy Fotos von mir hoch lade. Das ist nicht sexy, das bin ich-nur mit weniger an.' Sie ergänzt: ‚Ein nackter Körper ist primär ein nackter Körper – und ein Mensch.'" Eine Frau wird so zitiert: „Jeder Körper ist ein guter Körper, da er der eigene ist. Einen positiven inneren Monolog mit sich zu führen, ist der erste Schritt zum Glück." Weiter heißt es: „Ein Akt der Emanzipation. Kunsthistorikerin Susie Hodge erklärt, wie Aktporträts vom Symbol für Fruchtbarkeit zum Feminismus-Move werden." Auch in der aktuellen Emotion-Ausgabe druckten die Herausgeberinnen tolle Bilder einer fülligeren Frau ab. Melodie Michelberger ist auch hier abgebildet. Auf Seite 106 steht: „Die fünf Frauen sind beste Beispiele dafür, dass es sich lohnt, seinen Body zu feiern und andere dazu zu ermutigen. Das Nude Selfie, das Sie von sich geschossen haben, können Sie aber auch einfach für sich behalten. Um sich immer mal wieder über Ihr Aussehen zu freuen." Ich will es jedoch nicht machen. Ich befürchte, ich schaue wirklich der Venus von Willendorf, die etwa 30.000 Jahre alt ist, sehr ähnlich. Und ich mag zwar meinen Körper, aber ich mag es nicht, mich auf Fotos anzuschauen. Und außerdem lege ich grundsätzlich auf Fotos von mir keinen besonderen Wert. Es gibt nicht besonders viele Bilder von mir. Der Grund ist hier total pragmatisch. Mir ist es zu aufwendig, Fotos zu schießen, sie zu entwickeln und dann nochmal anzuschauen. Da liege ich lieber im Liegestuhl und schaue auf den Himmel. Das Fotobetrachten ist für mich Zeitverplempern. Es ist eine Tätigkeit die mich nervt. Jede Art von Fotos-anschauen-müssen nervt mich eigentlich. Den Kindern und anderen Menschen zuliebe mache ich es dann. Und ich bin auch freundlich beim Betrachten. Schließlich macht es den anderen ja Spaß, nochmal in der Vergangenheit zu wühlen. Ich wühle da lieber in der Erde oder genieße das „Löcher in die Luft starren." Und weil ich in den Zeitschriften neues Wissen erfahre, von anderen Menschen erzählt bekomme, lese ich darin. Zuviel darf es für mich nicht sein. Sonst bin ich auch genervt. Nur mit Maß und Ziel mache ich das. Das Fass darf ich da nie zum Überlaufen bringen, sonst knalle ich die Zeitschriften in die Ecke und schaue lange Zeit keine mehr an. Manchmal knalle ich auch eine Zeitschrift in die Ecke, weil mir der Inhalt nicht gefällt. Zurück zu der Venus: Das Modell dafür war wahrscheinlich eines meiner Vorfahren. Jetzt bin ich bei dem Thema meiner Vorfahren angekommen.

Vor Kurzem bekam ich das beeindruckendste Video seit Langem, per Whatsapp, zugeschickt. Dieses Video machte anscheinend die Runde und kreiste in diesem sozialen Netzwerk. Es war gerade anscheinend „in" und kreiste von Mensch zu Mensch. Es wurde mir zufällig, jedoch vom Inhalt beabsichtigt zugeschickt; trifft das Thema dieses Buches genau und ich knüpfe es nun in meine Geschichte ein. Personen werden in einem unterrichtsähnlichen Gespräch befragt. Die Fragen weiß ich nicht mehr genau. Es schaut aus, als wäre es ein Schulunterricht. Es könnte sein, dass es ein US-amerikanisches Video ist. Die Menschen schauen vielfältig und bunt aus. Die Fragen und Antworten der Menschen erklären, dass ich mit allen Menschen dieser Welt verwandt bin. Weil ich ein Homo sapiens bin und sich die Gene aller Menschen sehr ähneln. Diese Unterrichtseinheit oder dieses Schauspiel oder eine tatsächliche Situation, die sich so ergab?, erklärt, dass wir viel mit allen Menschen dieser Welt gemeinsam haben. Es ist zu finden: „LetsOpenOurWorld.com". Das Video endet mit der Botschaft: „Eine offene Welt beginnt mit Aufgeschlossenheit.“ Und Jesus Botschaft, wir sind Kinder Gottes, und Brüder und Schwestern, ist somit auch bewiesen. Und in dieser Geschichte machten Leute konkret mit anderen Gentests und fanden heraus, dass zwei Personen von der gleichen Gegend kommen und Cousin und Cousine sind. Beide wussten es nicht. Die beiden waren ziemlich überrascht und freuten sich sehr über ihre direkte Verwandtschaft. Die modernen Errungenschaften der Medizin können direkte Blutverbindungen sichtbar machen und auch andere Gemeinsamkeiten aller Menschen herausstellen. Als Menschheit sind wir weit entwickelt. Und das Verbindende der Menschen können wir gut beweisen und herausstellen. Noch keine Generation davor, war medizinisch und wissensmäßig so weit entwickelt. Ergebnisse, auf die wir stolz sein können. Noch nie vorher nahm sich der einzelne Mensch und die Menschen so wichtig. Noch nie zuvor konnten so exakte Aussagen gemacht werden. Und noch nie war es uns so bewusst, wie ähnlich wir Menschen uns tatsächlich sind und konnten genetische Verbindungen sichtbar gemacht werden. Dieses Bewusstsein für die Menschheit als Ganzes ist mir ganz arg wichtig.

Nun muss ich einen Schwenker zum Theater machen. Es gibt es in dieser Form nicht. Alles was ich spiele und tue, ist Realität. Ich kann in eine Rolle schlüpfen. In diesem Moment bin ich aber diese Person. Es gibt kein wirkliches Theater, und es gibt keine unwirklichen Videoaufnahmen. Die Gefühle sind allerdings beim Spielen anders als in der Realität. Der Unterschied besteht immer in den Gefühlen und in dem tatsächlichen Vorhandensein der Situation in dem materiellen und zeitlichen und örtlichen Umfeld. Es ist ein langes Kapitel. Ich weiß gar nicht, wie ich dieses schwierige Thema erklären soll.

Am Mittwoch stellte ich Läuse bei meiner kleinsten Tochter fest. Ich löste sofort Alarm bei allen Familienmitgliedern aus und tat Chemiekeulen auf das Haar. Apfelessig über Nacht auf das Haar einwirken lassen, würde auch gehen. Wäre das billige Hausrezept. Mache ich vielleicht nächste Woche. Traute ich mich doch nicht ganz. Schließlich werde ich dieses Prozedere sechs

Wochen lang wiederholen müssen. Betten habe ich auch überzogen. Aufwand. Allerdings brachte ich diese Tierchen ja schon öfter weg. Und eigentlich bin ich ja ein Insektenfan. Allerdings nicht von diesen Blutsaugern. Da gibt es jetzt doch Unterschiede und Ausnahmen. Ich saß ganz belämmert auf dem Sofa. Mittel auf dem Haar. Handtuch um die Schultern und musste 45 Minuten so verharren. Das Mittel stinkt furchtbar, und ich bin allergisch. Schließlich musste ich mich die ganze Zeit schnäuzen. Ich fotografierte mich in dieser Situation. Drei Selfies der besonderen Art. Und überlegte mir: Gibt es auch Fotobücher über peinliche, missliche Posen, die sich aus unangenehmen, unliebsamen Situationen ergeben? Hiermit könnte ich eines eröffnen. Ich fand es gerade bescheuert. Gibt es jetzt noch Steigerungen? Ich denke an Krätze und sonstige Krankheiten, die ich aus meinem Umfeld kenne. Und auch aus Büchern über Kinderkrankheiten. Diese Bücher kenne ich nur allzugut. Schließlich holte ich mir da meinen ersten Rat zu Problemen aller Art. Und heute würden meine Bilder ganz anders ausschauen, wenn ich mich, per Schnappschüsse, fotografieren würde. Küche aufräumen, Wäsche in die Waschmaschine stopfen, am Computer sitzen und tippen, Zeitung lesen, Betten machen, Klamotten zusammenlegen und in die Schränke stopfen. Keine berauschenden Bilder. Keine ekstatischen Bilder. Nur profane Bilder beim Tun. Na ja, vielleicht werden meine Bilder bei meinen Selfies besser. Ich kann mir ja Posen für mich ausdenken. Ich werde es für mich nicht tun. Weil ich denke, dass es im Endeffekt dann doch eine recht einsame Geschichte wird und mir die Bilder keinen wirklichen Nutzen bringen. Ich habe daran keine Freude. Andre machen das gerne für sich. Ich nicht. Wenn ich es mal machen würde, dann hätte jedoch dann doch gerne einen Gegenüber. Es ist niemand da, mit dem Posieren, vor allem nackt, und Kuscheln und Schmusen, Spaß machen würde. So ist das Leben leider auch. Ein wenig ungerecht und auch ein wenig unfair. Kontakte und Liebe kann ich jedoch nicht erzwingen und herbeizaubern. Beten hilft gerade auch nicht. Im Moment schade. Hoffentlich kein Dauerzustand. Ich wünsche mir doch schöne, natürliche und andauernde Liebessituationen im Wohnzimmer. Eine Konstanz, die sich nicht auf wenige schöne Momente beschränkt. Irgendwann ergibt sich Erotik mit Gefühl. Das Wort Erotik ist übrigens, finde ich zumindest, unter Wikipedia toll erklärt nachlesenswert. Ich möchte jedoch nicht mehr über dieses Thema schreiben. Es nervt mich selber. Es nervt mich total. So arg, dass ich nicht mehr darüber schreiben will und es dir als Leser oder Leserin nicht mal mehr zumuten will. Es ist alles ausgesprochen. Es ist für mich ein Thema, das mein Fass zum Überlaufen bringt. Ob dieses Fass nun das Tintenfass oder ein Bierfass oder ein Wasserfass oder ich selber mit Tränen, ist, lasse ich offen. Ich bin ja selber nahe am Wasser gebaut; so ist mein Naturell. Sehr empfindlich. Im Hof steht bei mir an jeder Regenrinne ein Wasserfass, damit ich das Wasser sammeln und die Obstbäume bewässern kann. Das ist schon so, seitdem ich denken kann. Wir sind dann doch schon lange eine regenarme Gegend. Ich denke an andere Themen als an Partnerschaft und Sex. Es ist für mich genug mit diesem nervigen Thema befasst. Das Thema ist durch. Ich überlege mir gerade, welche Hobbies ich wieder anpacken soll. Ich überlege, ob ich wieder Contact Improvisation, Ballett oder einen anderen Tanzstil tanzen soll. Mich nach Musik, also noch Schall, zu bewegen, machte mich in der Vergangenheit sehr glücklich. Ich finde Contact einen tollen zeitgenössischen Tanz mit vielen Berührungen und Bewegungen und Verbindungen zu anderen Menschen. Es ist die sportlichste Variante für mich zum Tanzen. Ich finde das Wort ist es wert, dass du es nachschlägst: „Kontaktimprovisation.“ Auf Youtube sind da viele Videos zu finden. Und dieses Wort sagt alles über tolle, tanzende Menschen aus. Am besten du probierst es selber mal. Befasse dich mit diesem Tanz und den anderen Menschen. Packe das Tanzen an. Drehe dich um dich selber. Drehe dich um dich.

Um mich zu fotografieren, lese ich das Buch: „Das authentische Porträt. So gelingen ausdrucksstarke Porträts. Bild für Bild erklärt.“ Zu Beginn schreibt Richard Avedon: „Meine Porträts verraten mehr über mich, als über die Personen, die ich fotografiere.“ So sehe ich das auch. Ich will nun eine Ausnahme machen. Ich fotografiere mich jetzt erst mal vor dem Spiegel. Als Übung und ohne Kamera. Das kann ich ja ein anderes Mal tun. Ich mache Bewegungen und Posen vor dem Spiegel. Dann weiß ich, wie ich ausschaue und denke, dass ich mir gefalle. Mir gefallen immer alle Menschen. Einschließlich mir. Gott hat sich die ja ausgedacht. Ich habe keinen Grund, an seiner Schöpfung zu zweifeln und nehme mich daher so an, wie ich bin. Manchmal denke ich, dass ich schon manchmal lieber ein paar Fähigkeiten mehr hätte. Auch da hat Gott meinen Geist begrenzt. Dafür kann ich leider nichts. Leider.

Heute, der 04.03.2019

Nach langer Pause tippe ich heute weiter. Ich will gerade nicht aus meinem tatsächlichen Leben erzählen. Obwohl ich Themen von meinem wirklichen Leben aufgreife. Ich erfinde wieder mal Sahra und lasse sie erzählen. Dann kann ich auch das Schreiben, was mir gerade in den Sinn kommt; auch wenn es gerade nicht mit meinem wirklichen Leben übereinstimmt. Sahra schreibt ein Tagebuch über ihr Leben und verfasst nun einen Eintrag: Ich sitze bei meinem Vater auf dem Land, und es geht gerade ein starker Wind. Papa erzählt mir, dass in seinem Weiher mehr Wasser ist. Wir konnten auf den bisher leeren Weiher sogar schon ein paar Mal in diesem Winter Schlittschuhlaufen. Es hat ziemlich viel geregnet. Und Papa erzählte, dass in der Zeitung vor Wochen stand, dass unterirdische Kartierungen für Wasserströme in der Gegend angefertigt werden. Das Projekt wird einige Jahre in Anspruch nehmen. Frieda kommt wieder zu Besuch und beglückt mich mit einigen Zeitschriften und Zeitungen. Hedwig und Michaela sind auch da. Mein Lebenspartner arbeitet gerade. Die Zwillinge sind mit ihrem Vater auf einem Faschingsumzug. Wir reden über den Weltgebetstag der Frauen am 01.03.1919. Wir singen in der Familie die Lieder nochmal. Frieda spielt Klavier dabei. Wir beten das Abschlussgebet, dass sich die Frauen aus Slowenien ausgedacht haben und das weltweit gebetet wurde: „Gott, Quelle des Lebens, hilf uns, alle Menschen zu achten und sie in ihrer Einzigartigkeit anzunehmen. Hilf uns, die Wunder der Natur zu achten und sie zu schützen mit allem, was in unserer Macht steht. Hilf uns, einander zu unterstützen auf dem Weg der Freiheit, der Gerechtigkeit und des Friedens als gelichwertige Glieder deiner Familie. Dazu segne uns Gott, Vater und Mutter, es segne uns Jesus Christus, unser Bruder, und es segne uns die heilige Geistkraft. Amen."

Wir sprechen darüber, dass Maria in unserer Kirche eine große Rolle spielt und es den Rosenkranz gibt. Maria bedeutet viel. Jede nimmt eine Perlenkette, und wir beten die lichtreichen Geheimnisse. Da ich geistig nicht so fit bin, schlage ich unter Grundgebete und Glaubenstexte im Katholischen Gotteslob der Diözese Eichstätt nach. Im Kapitel 4 ist der Rosenkranz beschrieben. Wir beten die lichtreichen Geheimnisse. Frieda meint: „Wir könnten beim nächsten Beten diese Geheimnisse zu den zukunftsweisenden Geheimnissen abwandeln. Zumindest für unseren Hausgebrauch." Diese Geheimnisse beziehen sich auf das Gebet „Gegrüßest seist du Maria" und dann auf Jesus,

1) der uns liebt und für uns da ist
2) der uns den Willen Gottes suchen lässt
3) der uns zu Kindern Gottes erklärt
4) der uns das Arbeiten und Teilen lehrt
5) der in mir leben und wirken will.

Im Ökomenischen Heiligenlexikon schlagen wir die Zahl 10 nach. Es ist die Zahl des in sich Vollendeten, Ganzen. Es ist auch ein Symbol des Kreises. Es gibt 10 apostolische Väter. Papa erinnert sich, dass die römische Zahl für 10 das X ist. Das X symbolisiert auch Jesus Christus. Wir reden über die Zehn Gebote der Bibel. Diese werden auch als Dekalog und Zehn Worte bezeichnet. Wir lesen in Wikipedia nach. Die Gebote und meine Sicht gebe ich nun in eigenen Worten wieder:

1) Selbstvorstellung JHWHs; Einzigartigkeitsgebot von Gott; keine wirklich künstlerische Darstellung von Gott machbar
2) Namensachtung von Gott
3) Sabbatgebot
4) Elterngebot
5) Lebensgebot
6) Partnerschaftliche, aufrichtige und emotionale Liebe zweier Menschen oder im weit, weit übertragenen Sinn, von Gott und der Menschheit
7) Ehrliches Teilen aller materiellen Güter
8) Ehrliches Kommunizieren und Einschätzen mit Menschen
9) Zugestehen von Besitz für alle Menschen
10) Zugestehen der Lebensformen anderer und deren Eigentums

Wir reden über die „Goldene Regel" und die „Göttliche Zahl Phi". Und lesen das natürlich auch im Internet nach. Die Goldene Regel finden wir super. Vor lauter göttlichen Themen zieht Frieda nun ein Drum aus ihrer Tasche und meint: „Das gibt es auch im Kiosk zu kaufen." Ich schaue das Ding an. Es ist ein goldfarbiger Stift in Form eines goldenen Totenkopfes und einer goldenen Wirbelsäule. Ich bin schon ein wenig pikiert, erschrocken und frage: „Was soll das? Warum bringst du das mit?" Frieda meint: „Ich weiß selber nicht, was das soll." Ich sah mir den Stift wochenlang an. Dann kaufte ich ihn. Auch andere Menschen blieben erstaunt davor stehen. Manchmal sagte ich: „Das ist der Aschermittwochsstift. Er soll uns daran erinnern: ‚Mensch, bedenke, dass du Staub bist und zum Staub zurückkehrst.' Ein Jugendlicher fragte mich, was das soll, und ich sagte: ‚Vielleicht will der Stift uns sagen, dass wir aus Gold sind. Unendlich wertvoll. Unsere Knochen sind das Gold und unser Leben. Wir sind im Kern und im Ganzen das Wertvollste, was es auf der Welt gibt. Oder wollte der Stift nur sagen, dass Schreiben was Nicht-Lebendes ist: aber total wertvoll? Oder wollte der Stift zeigen, dass der Mensch anatomisch so ausschaut? Oder dass ein verwester Körper so ausschaut; aber ohne Gold und viel größer? Oder wollte der Stift nur schocken und gruseln? Ich habe keine Ahnung. Und weswegen der Stift ausgerechnet golden ist, weiß ich auch nicht. Hier gilt: Es ist nicht alles Gold, was glänzt.'" Mit der Deutung dieses Stiftes bin ich total überfordert. „Bisher kaufte nur ich den Stift. Dann kaufte ich das Goethe-Sudoku. Sudokus machte ich bisher nicht. Es ist eine Art des Rätselratens, das mir total fremd ist. Und dann habe ich mir gedacht, dass ich mit diesem Stift das Rätsel lösen könne. Ich wählte das Sudoku 3 Stufen, in dem das Konterfei von Johann Wolfgang von Goethe abgebildet ist. Es heißt: ‚Genie, extrem und ultimativ.' Das Sudoko ist ein schriftlicher Denksport. Es müssen die Zahlen 1 bis 9 eingetragen werden. Dabei dürfen sich die Zahlen in den Spalten und Zeilen nicht wiederholen. Das Heftchen ist in den Farben Schwarz, Weiß und Grau gehalten, und es heißt sogar: „‚Inklusive Killer Sudoku.' Und dann ist mir von Goethe, dessen Literatur ich auf das Äußerste verachte, noch ein anderes Zahlenrätsel mit schwarzer Magie eingefallen. Dieser Reim, und seine schwarze Magie, hielt Generationen von Menschen am Abgrund und machte die Zahl 10, und viele andere Ziffern auch, zunichte. Dabei ist die Zahl 10 so wertvoll. Und die Zahl 10, Vers 1–10, des Johannesevangeliums mag ich ja so. Und weil ich ja fantasievoll bin, und mich beim Anblick des Johann-Wolfgang-von-Goethe richtig schaudert, lege ich nun den Gold-Totenstift auf seinen Kopf und schmeiß es in die Mülltonne. Das ist die moderne Beerdigung eines Krimis." Michaela meint: „Davon mache ich ein Foto. Dieses Bild muss ich unbedingt haben." Ich meine: „Dafür brauchst du nicht mal ein Bild. Mit dem Hineinschmeißen hat sich ein Thema erledigt." Sie zieht eine Lätsche und steckt ihr Handy, das wieso oft neben ihr liegt, in ihre Hosentasche. Frieda holt nun noch ein anderes Buch aus ihrer Tasche. Darauf ist ein lachendes Mädchen mit schwarzem Spitzhut und Besen und weiß-rot gestreiften Kleid, einem Stab und einem Raben, abgebildet. Sie meint: „Es ist das kleine Hexen-ABC. Das ist für die Zwillinge. Vielleicht haben sie Lust, sich mit Reimen zu beschäftigen. Mit lustigen, fröhlichen Reimen. Von einer Frau geschrieben und einer anderen Frau lustig illustriert. Sie heißen Regina Schwarz und Jutta Timm. Regina Schwarz hat auch das Buch 1,2,3 Zahlenhexerei' geschrieben. Dieses Buch ist ähnlich witzig illustriert und erklärt in Reimform die Ziffern. Die Bücher gibt es auch im Kiosk. Es gibt in der Fantasie ja auch lustige, gewitzte und kluge Hexen. Eine weiße Magie. Fantasiefiguren, die mit Fliegen und Witz begeistern. Früher konnten nur die Engel fliegen. Dann gab es abgefallene Engel. Sie sind das Böse. Und die Menschen erfanden aus Dummheit böse Hexen und schwarze Magie. Und die Hexen waren in Wirklichkeit jedoch immer gebildete, besondere, kluge und hellsichtige Frauen. Sie wurden aus Unwissenheit verfolgt, und andere unwissende Menschen verstießen gegen das 5. Gebot der Bibel. Gegen das 5. Gebot Gottes. Die tollen Frauen mussten ihr Leben lassen und wurden getötet. Dann wuchsen die Gefühle und das Wissen der Menschen, und die schwarzen Hexen existierten nur noch in der Fantasie als böse Menschen. Und dann wurden den Hexen nur noch gute Eigenschaften zugeschrieben. Sie verbrachten ihr Leben immer noch mit Hexenbesen und waren schwarz gekleidet: aber eben gut. Und nun, am 4.3.2019, gibt es Bücher über gute Frauen mit überirdischen, fantasievollen, jedoch nicht realen Fähigkeiten. Sie werden wieder Hexen genannt. Und diese Hexen dachten sich wieve, gescheite Frauen aus. Die wieven Frauen wandelten die bösen Hexen zu guten Hexen mit Zauberkräften. Und die Kinder können in diesem Hexenbuch Reime lesen. Diese Reime sind gewitzt und geistreich und beziehen sich auf das Lesen-Lernen. Sie haben hoffentlich ihren Spaß daran. Ich weiß, die 11-jährigen Zwillinge sind für diese einfach gestrickten ABC-Verse schon fast zu alt. Aber um die Hexen und die dahinterstehende Gedankenwelt zu verstehen, müssen sie dieses Alter schon haben. Sonst ist die Reife noch nicht da, um diese komplexen Sachen der emotionalen Entwicklung des Menschen zu begreifen. Und vielleicht, Sahra, kannst du ihnen das mit den Hexen dann genau und ausführlich erklären." Und noch was zauberte Frieda aus ihrer Tasche. Sie singt fast: „Abrakadabra. Simsalabim. Dreimal schwarzer Kater. Ich zaubere was aus meiner Tasche." Sie greift in ihre Tasche und zieht ein Buch hervor und meint: „Noch ein Kinderbuch für Sahra, weil du ja gerade Französisch lernst. Ich besorgte für dich das Kindergartenbuch 1,2,3 im Kindergarten. 1,2,3 á l'ecole maternelle.' Es ist ein zweisprachiges Kinderbuch vom Verlag bi:libri. In diesem Buch werden auch die Ziffern vorgestellt, und die Zahlen sind im Kindergartenalltag eingebaut. Es gibt auch viele andere Sprachen von diesem Buch. Wie z. B. Englisch, Russisch. Und manche Bücher von diesen Ausgaben sind auch mit CD. Ich rede ja am liebsten live englisch. Z.B. im Kiosk. Aber diese CDs zum Üben höre ich mir auch gerne an." Hedwig fragt: „Gibt es dieses Buch auch in Arabisch? Ich lerne ja das gerade. Da schauen die Ziffern ganz anders aus als wie bei uns." Frieda meint: „Ich weiß es nicht. Da müsste ich erst mal im Internet nachschauen." Sie tun es. Sie finden es in Arabisch; auch in Kurdisch, Spanisch, Italienisch, Griechisch, Persisch und Tigrinya. Frieda meint: „Die letzte Sprache kenne ich gar nicht. Ich wusste gar nicht, dass die existiert. Es wird mir wohl mit vielen Sprachen und Orten und Kulturen und Menschen so gehen. Von vielem habe ich keine Ahnung. Zumindest weiß ich jetzt, dass die Tigrinya sprechenden Menschen auch diese Zahlen haben und ihr Leben so berechnen. Auch von persischen Zahlen hatte ich bisher keine Ahnung. Sie werden anders geschrieben. Eventuell gilt für sie vielleicht auch das Dezimalrechensystem. Das weiß ich alles nicht. Eine Ableitung kann ich zumindest machen: Das Wirtschaftssystem, für das diese Zahlen auch dienen, ist in den meisten Ländern so wie bei uns. Es ist der Kapitalismus, und Geld ist Tausch- und Wertmaßstab. Und damit auch Liebesband oder das Gegenteil."

Frieda und ich gehen die Zeitung durch. Wir lesen in der Ausgabe vom 23./24.2.2019 der FLZ einen Artikel über die Bishnoi in der indischen Thar-Wüste. Ihnen geht Umweltschutz und Tierliebe über alles. Wir sprechen auch über den bayerischen Höhenflug, nämlich durch Zustimmung mit einem Volksbegehen, die Bienen retten zu wollen. Ich las in t-online schon vor einiger Zeit, dass weltweit die Insekten zurückgehen und dies ein Aussterben der Menschheit mit sich bringen würde, wenn wir jetzt nicht die Insekten am Leben erhalten würden. Und ich denke an Bibione, wo ja auch zweimal die Woche, die Stadt, gespritzt wird. Und ich wahrscheinlich ein wenig von den Insektiziden erwischte. In Bayern ist der Entschluss zum Insektenleben und gegen Selbstzerstörung, gefallen. Es werden nun die gesetzlichen Rahmenbedingungen dafür geschaffen. Der Klimaschutz schafft es bisher noch nicht in die Bayerische Verfassung. Ich bin da jedoch zuversichtlich. Und dann schauen wir noch die happinez Nr. 8 von 2018 an. Es trägt die Überschrift: „Genieße diesen Moment, denn er ist dein Leben.“ Auf der 3. Seite steht etwas über das Schreiben. Es heißt: „Schreiben ist immer auch ein Dialog mit uns selbst. Es ist Veränderung, stößt etwas in uns an, von dem wir womöglich nichts geahnt haben. Es kann uns befreien oder einfach nur beglücken. Denn wenn wir schreiben, geben wir unserem Ich eine Stimme. Egal, wer wir sind und was wir zu sagen haben. Wir treten in Kontakt mit uns selbst. Wir sprechen mit uns und hören uns zu. Das allein zählt.“ Und ich wünsche mir viel mehr Literatur, in dem der Mensch in guten Kontakt mit sich selbst und den anderen ist. Literatur, die gute Geschichten erzählt. Vom bunten, guten, schönen, richtigen Leben. Von einer heilen Welt; von einer Geschichte, von der ich wirklich für das Leben lernen kann. Denn Lernen am Modell finde ich immer noch am ergibigsten und am intelligentesten. Von Geschichten, die wirklich meine Lehrer sind. Und von Geschichten, die Gott als Ursprung haben. In denen Gott der Mittelpunkt ist. Geschichten, die vom bunten Leben erzählen. Geschichten mit einem guten Kern und rotem, saftigen Fruchtfleisch. Geschichten, die Früchte tragen. Geschichten, die wie eine leckere Frucht sind. Geschichten, die mir schmecken. Geschichten, die nach meinem Geschmack sind. Wirkliche fruchtbare Poesie. Wirkliche Poesie mit Herz, Hirn und Verstand. Herzliche Poesie. Das ist schon eine große Aufgabe für die Menschen. Literatur, die die Macht der Erde wieder Gott gibt. Literatur, die sich Gott hingibt. Literatur als Ausdruck von Gottgläubigen. Literatur von herzlichen Menschen. Literatur von Menschen mit Herzensbildung verfasst. Literatur, die das gute Leben in die Welt bringt. Literatur, mit der ich mich zu 100% identifizieren kann. Literatur bei der stets das Gute siegt. Ich wünsche mir Menschen, die diesen Anspruch an sich und an ihre Werke haben. Menschen mit Gottesfurcht und Herzensbildung. Menschen die das Gute anstreben. Menschen mit guten Anspruch. Menschen mit guter Poesie. Menschen, die Jesus in ihre Mitte stellen. Menschen, die mit Jesus als Mittelpunkt, alles zu einer guten Geschichte werden lassen. Menschen, die Jesus in ihrem Herzen tragen. Literatur mit Herz. Von diesem Herz kann sich alles andere ableiten. Das Herz kann Wärme ausströmen. Das gute Herz des Menschen soll der Ausgangspunkt sein. Ein Herz mit vielen guten Gefühlen, Gedanken und Liebe. Ein Herz des Glaubens, Friede, der Hoffnung und der Liebe. Ein Herz in Verbundenheit mit dem Schöpfer und allen Geschöpfen. Mt 6,33 kann uns dazu was sagen. In dieser Bibelstelle gibt uns Jesus konkret seinen Handlungsauftrag. Diese Literaturstelle sagt uns, was wir tun sollen. Jesus spricht selber zu uns. Er spricht zu mir und sagt: „Sucht aber zuerst sein Reich und seine Gerechtigkeit; dann wird euch alles andere dazugegeben." Ich finde, die Bibel ist die weiterführende Literatur für das Leben. Die Worte der Bibel sind Gottes Wort. Die Worte der Bibel können uns tragen. Und Gott ist das Wort. Und „Gott" ist auch ein Wort. Gott ist ein Inhalt. Darum ist jedes Wort so wichtig. Worte sind wichtig. Sie benennen Gott. Sie sagen uns, dass Gott Ursprung allen Seins ist. Gott ist der springende Punkt. Er ist das Essentielle. Er ist das essentielle Sein. Er ist das Wort. Gott ist Alles. Gott ist Sein. Gott ist Leben.

Frieda schlägt die Seite 46 auf. Hier ist eine goldene Figur mit Flügeln abgebildet. Es steht darin: „Gott Ahura Mazda, ‚der Weise Meister'." Auf der anderen Seite stehen folgende Worte und Sätze: „Spiritualität. Also sprach Zarathustra. Von der Wahrhaftigkeit des Seins. Er empfahl drei Dinge für ein gelingendes Leben: gute Gedanken, gute Worte, gute Taten. Ein Grundsatz, auf den der antike Priester und Philosoph Zarathustra eine der ältesten Glaubenslehren dieser Welt aufbaute – deren Elemente bis heute die großen Religionen prägen." Auf der anderen Seite steht die 17. Hymne, die 5. Strophe aus den Gathas: „Bewahrt in euren Gedanken die Wahrhaftigkeit und verinnerlicht sie. Dadurch werdet ihr ein glückliches Leben führen."

Der Ahura Mazda gilt als Schöpfer des ausschließlich Guten. Ihm steht ein Gegenspieler gegenüber. Auf Seite 50 steht, dass der evangelische Theologe Paul Rohrbach meint: „Genau genommen sind die Iranier als das einzige Volk in der Lage, den Begriff des Bösen zugleich als den des Widernatürlichen und des wahrhaft Unmenschlichen zu fassen." Weiter heißt es auf dieser Seite: „Die Lehre Zarathustras wurde bezeichnet als der metaphysische Grundzug, der erst in viel späteren Epochen wieder erreicht werden konnte; als ein Leitfaden für ein rechtschaffenes Leben zu einer Zeit, in der Rechtschaffenheit nicht unbedingt als erstrebenswertes Ziel galt." Auf der nächsten Seite sind Lesezeichen mit Sprüchen darauf. Die happinez-Redaktion schreibt: „Unsere Lesezeichen möchten dich begleiten beim Wandern in ferne Welten, aus den Stuben über die Sterne." Auf einem Lesezeichen steht von Theodore Roosevelt der Satz: „Ich bin ein Teil von allem, das ich je gelesen habe." In der Moschee Ibn Esra steht der Satz: „Bücher sind die Hüllen der Weisheit, bestickt mit den Perlen der Worte."Und Roald Dahl sagte: „Wer nicht an Magie glaubt, wird sie niemals entdecken." Dieser Autor schreibt auch über die von mir verabscheute Schwarze Magie. Und dieser Satz besagt auch, dass wir schwarze Magie nie entdecken würden, wenn wir nicht daran glauben würden. Ich glaube an diese schwarze Magie nicht, sondern nur an die weiße Magie und z. B. gute Hexen. Und der Satz eines unbekannten Verfassers lautet: „ Der schönste Moment beim Lesen ist der, in dem die Worte vor den Augen verschwimmen und sich zu Bildern und Gefühlen formen." Unter der Rubrik: „Glaube, Liebe & Hoffnung" lesen wir die Zeilen von Melanie Wolfers, einer österreichischen Ordensschwester der Salvatorianerinnen: „Mut öffnet uns die Tür zum Leben." Wir lesen den Artikel über das Leben dieser Ordensfrau. Ich denke daran, dass ich auch diesen katholischen Glauben habe, und der uns, neben dem Menschsein, auch mit Jesus verbindet. Jesus, der uns mit seinem Tod, vom Bösen erlöst hat, wenn wir es glauben. Und wir reden über das Johannesevangelium; Kapitel 10, Vers 10. Da sagt Jesus: „Ich bin gekommen, damit sie das Leben haben."

Wir reden über Mobbing am Arbeitsplatz. Frieda meint, dass ihr die Arbeit im Kiosk gefällt und sie nette, transparente Kolleginnen hat. Sie erklären die Arbeit glasklar wie Wasser. Total durchsichtig. Sie kann bis auf den Grund schauen, also die Gründe für alle Tätigkeiten sehen. Es gibt Informationsfluss, jeder macht sinnvolle Tätigkeiten, jeder wird beachtet, und es gibt gute Kommunikation und Austausch. Sie meint: „Im Internet steht so viel über Mobbing am Arbeitsplatz und die Gründe hierfür; ich bin froh, dass ich das nicht erlebe und alle ein harmonisches Miteinander und Teamarbeit wollen. Ein Hoch auf transparentes Arbeiten. Und das verdanke ich meinen Kolleginnen, die alles kommunizieren. Finde ich toll." Wir schauen nun Fotoalben von früher an und plauschen darüber. Wir – früher und heute. Ein spannendes Thema. Papa schleppt dann alte Postkarten von Bayern an. Er bekam sie von einem Nachbarn geschenkt, dem ehemalige Schulkameraden aus ganz Bayern schrieben. Wir schauten die Bilder an. Ich kann es mir nicht verkneifen zu sagen, dass es viele Gebäude schon gab und dass vor allen Dingen, die Natur noch einigermaßen intakt war. Ein großes Thema. Und Frieda erzählt, dass sie ein Buch von Sebastian Haffner vom Anaconda Verlag geschenkt bekam: „Die deutsche Revolution 1918/1919." Wir sprechen über die Ausrufung des Freistaates Bayern durch Kurt Eisner und bedauern, dass sich der Sozialismus damals nicht durchsetzen konnte. Die Dynastie Wittelsbach wurde von Kurt Eisner abgesetzt, und damit eigentlich auch die Finanziers dieser Dynastie. Und auch die Finanziers aller Kriege wurden abgesetzt. Kriege waren immer ein großes Geschäft für die Machthaber und Geldgeber. Die Leute waren nur die, die bluteten oder verbluteten. Sinnlos. Als wären alle von guten Geistern verlassen gewesen. Dabei gab es immer Leute, auch angeblich gebildete, die diesem Leiden gnaden- und tatenlos zuschauten. Leider kapierten die Leute in Bayern diesen Segen von Kurt Eisner für eine neue Republik nicht. Manche Geldgeber auch nicht, und ein neuer Krieg musste her. Das sind viele, viele Kapitel. Oh je. Und jetzt könnte ich meinen, wir hätten uns gegen die Umwelt und gegen das Wasser verschworen. Auch Lobbyisten kämpfen da um ihre Rechte und setzen sie gnadenlos im Dienst des Kapitalismus durch. Und wir denken, das müsste manchmal alles so sein. Das ist es nicht. Es kann auch alles anders sein. Ganz anders. Wir sind die Denker für unsere Wirklichkeit. In meinem 4. Buch beerdigte ich ja alle Arten von Kriege. Und das schon im vierten Buch! Ich bin für positive Kämpfe für Gerechtigkeit, Frieden, Umwelterhaltung und Leben. Die tänzerischen Kämpfe von Judo kommen so einem Kampf vom Wesen her am Nächsten." Und laut vielen Neurologen, sind Menschen in der Lage, sich zu entwickeln und neue Denkmuster aufzustellen. Da las ich mal ein Buch dazu. Finde den Autor gerade nicht. Schaue ich mal im Internet nach.

Heute, der 10.03.2019

Ich sitze bei Papa im Haus, auf dem Land, und es tobt wieder mal ein Sturm. Es regnet immer wieder, und viele graue Wolken ziehen am Himmel entlang. Hin und wieder bricht die Sonne durch. Ich hoffe, dass der starke Wind keine Sachen beschädigt. Es hört sich bedrohlich an. Die Bäume rascheln total, und der Wind pfeift. Eine Art von Musik, die ich nicht so schätze. Geräusche, die mir ein wenig Angst machen. Der Wind tobt und braust. Es klappert hin und wieder irgendwas. Oh, Mannohmann.

Diese Woche war ganz schön vollgestopft mit Aktivitäten. Mit den Zwillingen und Frieda war ich beim Faschingsumzug am Faschingsdienstag in Spalt. Die Themenzüge waren wieder kreativ, und es machte Spaß, da zuzuschauen. Wir selber schmierten uns einen Regenbogen mit Wolken ins Gesicht. Ein Wetterumzug ging an uns auch vorbei. Leute, die als Blitze, Wolken, Regenbogen, Donner und so weiter verkleidet waren. Auf ihren kleinen Wagen, ob sie den zogen oder mit einem Motor betrieben, kann ich nicht mal mehr sagen, stand: „Klimawandel auch in Spalt. Im Winter warm, im Sommer kalt." Die Abenberger Hexen tragen schwarze Kleider und einen schwarzen Spitzhut. Auf den schwarzen Oberteilen steht: „Abenberger Hexen." Die Veitsauracher Youngsters hatten auf ihrem Wagen stehen: „ Veitsaurach goes to Hollywood." Ob sie sich das Motto wegen einem Buches über die Pfarrei, einer eifrigen Autorin ☺ oder wegen der langjährigen Theatergruppe, die regelmäßig Stücke im eigenen Dialekt aufführt, ausdachten, konnte ich leider noch nicht eruieren. Eine Gruppe von Leuten, die als Störche verkleidet waren, ging an uns vorbei. Sie betitelten ihren Wagen mit: „10 Jahre keinen Storch in Spalt." Finde ich schon auch schlimm, dass kein Storch kommen will. Ein Wagen beschäftigte sich mit dem Thema Hartz IV. Es hieß: „Hartz & herzlich." Und folgender sinngemäßer Spruch: „Hartz IV. reicht nur für das täglich Bier." Es gab lustig verkleidete Blaskapellen und viele Prinzenpaare im Auto. Dann noch ein Hinweis, auf das kommende Feuerwehrfest im Mai dieses Jahres. Es gab auch als Teufel verkleidete Menschen. Schwarz und rote Kostüme mit Hörnchen auf dem Kopf. Ob es sinnvoll ist, das Böse durch den Kakao zu ziehen und sich darüber im Fasching lustig zu machen, weiß ich nicht. Zumindest ist es ein Versuch, das Böse künstlerisch zu erfassen, durch den Kakao zu ziehen und sich darüber lustig zu machen. Durch einen friedlichen Umzug wird das Böse auch ausgehebelt und verliert an Schrecken. Ein kleiner Junge neben uns, weinte tatsächlich vor Angst und war nicht mehr von seinem Vater zu beruhigen. Ich verbiete meinen Kindern, sich so zu verkleiden. Auch im Fasching. Ich will das nicht haben. Auf gar keinen Fall. Auch nicht bei einer Spaßveranstaltung. Es gab noch vieles mehr. Nach dem Umzug tranken wir Tee bei Hedwig und Jakob und mampften Faschingskrapfen.

Abends ging ich mit Hans-Dieter nach Schwabach. Auch dort war heute Nachmittag ein Umzug, und wir setzten uns in ein fränkisches Lokal zum Abendessen. Direkt in der Altstadt. In der Nähe vom Rathaus mit dem goldenen Dach. In Anlehnung an die Goldschlägerstadt Schwabach. Im Mittelalter wurde hier viel Blattgold gefertigt. Auf unserer Rechnung stand dann:

„Goldener Stern. Goldene Stunden im Herzen der Altstadt." Für uns waren es wirklich goldene Stunden. Eine Art Sternstunde für uns. Und es war für uns beide toll, mit unserem Herzpartner unterwegs zu sein. Gold wert.

Dann gingen wir aus dem Restaurant, und sahen einige Frauen, als verkleidete Prostituierte. Ich sagte zu Hans-Dieter: „In Zeiten von Tinder sind solche Klamotten total überflüssig. Wir sind in einer Zeit, in der sich jeder und jede über diese App ohne Geld prostituieren kann. Jeder kann sich ganz einfach zur Prostituierten oder zum Prostituierten machen. Geht einfach und unkompliziert. Prostitution gegen Geld gehört eigentlich ins Mittelalter. Finde ich nicht ethisch vertretbar. Sex ist für mich nur in Verbindung mit Liebe möglich. Mich ärgern diese Klamotten." Hans-Dieter meint: „Ich sehe das auch so. Habe jedoch gerade keine Kraft, mich aufzuregen. Ich finde es auch unmöglich, dass es diesen Beruf gab und in manchen Teilen der Welt noch gibt." Als ich die verkleideten Frauen sehe, wird mir schlecht. So richtig. Die Frauen spielten schon eine seltsame Rolle. Und ich war deswegen voll von der Rolle. Arm in Arm schlenderten wir durch die Altstadt. Schauten noch mehrere Schaufenster an. Sprachen bei einem Schmuckgeschäft über die Trauringe aus Gold und Silber; sprachen über den Wert von Treue und Verbindlichkeit und Verantwortung und gegenseitige Achtung; schlenderten dann zum Auto und fuhren von dannen.

Am nächsten Tag bastelten wir in unserer Nürnberger Wohnung. Ich hatte das Buch: „Kreativ-Werkstatt. Handlettering für Einsteiger. Schritt für Schritt zur Schönschrift" besorgt. Wir fertigten im Wohnzimmer Karten an. Auf Seite 33 war eine Karte aufgemalt mit dem Satz: „There is a world inside of me." Ein Projekt war ein Gutscheinzettel. Der Vorschlag des Buches war und ist, einen Gutschein anzufertigen, bei dem darüber steht: „Wünsch dir was." Und dann sind im Querformat kleine Zettel beschriftet. Diese Zettel können dann abgerissen werden. Es ist ein Wunschpunsch. Und als Wünsche stehen darauf: Kopfmassage, Umarmung, Abendspaziergang, Eis essen, Sektfrühstück, Picknick, Tag am See, Müll rausbringen. Ich fertigte für jedes meiner Kinder so einen Gutschein an und werde ihn dann zum Geburtstag verschenken. Abends gingen wir dann in den Aschermittwochs-Gottesdienst. Für meine Firmlinge war dieser Gottesdienst, als Vertiefung und Dazugehören zum Firmunterricht, auch vorgesehen. Die Zwillinge wachsen so in den Glauben und Gebräuche hinein. Für mich war das gemeinsame Beten und das Lauschen von Gottes Wort sehr wichtig.

Am Donnerstag war ein Zahnarzttermin eingetragen. Eine halbjährliche Kontrolluntersuchung der ganzen Familie. Nachmittags kam unsere Hausfrisöse. Und abends las ich dann noch die „Kirchenzeitung für das Bistum Eichstätt“ vom 10. März 2019, Nr. 10, einen Artikel über den mittelfränkischen Camino. Camino heißt ein 85 km langer, an vier Tagen zu bewältigender, mittelfränkischer Jakobsweg. Es heißt auf Seite 18: „Vor 25 Jahren wurde in Mittelfranken ein Jakobsweg wiederentdeckt.“ Und dann heißt es: „Der mittelfränkische Jakobsweg ist einer der ersten Wege, die nach der Renaissance der Jakobswege wieder beschildert wurden. Er führt von Nürnberg nach Rothenburg ob der Tauber, einem Knotenpunkt von drei Pilgerrouten. Eine führt über Schwäbisch-Hall, Tübingen, Rottenburg nach Freiburg, die zweite über Ulm, Konstanz nach Genf und die dritte nach Speyer.“ Auch eine Bronzestatuette von St. Jakobus ist im Willibaldsblatt abgebildet. Am Weg von Nürnberg nach Rothenburg gibt es Jakobuskirchen. Unter anderem in Nürnberg und in Rothenburg ob der Tauber. Nürnberg ist Ausgangspunkt einer Route, die 104 km lang ist. Sie führt von der Reichsstadt zur Residenzstadt Oettingen an der Wörnitz mit den Stationen Katzwang, Schwabach, Kammerstein, Abenberg, Kalbensteinberg, Gunzenhausen und Kloster Heidenheim. Abends spielten wir Schafskopf. Zu viert machte das echt Spaß. Michaela spielte das ganz oft auch in der Schulpause.

Am nächsten Tag las ich voller Freude die FLZ. Es war der Tag der Frauen, und viele Frauen schrieben Artikel in der Zeitung. Frieda kam und beglückwünschte mich zum Frauentag. Und sie brachte eine Menge Zeitschriften und Zeitungen mit. Teilweise alte Zeitschriften, die bei ihr rumlagen, und auch neue

Literatur. Eine Zeitung ist die FLZ vom 24.01.2019. Auf Seite 5 steht ein Artikel von Jasmin Kohl. Ich zitiere: „1961 kam der zweite UN-Generalsekretär Dag Hammarskjöld bei einem mysteriösen Flugzeugabsturz in Sambia ums Leben. Die Dokumentation ‚Cold Case Hammarskjöld' präsentiert den Fall als kühlen Auftragsmord." Die Mission des Generalsekretärs war es, Frieden zu schaffen. Ich las mal in einer anderen Zeitschrift, dass der Goldpreis auch reguliert werden sollte. Ob das stimmt: keine Ahnung. Michaela meint, dass für sie das Gold der Inbegriff des Kapitalismus ist. Beides könnte sie gleichsetzen. In der Vergangenheit stand Gold und Geld immer an erster Stelle. Dann kam das Selbst. Und nun möchte sie, dass das Selbst an erster Stelle steht und das Gold nur untergeordnet ist. Sie meint, dass wir das Wesentliche beachten sollen. Schauen, was wirklich wichtig ist.

Wir redeten über andere tödliche Unfälle, die einfach mysteriös wirken. Wir redeten z.B. noch darüber, dass 1972 und 1977 tödliche Flugunfälle in Teneriffa waren. 1972 sind da bayerische Busunternehmer ums Leben gekommen. Die spanischen Behörden ließen die Ermittler damals nicht lange in das Land. Ich kenne eine Frau, deren Eltern als Busreise-Unternehmer damals ums Leben kamen. Und weil wir schon bei mysteriösen Sachen waren, erzählte ich von Chemtrails, die es angeblich gab. Ich las vor Kurzem darüber im Internet. Es sind angebliche Strahlungen, die auch die Ozonschicht schädigen können. Keine Ahnung, ob Menschen das wirklich anderen Menschen antun können. Und welche Ziele diese Chemtrails verfolgen.

Wir lasen in dem Gesundheits-Magazin von happinez. Die Zeitschrift heißt happi-health Nr. 1/2019. Auf der ersten Seite ist eine Frau in weinroten Klamotten abgebildet. In weißen Buchstaben steht darin: „Be in harmony with your body". Auch ein rotes Herz ist in die Frau eingemalt. Wir erfahren im Heft was über das intuitives Malen, über Heilung aus der Natur, Kneipp-Güsse und alternative Augenheilkunde. Manche Informationen in dem Heft kennen wir schon. Lesen sie gerne wieder. Auf Seite 35 erfahren wir etwas über den bekannten und talentierten Gehirnchirurgen Professor Dr. James Doty. Er lehrt und erforscht, unterstützt vom

Dalai Lama, Güte und Mitgefühl. Herr Dr. Doty sagt: „Verändert sich dein Herz, verändert sich alles." Auf Seite 38 ist ein Bild von Dr. Doty und der Inderin Amma. Es ist so beschriftet: „Ein Lächeln, das verbindet: Prof. Dr. James Doty auf einem Seminar über die Kraft des Mitgefühls mit der Inderin Amma, Göttin der Umarmung und der Nächstenliebe." Der Professor sagt auf Seite 37: „Das Hirn weiß viel – doch es weiß noch mehr, wenn es sich mit dem Herzen verbindet. Das Nervengeflecht, das unser Herz umgibt, ist ein wesentlicher Bestandteil unseres Denkens. Öffnet, verändert sich unser Herz, verändert sich alles: wie wir die Welt sehen und wie die Welt uns sieht." Auf Seite 38 stellt der Chirurg fest: „Die Forschung zeigt, dass Handeln aus Güte nicht nur den Empfänger begünstigt, sondern auch den Handelnden. Ein Akt der Güte breitet sich wie eine Welle aus und wird unsere Freunde und Mitmenschen ebenfalls gütiger werden lassen. Güte ist eine ansteckende Tugend. Sie kehrt am Ende wieder zu uns zurück – in Form von guten Gefühlen, die sie erzeugt, und in der Art, wie andere uns behandeln."

Wir erfuhren was über den Psychoanalytiker Irvin D. Yalom. Er sagt auf Seite 99: „Lebe das Leben, das du wahrhaftig willst." Er meint auf Seite 101: „Sinnfülle hat mit Hingabe zu tun. Mit Kreativität. Mit Freiheit."

Auf Seite 23 lasen wir, dass Sehen und Persönlichkeit eng miteinander verknüpft sind. Frau Prof. Ilse Strempel ist Expertin im Bereich der psychosomatischen Augenkunde und sagte, dass Sehstörungen auch auf seelisch-psychischer Ebene Sinn und Bedeutung haben. Es ist eine Chance, nach den wahren Werten des Lebens Ausschau zu halten und nach innen zu gehen. Auf Seite 27 wird Friedrich Hebbel zitiert: „Das Auge ist der Punkt, in welchem Seele und Körper sich vermischen." Und Platon meint (Seite 24): „Es gibt ein Auge der Seele, mit ihm allein lässt sich die Wahrheit sehen." Frieda meint: „Nur mit dem Herzen kann ein Mensch gut sehen." Sie las diese Aussage auch schon mal bei einem anderen Verfasser in ähnlicher Form.

Dann legte sie sich das 3. happinez-Heft von 2019 hin. Wir lasen auf der Vorderseite in einem Kreis: „Du kannst nicht zurückgehen und den Anfang ändern, aber du kannst jetzt anfangen und das Ende ändern." Weil wir gerade nicht alles lesen können, gehen wir zum nächsten Heft über. Es ist die Zeitschrift: „Abenteuer Philosophie." Oben drüber steht: „Die Kunst zu leben." Ausgabe 4/Oktober-Dezember 2018/Nr. 154. Es geht um das Geheimnis der Zahlen. Wir vertiefen uns in dieses Heft. Auf Seite 13 und Folgende steht etwas über die Zahl 0. In der Kabbala steht die 0 für grenzenloses Licht. Und im I Ging entspricht sie dem Nichtanfang. Null ist die Ursache ohne Ursache. Deshalb passt auch der Kreis sehr gut zu ihr. „Dieser ist die Summe aller Punkte um einen Mittelpunkt, der jedoch nicht existiert. Wir stoßen also an die Grenzen unserer Vorstellung." Weiter heißt es: „In der Mathematik verursacht die Null viele Probleme. Würden wir durch sie teilen, ist theoretisch das Ergebnis unendlich. Sie verbindet also den Ursprung mit dem Unendlichen in ihrer Singularität." Wir erfahren was über den goldenen Schnitt in der Kunst und vieles mehr. Wir reden über das Wort „Problem". Es bedeutet: „zu lösende Schwierigkeit." In dem Heft wird auch das Thema : „Gleichheit, Gleichberechtigung & Gerechtigkeit" behandelt. Den Artikel wollen wir irgendwann lesen. Vor uns liegt auch die neue „emotion". Vom Mai 2019. Themen sind: „Sei stolz auf deinen Körper. Er geht mit uns durch dick und dünn und zeigt uns, wie wir fühlen. Ein Dossier über wahre Körperliebe." Das Lesen verschoben wir auch. Auf dem Titelfoto ist eine strahlende, sitzende Frau in gelben Klamotten. Ein nettes Bild.

Wir gingen nun zu den Sudokus über. Es waren auch Sudokus mit mehr als 10 Zahlen dabei. Die Kinder setzen sich dazu und versuchen die mitgebrachten Rätsel zu lösen. Nina rätselt in dem Heftchen: „Sudoku für ALLE". Tobi löst ein Rätsel im „Ratekids". Michaela löst ein Rätsel im „Klassik Sudoku. Sudokus für die ganze Familie." Zum Glück sind die Lösungen im hinteren Teil des Heftchens angezeigt. Die Kinder halfen sich gegenseitig. Ich löste dann mit Michaela ein Rätselheft spezial: „Kreuzwort-Rätsel für jeden Tag." Und Frieda beantwortet mit ihrem Stift dann ein Rätsel im Heftchen: „Kreuzwort: Rätsel, die Spaß machen." Auf dem Tisch lagen dann noch die Sudokuheftchen mit dem Titel: „Sudoku. Himmel.“ Und der „Rateblock Sudoku. Das faszinierende Ratespiel für ALLE.“ Außerdem der Sudoku-Block: „Logisch. Fit durch Knobeln.“ Und das Heftchen: „Sudoku. Gute Rätsel. Qualitätsrätsel.“ Wir albern rum und fragen uns, ob wir nicht auch selber Rätsel irgendwelcher Art herstellen können. Und wir das so betiteln: „Rätsel für wieve Menschen und die es werden wollen. Für alle anderen auch.“ Und dann weiten wir den Rätselkreis immer mehr. Und sprechen darüber, dass es ja eine Vielzahl von Rätseln auf der Welt gibt. Angefangen bei Gott und Endung mit dem Tod. Und dass die ganze Welt aus Rätseln besteht, die wir lösen können. Jede Forschung entschlüsselt irgendein Rätsel. Und das ganze Leben auf diesem Leben ist ein Rätsel. Jeder und jede löst es auf seine Weise. Manche Menschen lösen es auch ähnlich. Je nachdem. Und wir endeten bei dem Geheimnis der Zahlen und was Gott wohl damit meinte. Frieda fällt eine Bibelstelle dazu ein. Die Weisheit Salomos aus dem biblischen Buch der Weisheit, Kapitel 11,20. Es heißt dort sinngemäß über Gott: „Du aber hast alles nach Maß, Zahl und Gewicht geordnet.“ Ich gebe natürlich auch meinen Senf dazu: „Es gibt das Sprichwort. ‚Alles mit Maß und Ziel‘.“ Und Hedwig meint: „Wenn nur das mit der Zielfindung immer so einfach wäre.“ Wir nehmen nun die Einheitsübersetzung der Heiligen Schrift her. Wir schlagen im Alten Testament, im Weisheitsbuch nach. Wir finden ein Ziel von Gott. Nämlich Weish 11,26: „Du schonst alles weil es dein Eigentum ist, Herr, du Freund des Lebens.“ Also da wird mir mit viel Weisheit gesagt, dass Gott ein Freund des Lebens, also von mir, ist. Und wir erfahren in Weish 7,22–8,1 das Wesen der Weisheit. Es ist so ein toller Text. Weisheit 7,22–7,8,1 sagt: „In ihr ist ein Geist, gedankenvoll, heilig, einzigartig, mannigfaltig, zart, beweglich, durchdringend, unbefleckt, klar, unverletzlich, das Gute liebend, scharf, nicht zu hemmen, wohltätig, menschenfreundlich, fest, sicher, ohne Sorge, alles vermögend, alles überwachend und alle Geister durchdringend, die denkenden, reinen und zartesten. Denn die Weisheit ist beweglicher als alle Bewegung; in ihrer Reinheit durchdringt und erfüllt sie alles. Sie ist ein Hauch der

Kraft Gottes und reiner Ausfluss der Herrlichkeit des Allherrschers; darum fällt kein Schatten auf sie. Sie ist der Widerschein des ewigen Lichts, der ungetrübte Spiegel, von Gottes Kraft, das Bild seiner Vollkommenheit. Sie ist nur eine und vermag doch alles; ohne sich zu ändern, erneuert sie alles. Von Geschlecht zu Geschlecht tritt sie in heilige Seelen ein und schafft Freunde Gottes und Propheten; denn Gott liebt nur den, der mit der Weisheit zusammenwohnt. Sie ist schöner als die Sonne und übertrifft jedes Sternbild. Sie ist strahlender als das Licht; denn diesem folgt die Nacht, doch über die Weisheit siegt keine Schlechtigkeit." Frieda ist von diesem weisen Text total begeistert. Liest ihn mehrmals vor. Michaela meint, es gibt ja ein Kirchenlied, und das besagt, dass Gott das Ziel ist und der Anfang und Ende. Wir wechselten das Thema und zusammen lösten wir das Kreuzworträtsel der Kirchenzeitung. Das gibt immer lebhafte Gespräche. Michaela fand dann in der FLZ vom 06.03.2019 einen Artikel auf Seite 13. Sie meinte: „Zu dieser Zahl der Seitenangabe passt der Titel der Ausgabe. Ich finde es furchtbar und schlimm. Es heißt: ‚Viele Feinde sind der bayerischen Fische Tod. In unseren Gewässern schwimmen immer weniger heimische Arten, Experten fordern unter anderem einen besseren Gewässerschutz.'" Sie liest uns dann den Artikel vor. Wir beenden dann unsere Zeitungslesen-Aktion und Frieda verabschiedet sich. Alle huschten in die Federn.

Samstag verbrachten die Kinder bei Stefan. Sonntags sind sie wieder da. Tobi surft kurz im Internet. Ich verpasse es, dabeizusitzen. Er sagt: „Ich fragte dich vor ein paar Jahren nach dem Wort ‚Sakrileg'. Du hast es uns erklärt. Auf Amazon sehe ich gerade, dass es dazu ein Buch gibt mit dem gleichen Namen." Ich schaue kurz hinein. Es ist ein Buch, das ich nicht haben will. Eine Art Krimi. Das Wort dafür nehme ich normalerweise nicht mal in den Mund. Ich bin über den Inhalt, über das Morden und einer angeblichen Geheimsekte in meiner Kirche, schockiert und sage: „Wir haben keine Geheimsekten in meiner Kirche. Alle halten sich an das Wort Gottes. Der einzige Kritikpunkt, den ich beim Opus Dei kenne, ist der, dass manche Menschen meinen, Selbstkasteiungen vorzunehmen Leiden jeder Art halte ich für unnötig und nicht gottgewollt." Im Internet kann ich jedoch noch andere Kritikpunkte finden. Und ich frage mich, ob meine Kirche manchmal schlecht besetzt ist. Und ob auch andere Institutionen von nicht-guten Mächten besetzt sind. Und wir das gar nicht so bewusst registrieren. Tobi frägt mich, ob Jesus Nachkommen hatte. Ich sage ihm, dass wir das nicht mehr feststellen können. Es kann natürlich sein. Und seine Nachkommen würden unter uns leben. Wir sind aber eh miteinander alle irgendwie verwandt. Es würde keine Rolle spielen. Und Jesus sagte, dass wir eh alle Brüder und Schwestern sein können. Wir können eine große Menschheitsfamilie sein. Wir reden weiter, über das richtige Leben. Ein heiliges, also soziales Leben anzustreben, ist durchaus legitim und wünschenswert. Ich erinnere ihn an die Menschenrechte und an die Straße der Menschenreche, die wir in Kürze anschauen werden in Nürnberg. Er möchte nochmal über das Buch „Sakrileg" reden. Ich wiegle ab. Das brauch ich nicht. Ich will keine Mordsgeschichten und halte von solchen Büchern wenig. Darum will ich darüber nicht mehr erfahren. Wer an das Gute glaubt, will nur das.

Wir bastelten. Eine meiner kleinen Nichten hat demnächst ihren 7. Geburtstag. Nina bastelte ihr eine Geburtstagskrone mit goldenem Papier und klebte bunte Glassteinchen darauf. Michaela spielt auf dem Klavier das bekannte Kinderlied: „Wie schön, dass du geboren bist, wir hätten dich sonst sehr vermisst, wie schön, dass wir zusammen sind, wir gratulieren dir Geburtstagskind." Wir singen mit. Nehmen es als Film mit dem Handy auf und wollen es ihr an ihrem Geburtstag per WhatsApp senden. Besuchen werden wir sie erst eine Woche darauf. Dann erlebt sie uns live. Ich denke, das ist für sie noch viel schöner. Live und direkt ist es immer am schönsten. Michaela schreibt den Text und die Noten aus einem Kinderliederbuch ab. Sie machte das in einer kreativen Schönschrift. Tobi stach aus goldenem, dünnem Metallpapier Herzchen mit einer Nadel aus. Mit einem Tackerer werden die Enden zusammengefügt, und in den Schlauch kann ein Teelicht hineingestellt werden. Er ist dann eine Art Windlicht. Wir beschließen, der kleinen Abc-Schützin das Buch: „Das kleine Hexen-ABC“ zu schenken. Wir hoffen, dass das Kind Spaß hat am Buchstabenlesen- und Buchstabenüben. Michaela liest mal vor, was auf dem Buch hinten drauf steht: „Spielerisch lernen mit der kleinen Hexe – lustige Buchstabenreime von A bis Z.“ Jetzt kommt der Reim: „Das Hexenkind hext A,B,C. Die sind nicht schwer zu hexen. Es hext sie auf ein Blatt Papier mit Kringeln und mit Klecksen.“ Michaela bastelt ihr aus schwarzem Papier einen spitzen, kegelförmigen Hexenhut. Sie schreibt darauf: „Das ABC-Hexla“. „Hexla“ ist fränkisch und bedeutet kleine Hexe. Oder auch Hexchen. Es bedeutet: die kleine ABC-Hexe. Und in bunten Farben malt sie noch viele Buchstaben darauf. Sie meint: „Hexen, zaubern und kreativ-phantasievoll schreiben kann ich in diesem Fall gleichsetzen.“ Sie fragt: „Mama, kannst du dich noch an meine Kindergeburtstage erinnern?“ Ich schüttele den Kopf. Michaela fährt fort: „Weil es in die Faschingszeit fällt, haben wir immer das Lied vom Zauberer-Schrabbelschrut gesungen.“ Sie singt: „Hier steht der Zaubrer Schrabbelschrut, mit seinem großen Zauberhut. Er überlegt, schaut ihn nur an, was er heut wieder zaubern kann. Schribbel-Schrabbel, Huckebein, du sollst nun ein Esel sein.“ Sie sagt weiter: „Und weil wir an meinem Geburtstag immer viele Mädchen waren, und weniger Jungs, war dann der Zauberer Schrabbelschrut die Hexe Schrabbelschrut. Wir tauschten den Namen einfach aus. Das Lied steht im ‚Krabbelmäuseliederbuch‘ von Detlev Jöcker. Wir spielten dann pantomimisch die Figuren und Tiere, die der Zauberer hexte. Es machte soviel Spaß, Zauberin zu spielen.“ Ich meine: „Jetzt kann ich mich gut an dieses Lied erinnern. Dabei wart ihr eh schon verkleidet. Ihr hattet euch vorher schon verzaubert. Ich weiß es noch gut. Es waren immer zauberhafte Geburtstage. Es fällt mir wieder ein.“

„Und Frauke bat mich, ein paar sinnvolle Bücher für das Geburtstagskind, leihweise mitzubringen,“ erinnere ich mich. Michaela fügt hinzu: „Ich werde ein paar heraussuchen.“ Sie geht zum Regal und zieht ein Buch heraus. Sie meint: „Frauke hat ja starkes Fieber gehabt, als sie das letzte Mal anrief. Sie lag exakt mit 39,7 Grad im Bett und kurierte eine Lungenentzündung aus. Die Entzündung hat bei ihr eine richtige Luftnot verursacht. Nicht richtig atmen zu können war für Frauke echt schlimm. Sie hasste diese Schnappatmung. Sie meinte selber, dass das klare Denken auch bald beeinträchtigt sein könnte. Bisher hat sie noch keine Halluzinationen. Wegen des Fiebers und der Einnahme von Antibiotikum und der Schläfrigkeit- konnte sie nicht in die Bücherei. Außerdem bat sie uns, das Programm vom Bildungszentrum Nürnberg mitzubringen. Hier habe ich es schon. Es ist das ausgedruckte ‚Programm Jan-Juni 2019'. Ihr Computer spukt auch zur Zeit, darum kann sie keine Interneteinsicht vornehmen. Sie lässt ihn jedoch bald reparieren. Jetzt habe ich ein paar sinnvolle Bücher gefunden. Ich werde den Titel auf der ersten Seite vorlesen." Sie liest uns die Titel vor und erzählt etwas zu jedem Buch. Das schreibe ich nun sinngemäß auf. Das eine Buch ist vom Verlag Arena. Es heißt: „Kunst. Ein Mitmachbuch für Kinder. Malen und Gestalten wie ein echter Künstler". Es ist von Rosie Dickins. Im Innenteil heißt es: „ Dieses Buch stellt 22 Kunstwerke aus aller Welt vor. Zu jedem Werk gibt es ein Kunstprojekt, das du selbst malen oder gestalten kannst: stimmungsvolle Landschaften, bunte Klecksbilder, lebensnahe Tierbilder oder bewegliche Skulpturen ..."Die Autorin beschreibt auch kurz das Leben des Künstlers, der ein bestimmtes Kunstwerk machte. Die dargestellten Werke sind berühmt und beliebt. Darum ist auch der Kunstschaffende oder die Kunstschaffende sehr bekannt. Das nächste Buch heißt:„Sing mit" und ist mit CD. Es ist vom Schwager-Steinlein-Verlag, und auf der Rückseite heißt es: „In diesem ganz besonderen Liederbuch sind die bekanntesten und beliebtesten Kinderlieder versammelt." Es sind Noten mit Gitarrengriffen. Es ist eine CD dabei, die mit den Liedern die besungen ist; zusätzlich wird die Instrumentalversion gespielt. Es ist sogar ein Lied von der Hexe drinnen. Es ist ein altes Kinderlied. Es heißt: „Morgen früh, um sechs, kommt die kleine Hex." Sie kocht um sieben, um acht, um neun, um zehn und um elf was anderes. Um zwölf sagt sie dann: „Fröschebein und Krebs und Fisch, hurtig Kinder kommt zu Tisch." Ich meine dann: „Naja, die Franzosen essen ja gerne Froschschenkel. Wir Deutschen eher nicht. Es steht nicht auf unserem Speiseplan. Schnecken eigentlich ja auch nicht. Die mögen das jedoch.“ Michaela meint: „Noch kann ich mir auch nicht vorstellen, sowas zu essen. Vielleicht ändert sich jedoch noch mein Geschmack. Mal schauen.“ Michaela schaudert es nun, und sie meint: „Das schreckliche Lied über Hänsel und Gretel steht auch noch drinnen. Da ist die Hexe eine böse Frau. Dieses Märchen und Lied sollte auch mal dringend umgeschrieben werden. Es steht doch tatsächlich auf Seite 75.“ Sie sagt weiter: „Und als es noch viele Lerchen gab, es gibt nur noch selten welche, hat Joseph von Eichendorff das Lied gedichtet: ‚Wem Gott will rechte Gunst erweisen.‘ Er schrieb in der dritten Strophe: ‚Den lieben Gott lass ich nur walten, der Bächlein, Lerchen, Wald und Feld und Erd und Himmel will erhalten, hat auch mein Sach aufs Best bestellt.“ Hoffentlich vermehren sich die Lerchen bald wieder. Das wäre eine Sach.“ Ich sage: „Das Lied könnte Ansporn sein. Es sind viele andere Lieder schön in diesem Buch. Andre müssten dringend abgeändert werden.“ Michaela meint: „Weil du, Mama, gerade was vom Umschreiben sagst. Ich sehe gerade das Märchen ‚Rumpelstilzchen‘. Es ist nacherzählt und farbenfroh illustriert von Eleni Zabini. Und ist unterstützt von der Stiftung Lesen. Es ist ein Märchen der Gebrüder Grimm. Zu der damaligen Zeit kann Gold noch so wertvoll gewesen sein, dass ein König in Hülle und Fülle wollte und eine Frau zum Spinnen von Gold zwang. Eigentlich konnte es nur das Rumpelstilzchen. Das ist heute wohl sowas, wie unsere Banken. Die können mit Zinsen auch Geld vermehren oder mit unsinnigen Bankprodukten und können auch Gold horten. Und Rumpelstilzchen verlangte für diese Aktivitäten ein Kind. Also einen Menschen aus Fleisch und Blut. Das ist ja ein Menschenopfer und passt nicht mehr in unsere Zeit. Nur Jesus kann das Fleisch und das Blut sein. Er kann das „essentielle Sein“ sein. Er ist die Lebenskraft. Er wollte meiner Ansicht nach, das letzte Opfer sein. Jesus ist auch das Teilen. Das ist sein Wesen. Alles zu teilen. Ich finde, dass Märchen sollte auch zeitgemäß umgeschrieben werden. Das Positive ist, dass das Rumpelstilzchen in der Erde verschwindet. Gegen das Verschwinden von Bankprodukten und Machenschaften und dem Einführen des blauen Goldpreises (hier Erhalt von Stroh) hätte ich nichts. Stroh ist was Lebendiges. Aus den Körnern dieser Stängel nehmen wir Getreide. Und das Getreide ist das Brot, von dem wir alle essen können. Wenn ich Zeit finde, schreibe ich dieses Märchen im Detail um." Ich denke nach und meine: „Und es ist auch nicht mehr zeitgemäß für einen Menschen, sich so seinen Partner auszuwählen, bzw. seine Partnerin. Menschen verlieben sich und handeln nicht nach wirtschaftlichen Sachinteressen oder Überlebensinteressen, weil überall Frieden ist und die Orte liebens- und lebenswert sind. Keine Zwänge herrschen. Diese Art des kapitalistischen Wirtschaftens und Lebens früher war in meinen Augen ziemlich falsch. Wahrscheinlich ist ihnen damals gar nichts Besseres eingefallen. Sie haben es nicht besser gewusst. Sie kannten es nicht anders. Hielten an ihrer Tradition fest. Jetzt sind wir Menschen hoffentlich weiser."

Sie blättert weiter. Und stieß einen Seufzer aus: „Autsch. Seite 114. ‚Singen mit allen Sinnen. Das Märchen von Dornröschen in Liedform.' Tja, dieses Märchen muss jetzt auch dran glauben." Ich sage: „Kannst du mir bitte den Text vorlesen, damit ich weiß, was gemeint ist? Zur Erinnerung, was in dem Märchen passierte?" Michaela meint: „Ja das mache ich." Sie liest vor: „Dornröschen war ein schönes Kind, schönes Kind, schönes Kind, Dornröschen war ein schönes Kind, schönes Kind. Dornröschen, nimm dich ja in Acht! Da kam die böse Fee herein und rief ihm zu: ‚Dornröschen, schlafe hundert Jahr!' Da wuchs die Hecke riesengroß. Da kam ein junger Königssohn: Dornröschen, wachte wieder auf! Sie feierten das Hochzeitsfest. Da jubelte das ganze Volk." Frieda meint: „Tja, wenn wir das uminterpretieren, dann ist wohl Dornröschen ein Mädchen. Oder es steht für das Herz eines jeden einzelnen Menschen oder für dessen Gesinnung und den Charakter. Die böse Fee ist wohl das Nicht-Denken und die Geldgier. Und der Mensch schläft hundert Jahre. Oder die Ansammlung der Menschen schläft hundert Jahre. Da wuchs die Hecke riesengroß. Die Hecke ist der Kapitalismus. Wachsen. Alles andere muss weichen. Da kam der junge Königssohn. Im vierten Buch hast du doch, Sahra gesagt, dass der neue Königssohn kommt. Es ist Jesus, der uns ein neues Herz gibt. Es sind Menschen, die ein neues Herz haben. Eine andere Einstellung. Es ist ein Mann, der eine gereiftere Einstellung hat. Da wachte das Dornröschen wieder auf. Das Herz erwachte. Nun feierten sie ein Hochzeitsfest. Die Erde mit dem Universum. Und dann jubelte das ganze Volk." Ich sage: „Wow. Wow. Wow." Frieda meint: „Da fällt mir spontan das Lied der Pippi Langstrumpf ein. ‚Ich mach mir die Welt, widdewiddewidde, wie sie mir gefällt.'" Sie singen Fragmente vom Lied spontan.

Sie schaut nochmal ins Regal. Da stehen einige Greg-Bücher. Sie zieht den schwarzen mit der Aufschrift „10" heraus. Darauf steht: „So ein Mist." Michaela teilt das den anderen mit und meint, dass in Opas Garten der Mist ein Segen ist. Das Wort steht für Schlamassel, aber auch für wertvollen Dünger und ist doppeldeutig. Sie meint: „Die Greg – Reihe las ich ja echt gerne. Total witzig, was der Greg alles erlebt. Diese Tagebücher von Jeff Kinney, mit den lustigen Cartoons, belustigen mich noch immer." Dann schaut sie weiter ins Regal. Sie zieht noch ein Buch hervor: Es ist von Volker Friebel und Marianne Kunz. Sie erzählt, was auf der Vorderseite steht: „Meditative Tänze mit Kindern. In ruhigen und bewegten Kreistänzen durch den Wandel der Jahreszeiten. Mit Spielen, Geschichten, Rätseln und Liedern. Ein Buch mit CD." Auf der Rückseite des Buches steht: „Tanzen ist Träumen mit den Füßen. Die CD enthält alle Tanzstücke und einige Mitmachlieder. Neben den klar verständlichen Tanzanleitungen finden sich im Buch viele Gestaltungsvorschläge zur Mitte und zu der Tanzumgebung: Spiele als Einführung in die Tanzthemen. Rätsel, Gedichte, Geschichten und Fantasiereisen. Buch und CD bilden ein ausgewogenes Arbeitsmaterial für Jahreszeit bezogene Projekte. Zielgruppe/Einsatzmöglichkeiten: Geeignet für Tanzschuhe oder bloße Füße Größe 24 bis 49 (bzw. Kinder, Jugendliche und Erwachsene von 3 bis 99 Jahren) ErzieherInnen, LehrerInnen, Eltern, Kinder- und JugendgruppenleiterInnen. In Therapie und Beratung. In KITA, Grundschule, zu Kinderfesten und Spielnachmittagen." Sie plaudert munter weiter: „Ich erzähle euch mal, was im Inhalt steht. Es gibt einen Katzentatzentanz, einen Apfelblütentanz, einen Quellentanz, einen Sonnenstrahlentanz, einen Gänseblümchentanz, einen Gewittertanz, einen Erntedanktanz, einen Laternentanz, einen Schwalbenflugtanz, einen Schneeflockentanz, einen Kerzentanz, einen Schneeglöckchentanz." Frieda meint: „Die Schneeglöckchen blühen zur Zeit in vielen Gärten. Mir gefallen diese Zwiebelpflanzen. Sie läuten den Frühling ein, das Wiedererwachen der Natur. Der Beginn eines neuen Jahreskreislaufes."

Ich tippe; die Kinder spielen in der Wohnung mit Hund und Katze. Ich öffne auch meine Briefe. Es sind, wie immer, Rechnungen dabei. Ich verlustiere mich in den Briefmarken. Sammeln von Marken ist ein Steckenpferd von mir. Ich bin von den Motiven fasziniert. Und bei Briefen finde ich die Marken immer interessant. Auf einem Brief ist eine besonders schöne Marke. Es ist eine 70-Cent-Briefmarke. „Deutschland 2019" steht auch darauf. Darauf ist eine weiß-hellblaue Wolke am blauen Himmel abgebildet. Darunter ein Regenbogen. Es ist ein Foto. Und in weißer Schrift steht darauf: „Regenbogenfragment." Ich schaue aus dem Fenster. Ich telefoniere mit Papa im Dorf. Er erzählt mir auch vom Wetter. Der Himmel ist jetzt, um etwa 16 Uhr, hellblau. Es ziehen weiße Wolken vorbei. Und die Sonne kommt zeitweise hell herunter. Es tröpfelt manchmal. Einen Regenbogen kann er gerade nicht entdecken. Sah aber an anderen Tagen schon oft einen. Der Wind zischt auch bei ihm um das Haus und die Bäume schwanken. Manchmal ziemlich heftig, dann wieder ruhig. Er hofft, dass der starke Wind bald nachlässt. Er hörte in den Nachrichten, dass der Sturm gerade über Deutschland fegt und in einigen Teilen große Schäden verursacht hat. Wir rätseln, wie dieser Sturm wohl von den Meteorologen benannt wird. Wir überlegen, ob es ein männlicher, weiblicher oder diverser Name wird. Wir schlagen Lösungen für unser Rätsel vor. Zählen spontan ganz viele Namen, die uns nicht so gefallen, auf. Wir plaudern noch ein wenig Belangloses. Er will abends mit Hedwig noch zum Tanzen gehen. Er las vor Kurzem den Spruch: „In Wahrheit tanzen nicht die Füße, sondern die Herzen." Wie wahr. Ich erzähle, dass wir abends zu einer Kreuzwegandacht gehen. Es ist ja Fastenzeit.

10. 3. 19 um etwa 19.00 Uhr. Ich, Andrea, erzähle.

So, und nun schwenke ich um, zum realen Teil. Die Kreuzwegandacht in Herrieden musste für meine Familie wegen des miserablen Wetters ausfallen. Meine Zwillinge sind beim Vater, und ich muss sie bei diesem schrecklichen Wetter holen. Kein Vergnügen mit dem Auto. Das ist nun getan. Wir schauten Kinderkanal, und ich achtete auch auf die Abendhygiene. Und auch das Zähneputzen kontrollierte ich gewissenhaft; denn da logen mich meine Kinder schon öfter an. Diese Lüge müssen sie selber auskurieren: mit Löchern im Zahn bei Nichtputzen. Für mich ist diese Nachkontrolle auch anstrengend. Erwarte ich doch auch ein gewisses Maß an Fertigkeiten mit dem eigenen Körper und Selbstverantwortung. Vielleicht bin ich hin und wieder keine gute Lehrerin in dem Bereich, mag sein. Aber die Kinder können sich auch selber was beibringen. Die Schule macht es auch. Und auch von anderen können sie sich was abschauen, was die Körperhygiene betrifft. Wir stellten fest, dass ihre Zehennägel dringend geschnitten werden mussten. An der großen Zehe von Marius war schon ein Stück abgebrochen. Da half ich den 11-jährigen Zwillingen. Sie setzten sich auf den Boden, wir legten ein Handtuch unter die Füße, und ich schnitt mit der Nagelschere die langen Zehennägel ab. Die Zehennagelbruchstücke lagen nun auf dem Tuch. Die Nagelreste waren unterschiedlich groß und lang. Nagelfragmente. Die Fingernägel nahm ich dann auch ins Visier und schnitt sie auch. Manche feilte ich nach. Die ganzen Nagelbruchstücke leerte ich dann über der Toilette aus. Und nun liegen die Twins in ihren Betten, und ich sitze vor einem Berg von Büchern. Ich lese die Tageslosung von Vivat, einem christlichen Buchversand und Verkauf von christlichen Symbolen. Ich schreibe den Text nun ab und setze zusätzlich die Querstriche zum besseren Verständnis ein: „Sonntag, den 10.3.2019. – Aus dem Evangelium: Jesus antwortete ihm: Es steht geschrieben, vor dem Herrn, deinem Gott, sollst du dich niederwerfen und ihm allein dienen. Lk 4,8. – Gedanken. Im Evangelium des Sonntags hören wir das Bekenntnis des Glaubens Jesu. Er setzt sich innerlich damit auseinander, ob das mit Gott wirklich so stimmt, ob Gott die bestimmende Macht ist, ob es nicht besser ist, alles Mögliche ins Zentrum zu stellen, das nicht Gott ist, und es anzubeten um damit für sich selbst Macht und Herrschaft über die Welt und die Dinge zu bekommen, und er ringt sich existenziell durch zu der Antwort, dass Gott allein der ist, dem Anbetung und Ehre gebührt, und dass man in keiner Weise mit Gott spielen kann, sozusagen mal ausprobieren, wie er denn ist und ob er denn mit seinen Verheißungen auch in den Situationen, die ich herstelle, seine Macht und Kraft beweist. Jesus gibt die Antwort jedes Glaubenden, dass Gott und sein Wort die Grundnahrung des Lebens sind und dass der Mensch mehr braucht als das, was auf den Tisch kommt. – Dr. Felix Genn, Bischof von Münster schrieb das. – Gebet: Gott schenke uns dein Heil. Und lass es uns sehen. Nicht nur in der Rückschau, sondern jetzt, heute, hier als kostbaren Teil des Lebens."

11.03.2019 Vormittags und Nachmittags, während der Hausaufgabenzeit der Kinder. Ich, Andrea, erzähle.

Ich las heute zuerst die Zeitung. Ich erzähle mal, was ich auf der ersten Seite las. FLZ von heute: „Nürnberg – Das Sturmtief ‚Eberhard' hat die Feuerwehren in der Region weit über hundertmal ausrücken lassen. Meist blieb es bei geringen Schäden, in Fürth dagegen demolierte ein umgestürzter Baum drei Autos." Also, jetzt weiß ich Bescheid. Der Sturm hieß Eberhard. Dieser Sturm hat, was ich schon gestern erfuhr, in Deutschland schon einen Menschen sterben lassen. Eine andere kleine Schlagzeile bezieht sich auf den Sport: „ Östersund – Bei der Biatholon-WM in Östersund hat die Ex-Langläuferin Denise Herrmann überraschend Gold in der Verfolgung gewonnen. Laura Dahlmeier holte in Sprint und Verfolgung zwei weitere Bronzemedaillen für das deutsche Team.“ Ich freue mich, dass ich mich nicht so körperlich anstrengen muss. Ich tauschte gerade das gesammelte Kleingeld auf der Bank um. Die 1-Cents-, 5-Cents-, 10-Cents, 50 Cents und 1-Euro-Stücke schleppte ich in einem Schuhkarton zur Bank. Der freundliche Bankmitarbeiter ließ sie durch eine Maschine laufen und zählen. Es waren viele Hundert Euro. Jetzt wusste ich, weshalb ich auch so erschöpft ankam: Vom Auto zur Bank musste ich etwa 400 m laufen, und es war ein stattliches Gewicht. Für mich Sport pur. Dann im Anschluss Einkaufen im örtlichen Supermarkt; wo ich nach Möglichkeit nach den Bioprodukten griff. Nach Möglichkeit bedeutet in meinem Fall, dass das Angebot in Bioqualität vorhanden sein musste. Und wenn es vorhanden war, musste es, wegen meines schmalen Geldbeutels, erschwinglich sein. Wenn ich schmaler Geldbeutel schreibe, meine ich, dass da nicht gerade viel drinnen ist und das Schreiben bisher ein Luxus ist, mit dem ich mit einem Geld-Spar-Programm bezahle. Manchmal komme ich wegen meines Idealismus schon ins Grübeln. Viele Bücher, noch wenige Interessierte und KäuferInnen. Also kaum Abnehmerinnen und Abnehmer. Was ich manchmal auch darauf zurückführe, dass der Franke und die Fränkin bisher recht zufrieden sind in seinem/ihren Leben und auch mit der anderweitig angebotenen Literatur. Ich zog 10 Milch-Tetra-Tüten in Bioqualität aus dem Regal. Vielleicht hätte es sie auch in Flaschen gegeben. Weiß ich nicht. Da war mir der Arbeitsaufwand zu groß. Ob Flaschen umweltfreundlicher und energiefreundlicher gewesen wären, kann ich gerade nicht sagen. Als Jugendliche holte ich noch die Milch in einer kleinen Metallmilchkanne im Dorf. Und irgendwann war mir das zu aufwendig. Was nun umweltfreundlicher ist, muss ich erst herausfinden. Vielleicht finde ich das in meinem Ratgeber von Ulrike Fokken: „Ihre private Ökobilanz. So sparen Sie Energie und Kosten und schonen die Umwelt.“ Ich werde davon noch berichten. Auf jeden Fall war ich heute nicht richtig angezogen. Ein BH passte mir nicht mehr richtig und konnte meine Körperfülle nicht richtig einfangen. Das heißt, eigentlich passte er oberflächlich gesehen schon. Aber beim Einräumen im Laden verrutschte der BH. Das war ein unangenehmes Gefühl. So unangenehm, als wenn man einen zu kleinen Tampon benutzt, einen drückenden Schuh anhat oder die Unterhose quetscht. Daheim zog ich mich dann um. Ich zog einen abgeänderten, vergrößerten, von einer taffen Schneiderin, an. Ich ärgerte mich wieder, dass ich nicht die Energie zum Abnehmen habe. Und wenn ich die habe, dann bekomme ich oft eine Nervenschwäche. Also dann doch wieder und gern ein paar Kilo zu viel auf den Rippen und sonstigen Körpermerkmalen. Und daheim verräumte ich, gut angezogen, die Lebensmittel. Ich kam nun auf die Idee, im Schub, in dem die Rosenkränze und sonstige Devotionalien liegen, rumzukramen. Ich dachte mir, dass mir dann vielleicht Ideen für mein Buch kommen könnten. Irgendwo muss ich ja die Ideen finden. Es liegt ein Silberkettchen mit einem Anhänger darin. Ich ziehe das Schmuckstück heraus. Ich zog das Kettchen mit dem Anhänger, aus nachgemachtem Silber, als Kind gerne an. Es ist ein ovales Blättchen. Sieht aus, wie eine gefüllte 0, und es ist die Maria darauf. Hinten darauf ist ein Symbol für Jesus eingestanzt. Und bei der Marie steht ganz klein, ich brauchte eine Lupe, folgendes drauf: „Marie, ohne Sünde empfangen." Ich denke mir: „Oh je". Damals, im Mittelalter, wurde ja vorehelicher Sex noch als Sünde bezeichnet. Und mit diesem Sex wurde den Menschen ein schlechtes Gewissen gemacht. Wahrscheinlich wollten Kirchenmänner jedoch nur die Moral heben und Frauen schützen. Eventuell wollten sie aber auch Kontrolle ausüben und die Menschen in Schrecken versetzen. Zumindest war das Kinderbekommen eine gefährliche Angelegenheit und viele Frauen starben dabei. Ein Leben im Kloster war damals für eine Frau, zumindest in meiner Einschätzung, entspannter. Jetzt sehe ich Sex als Gottesgeschenk an; vorausgesetzt, es ist Sex mit echten Gefühlen und Verliebt sein und Liebe. Und Maria hatte damals keinen Sex wie Menschen, mit Gott. Das diskutiere ich nicht mehr weiter. Kann so sein; muss aber nicht. Ist für mich belanglos. Diese Annahme, Vermutung oder sogar Wahrheit sagt aus, dass die Zeugung von Jesus und seine Geburt etwas ganz Besonderes war. Dass Marie besonders war und Jesus auch. Meine Kinder entstanden durch wunderbaren Sex mit meinem Ex-Partner. Sie sind Menschen. Weil wir Jesus kennen, sind sie auch was Besonderes, so wie jeder andere Mensch auch. Es steht weiter darauf: „Du meine Zuflucht." Diese Marienverehrung finde ich toll. Die Maria wird in meiner Kirche sehr ernst genommen. Eigentlich werden alle Menschen sehr gewürdigt und beachtet. Der Grund ist, dass Maria und Jesus ein Mensch war. Jesus war Mensch und Gott zugleich. Ich finde meine Religion da genial. Wir bekennen in unserem Glauben, dass Jesus wahrer Mensch und wahrer Gott ist. Er ist beides.

Auf der ersten Seite der Zeitung finde ich auch Folgendes: „Nürnberg. Berichte übers Wetter oder Amateurfußballspiele stammen immer häufiger von Text-Robotern statt von Journalisten." Also meine Texte stammen immer noch von mir. Ich bin jedoch gespannt, wie sich die Künstliche Intelligenz der Computer auf alle Bereiche unseres Lebens ausweitet und hoffe, dass damit keine Gefahren verbunden sind. Ich schaute auch den Ansbacher Lokalteil durch. Kulturell war in Ansbach einiges geboten. Es heißt: „Ansbach. Passend zum Weltfrauentag wurde im Theater.Spiel.Werk in der Triesdorfer Straße das Stück ‚Schottland wäre schön' aufgeführt. Erzählt wird die Geschichte einer nicht mehr ganz so jungen Frau, die händerringend einen Mann will und von sich selbst, aber auch telefonisch von ihrer Mutter, unter Druck gesetzt wird, endlich einen Partner zu finden." Unter dem Bild heißt es: „Ein Partner muss her. Das erste Date naht. Jetzt rasen die Gedanken: Nicola Titus in ‚Schottland wäre schön'." Ich denke mir, dass ich gerade froh bin, mich partnermäßig nicht unter Druck zu setzen. Ich sehe im Moment dieses Thema sehr gelassen. Und meine, dass ich mich irgendwann mal wieder richtig verknallen werde. Und bei dem Mann das Gleiche passiert; er meine Gefühle erwidert und ich eine Explosion der Gefühle erleben werde. Ich hoffe, dass der Blitz so richtig einschlägt und ich in einer Partnerschaft lande. Wäre schön.

Ein anderer Artikel handelt von den Ansbacher Kammerspielen, wo Hagen Rether vorbeischaute. In der Überschrift heißt es über ihn: „Der mitleidende Welterklärer." Und im Text heißen die letzten Zeilen: „Eine feinelegische Reflexion übers Älterwerden und Aufhören fügt er da ein und baut dann das Finale zu einem pianistischen Wohlfühlschluss aus. Der ist auch ein anspielungsreiches Klavierkonzentrat dessen, was Hagen Rether umtreibt. Am Ende wölbt sich eine Regenbogen-Träumerei überm Podium. ‚Over the Rainbow', da ist viel Sehnsucht nach einer besseren Welt drin. Ein sanfter Abschiedsgruß noch: ‚Seien Sie gut zu ihren Kindern.' Sagt's und geht." Weil ich vor einigen Tagen im Kiosk eine echt tolle Musik hörte, schlug ich YouTube auf. Ich suche nach den Textfragmenten, die mir noch einfallen: „So wie du tanzt, so wie du bist, einfach nur schön; sehe dein wahres Ich." Ich finde die Gruppe Parallel. Ich höre mir auch das nächste Lied von Parallel an: „Eine Sprache." Sinngemäß besagt der Text und das Video: auch wenn es anders klingt, sprechen wir Menschen eine Sprache; sind alle gleich. Und wir sind Milliarden.

Ich kochte auch. Das heißt, wärmte die Käsenudeln vom Vortag und das Zucchini-Paprika-Zwiebel-Gemüse vom Vortag auf. Das Gemüse hatte ich im Sommer im Garten geerntet und in der Truhe konserviert. Dazu bot ich Mineralwasser an. Ich trank Kamillentee wie so oft. Jeden Tag ein oder zwei Kannen. Schmeckt und ist immer warm. Mit Kamillenblüten angereichertes, klares, sauberes Trinkwasser aus unserer Gegend. Während wir aßen, las mein kleinster Sohn, 11 Jahre, seine Schullektüre. Von Peter Härtling: „Das war der Hirbel." Es war kein Gespräch mit ihm möglich, so spannend war die Lektüre. Nebenbei stopfte er seine Nudeln hinein. Meine kleine Tochter, seine Zwillingsschwester, ist gerade verletzt an der Hinterseite eines Oberschenkels. Sie will zum Arzt deswegen. Ich rief bei einer Orthopädin an. Deren Praxis ist erst morgen wieder auf und wegen einer Fortbildung geschlossen. Also werde ich morgen einen Termin ausmachen. Jetzt dann haben wir einen Zahnarzttermin mit meinem kleinen Sohn. Ein kleines Loch im Backenzahn muss gestopft werden. Der Arzt stellte es bei der letzten Vorsorgeuntersuchung fest. Diesen Arzttermin beraumte ich auch viel zu spät an. Und das Loch kommt vom schlechten Putzen. Der Arzt meinte ironisch: „Reife Leistung." Und über das Putzen sollte ich die Kontrolle haben. Asche über mein Haupt. Ich hülle mich gedanklich in Sack und Asche. Das habe ich wirklich vermasselt. Und ich habe ein ganz schlechtes Gewissen. Jetzt machen die beiden gerade ihre Hausaufgaben.

Ich stelle den Vogel, den ich auch im Supermarkt kaufte, in eine kleine Glasschüssel. Der Vogel war im Supermarkt zu einem Euro angeboten. Er schaut aus, wie eine sitzende, weiße Meise. Sehr schlicht und einfach. Er ist aus weißem Porzellan. Und weil ich mir manchmal denke, dass ich wegen meines chronisch leeren Kontos und meinen Gesellschaftsveränderungsidealismus, oft eine kleine Meise habe, und mich nicht anpassen will, kaufte ich ihn. Ich mache mir schon Sorgen, über mein chronisch leeres Konto und frage mich, ob meine Buchveröffentlichungen gerechtfertigt sind. Nach dem derzeitigen gesellschaftlichen Wirtschaftsmodell und den bisher schleppenden Buchverkäufen, ist eine weitere Veröffentlichung Nonsens. Ich bin wegen des leeren Kontos schon sehr gestresst. Und es nervt mich. Es nervt mich sogar sehr. Dann denke ich an den Inhalt meiner Bücher und meine, dass der ganze Aufwand und die Entbehrungen gerechtfertigt sind. Um meinen Wald mache ich mir noch mehr Sorgen. Um die Umwelt an sich auch. Um die Insekten auch. Und nun bin ich stur wie ein Panzer und werde ein weiteres Buch aus Eigeninitiative veröffentlichen. Sich Sorgen um mein Geld zu machen, schränkt meine Lebensqualität erheblich ein. Und das versetzt auch viele andere Menschen, in ähnlichen Situationen in Stress. Ich wünsche mir, immer ausreichend Geld zur Verfügung für ein schlichtes, stressfreies Leben zu haben. Und nicht dauernd kleine Ausgaben längerfristig planen zu müssen. Dieses ständige Sparen und Durchrechnen nervt mich. Ich will einfach mit einer Leichtigkeit leben, ohne Sorgen und sich ständig Gedanken um das Geld zu machen. Ein anderer Mitarbeiter von dem Center, ich dem ich beschäftigt bin, meinte vor Kurzem zu mir, dass ich eine „Lebenskünstlerin" bin. Das sehe ich bisher auch so. Ein 11. Buch werde ich dennoch schreiben. Bezogen auf dieses Buch: Ich bin der Ansicht bin, dass 10 eine gute Zahl ist. Marius meinte, 10 ist eine Natürliche Zahl; die erste Zahl mit zwei Ziffern und die erste Zahl im Dezimalsystem. Tabea meinte, 10 Finger hat ihre Hand, und die 10 Gebote gibt es auch. Ich fragte sie nämlich, was ihnen spontan zu der Zahl 10 einfällt.

Nun zurück zu meinem Einkauf. Ich hatte die Auswahl zwischen einem kleinen grünen und einem weißen Porzellanvogel. Gleich groß und gleiche Form. Ich nahm dann den Weißen. Er erinnert mich an eine Wolke und auch an das Göttliche. Und er schaut weder aus, wie ein verrücktes Huhn, noch ein bunt schillernder Vogel. Sondern ganz einfach, wie eine Meise im Garten. Die echten Meisen in meiner Rosenhecke gefallen mir natürlich besser. Sie sind lebendig. Die Porzellanmeise ist nur ein Abklatsch der Wirklichkeit; der Versuch, die Realität einzufangen. Ich kaufte die weiße Meise. Ich dachte mir, für meine Schreib-Aktivitäten muss ich einen Vogel haben. Zu einem diesen Porzellanvogel und zu einem einen kleinen Zwitscher-Vogel im Hirn. Ich denke manchmal auch, dass ich eine Meise habe, weil ich eine Art Kulturrevolution anzettel. Sie ist jedoch – Gott-sei-Dank, auch schon von anderen angezettelt worden. Ich bin da unter vielen Menschen, die mit ihrer Denke die Welt bereichern. Und nun steht da die Porzellan-Meise. Und jetzt habe ich eine. Aus. Basta. Und im Garten fliegen viele echte Meisen herum. Dafür bin ich sehr dankbar. Irgendwie muss ich da ja eine lebensechte, erfreuliche, fröhliche Geschichte daraus machen. Und ich bin jetzt auch am Boden der Tatsachen angelangt. Die Meisen sitzen auf den Bäumen und fliegen munter umeinander. Vor allem die Blaumeise, mit ihrem gelb-blauen Federkleid gefällt mir sehr gut. Sie ist so farbenfroh. Ich lege den unechten Vogel nun in die Schüssel. In der Schüssel sind noch ein halb-vertrockneter-halb-lebendiger-Tuja-Zweig vom Garten und eine halbe Bienenwachskerze und ein Putzermockel und eine kleine weiße Bibel. Der Vogel steht ein wenig auf dem Zweig des Tuja-Bäumchens. Ich werde davon ein Bild ins Buch machen; dazu werde ich das Gesteck auf den kleinen Holztisch stellen. Auf dem Büchlein steht: „Die Evangelien. Neue Einheits-Übersetzung". Und ein kleiner Ball mit Netz, was wahrscheinlich die Erdkugel mit dem Äquator darstellen soll, ist auch drauf. In roter Schrift steht drauf: „Paulusschwestern." Auf dem Evangelium steht hinten drauf: „Nehmt das Evangelium, tragt es bei euch und lest jeden Tag darin: Es ist Jesus selbst, der da zu euch spricht. Papst Franziskus." Auf der Vorderseite der Bibel ist ein silbernes Kreuz abgebildet. An einer Kette dran. Auf dem Kreuz ist eine Taube, die von oben senkrecht nach unten fliegen will. Darunter steht Jesus, mit einem Lamm im Nacken. Das hält er fest. Und hinter ihm stehen die Schafe. Es bezieht sich auf ein Gleichnis im Evangelium. Ich schaue mein Arrangement an. Es steht auf dem Fenstersims im oberen Wohnzimmer. Wenn ich aus dem Fenster schaue, sehe ich einzelne Schneeflocken vom Himmel kommen. Ich freue mich, über diese Form des Niederschlags. In diesem Winter regnete es erfreulicherweise schon viel, und es gab auch Schnee. Den Regen messe ich immer noch. Beim Schnee baue ich meinen Regenmesser ab; er würde das Ausdehnen des Eises nicht überstehen und brüchig werden. Darum habe ich gerade keinen genauen Überblick über die tatsächliche Wassermenge, die vom Himmel auf uns runter kam. Tatsache ist, dass der Himmel oft von Wolken zugezogen ist. Was mich auch freut. Und weil ich nun auch im Evangelium lesen will, schlage ich die Internetseite von Vivat auf. Ich schreibe nun alles ab, was die Redakteurinnen da hineinstellten: „Impuls für den Tag. Montag, den 11.03.2019. Aus dem Antwortpsalm. Die Weisung des Herrn ist vollkommen, sie erquickt den Menschen. Das Zeugnis des Herrn ist verlässlich, den Unwissenden macht er es weise. Ps 19,8. Gedanken: Das Leben ist nicht ein Frommsein, sondern ein Frommwerden, nicht eine Gesundheit, sondern ein Gesundwerden, nicht ein Sein, sondern ein Werden, nicht eine Ruhe, sondern eine Übung. Wir sind's noch nicht, wir werden aber. Es ist noch nicht getan oder geschehen, es ist aber im Gang und im Schwang. Martin Luther, Reformator. Gebet: In deiner Fülle werden wir zu dem Menschen, der wir sein können. In dir wandeln wir uns. Lass geschehen, was uns und den Menschen neben uns guttut." Ich mache mir so meine Gedanken dazu. Und denke mir, dass wir schon Kinder sein können und es immer sind, wenn wir Gottes Willen tun. Wir sind es immer, wenn wir seinen Willen beherzigen. Und eigentlich sind wir es immer. Egal, was wir tun. Denn meine Kinder sind auch immer meine Kinder; egal was sie tun. Wobei ich ja immer will, dass sie das Richtige tun und mit gutem Gewissen. Nach bestem Wissen und Gewissen. Die Bibelstelle von der Gotteskindschaft werde ich nochmal nachlesen. Ich hoffe, die ist auch richtig aufgeschrieben. So, dass auch rüberkommt, was Jesus wirklich meinte. Denn manche Sätze der Bibel sind durchaus fragwürdig und vielleicht nicht richtig wiedergegeben. Martin Luther hat wirklich die Welt verändert. Vor über 500 Jahren mit seinen Thesen. Und manche Thesen waren so wahr und richtig. Und das es einen Krieg wegen des Glaubens gab, ist eine traurige Angelegenheit. Es gibt viele Schreckensbilder davon. Ein 30-jähriger Krieg, der auch vor meinem Dorf nicht Halt machte. Menschen mordeten sinnlos. Dabei sagte Jesus: „Du sollst nicht töten." Das bedeutet, leben und leben lassen und Leben bewahren. Weil damals viele nicht die Bibel wirklich kannten, wussten sie vielleicht nichts Genaues über diesen Satz. Oder es war ihnen total egal. Ein Glaubenskrieg wegen kleiner unterschiedlicher Weltauffassungen. Einige hundert Jahre später kann ich über sowas nur entsetzt schauen und fassungslos den Kopf schütteln. Auf der Herrschafts- und Machtseite Fürsten, die sinnlose Befehle gaben. Unbarmherzig und gnadenlos. Auf der anderen Seite viele willenlose Menschen, die hörig und blindlinks gehorchten. Sie hätten auch auf Gott und seine Stimme oder auf ihre gute innere Stimme hören können. Wie die Fürsten zu Fürsten werden konnten, ist mir ein Rätsel. Und die Hörigkeit ist mir auch ein Rätsel. Und die heutigen ökumenischen Bewegungen zeigen, was die Leute über diese Unterschiede denken und trotzdem Gemeinschaft wollen. In meinem Dorf wurden die Häuser wieder aufgebaut. Über die Gefühle meiner Vorfahren weiß ich wenig. Über äußere Lebensumstände weiß ich ein wenig mehr. Unser Haus wurde nach einem Sebastian benannt, der einen bleibenden Eindruck bei den Dorfbewohnern hinterlassen hat. Was mit ihm war, weiß ich auch nicht genau; kann es jedoch erahnen. Der Hausname war dann: „Beim Waschtl." Wie gesagt, Sebastian war sein Name. Nur Hülle. Mit seinem Charakter und der Person kann ich leider gar nichts mehr Persönliches verbinden. Seine Gene trage ich in mir. Ich weiß jedoch, dass ihm Maria sehr viel bedeutete. Er, Sebastian beeindruckte jedoch so sehr, dass sein Name der Name meines Hauses wurde. Es ist ein Name, wie viele Namen. Irgendwie austauschbar. Richtig viel weiß ich von vielen Persönlichkeiten und besonderen Menschen nicht. Ich kann mir auch kein Urteil über irgendeinen Menschen erlauben, weil ich nichts weiß und weil ich den Appachenspruch beherzige: „Urteile nie übe einen Menschen, bevor du nicht 10 Meilen in seinen Mokassins gelaufen bist." Die Mokassins stehen nicht da. Und ich weiß, dass auch niemand aus seiner Haut kann. Jeder/jede ist so, wie er ist. Nun zurück ins reale Leben: Im Moment bin ich froh, wenn ich Verbindung zu meinen Kindern halten kann und im echten Kontakt bin.

Die Zwillinge und ich saßen abends vor dem Fernseher. Sie vertilgten Äpfel vom Garten. Wegen der Hitze im Sommer faulten schon viele Äpfel. Manche Sorten sind jedoch noch gut in Schuss und sehr lecker. Beim Zubettgehen erzählten sie mir von Youtube Videos von einigen Künstlerinnen, die ziemlich sexistische Lieder haben, was mir gar nicht so recht ist, dass die Kinder die kennen. Jedoch habe ich manchmal keinen Einfluss, auf das schnelle Wechseln, wenn sie auf Youtube sind. Ich sollte da immer kontrollieren. Sie fragten mich, nach der Beziehung mit ihrem Papa. Immer noch ein wunder Punkt. Und sie fragten mich nach meinem Nachfolgemann, der wirklich ein Nachfolgemann war. Im ersten Buch habe ich das gar nicht so richtig herauskristallisiert. Er war mein Nachfolgemann und eine Kurzzeitbeziehung. Eine Art Affäre. Oder soll ich sagen: „Gelegenheit macht Liebe? Es war ein Strohfeuer?" Keine Ahnung. Punkt. Ich kann mich jetzt gar nicht mehr so genau daran erinnern. Wahrscheinlich ist es so, dass die Zeit wirklich viele Wunden, oder alles heilt. Es ist irgendwie für mich abgeschlossen. Und nun sitze ich wie immer beim Tippen auf meinem Sofa, und es liegt ein Haufen Bücher vor mir. Wegen des Gesprächs mit den Kindern, greife ich zu einer NEON-Ausgabe. „NEON" ist in Gold geschrieben. Die Zeitschrift ist vom Juli 2018. Ich lese den Artikel: „Mach Schluss!

Es war wirklich schön mit uns. Warum es trotzdem Zeit ist zu gehen." Ich denke an meine erste Partnerschaft. Und weil in der „emotion" oftmals Buchempfehlungen sind, die gerade zu meinem Anliegen passen, schlage ich die vom April 2019 auf. Zum Thema Partnerschaft gibt es zwei Buchempfehlungen. Das Überthema ist, als Paar besser zu kommunizieren. Bücher, die aufzeigen, wie Zweiergespräche gelingen können. Diese Bücher hätte ich vielleicht eher haben sollen. Jetzt ist es zu spät. Und das ist auch hart, das meinen Kindern verklickern zu müssen. Schließlich liebte ich ihren Vater mal sehr. Ich denke mit Wehmut an unsere schöne gemeinsame Zeit zurück. Da kommen mir dann doch die Tränen, weil es vorbei ist.

Um auf andere Gedanken zu kommen, lese ich noch den Kinotipp der Zeitschrift. Ab 4. 4.2019 läuft der Kinofilm „Monsieur Claude 2" im Kino. Der Untertitel lautet: „Immer für eine Überraschung gut." Auf dem Foto sind 6 Paare abgebildet. Meine Kinder nahmen den 1. Kinofilm von Monsieur Claude bei ihrem Vater auf dem Fernseher auf. Sie sind davon total begeistert. Ich will den 2. Teil mit ihnen im Kino anschauen. Bei uns in der Gegend gibt es einige Lichtspielhäuser. Ich finde, der Film besticht durch seine Toleranzaussage, seinen Witz und Esprit, der Leichtigkeit des Umgangs miteinander und mit den verschiedenen Religionen. Das Wirtschaftssystem ist in diesem Film das Verbindende. Das Geld und Gold. Ich schreibe nun ab, was auf der Promotion-Seite steht: „Was mussten Monsieur Claude Verneuil (Christian Clavier) und seine Frau Marie nicht alles über sich ergehen lassen?! Beschneidungsrituale, Hühnchen halal, koscheres Dim Sum und nicht zuletzt die Koffis von der Elfenbeinküste. Erst seit den vier multikulturellen Hochzeiten ihrer Töchter sind die beiden im Integrieren unübertroffen und freuen sich nun auf ihr Großeltern-Dasein in heimatlicher Gemütlichkeit. Doch erneut hat das Paar die Rechnung ohne ihre Töchter gemacht; die eröffnen ihnen, dass sie mit Kind und Kegel im Ausland ihr Glück suchen! Monsiur Claude und Marie setzen Himmel und Hölle in Bewegung, um ihre Töchter und Schwiegersöhne zum Bleiben zu bewegen. Sie sind wieder da! Regisseur Philippe de

Chauveron und seine grandiosen Schauspieler haben der Fortsetzung des Erfolgsfilms viel Liebe und noch mehr Scharfsinn, Esprit und Witz eingehaucht. Eine herrlich schlagfertige Komödie voller Provokationen und Spitzfindigkeiten, die den Vorgänger an Charme sogar noch übertrifft." Ich mag solche französischen Filme. Der erste Teil hatte schon ein besonderes Flair und eine gewitzte Atmosphäre.

Heute war es auch so, ich wollte es ja nicht erzählen, dass ich die Sparflasche, meiner Tochter ausleerte. Ich lieh mir das Geld von ihr und werde es ihr bei Gelegenheit wieder zurückzahlen. Die genauen Hintergründe kann ich nicht nennen. Es war jedoch so, dass ich Geld für eine ungeplante Autoreparatur bezahlen musste. Und mein Konto mal wieder blank war. Und ins Unendliche kann ich nicht überziehen. Größere Beträge leider auch nicht. Für Dispokredite gibt es gesetzliche Regelungen und Vorgaben. Meine Tochter mahnte mich im Nachhinein, dass ich mich besser um meine Finanzen kümmern soll. Nicht so einfach. Gerade wenn spontane Ausgaben auf mich zukommen. Ich nahm also heute die große, bauchige Flasche, die man sonst zum Liköransetzen verwendet, und leerte sie aus. Es kamen Cents und Eurostücke heraus. Ich klemmte die schwere Flasche, zwischen die Beine und schüttete die Münzen in einen Schuhkarton. Dabei setzte ich immer wieder ab, weil der Geldfluss stockte: die Münzen verkrallten sich ineinander. Das war ziemlich anstrengend. Und ich kam mir vor, wie der Goldesel bei dem Märchen „Tischlein-deck-Dich". Nur war ich kein Esel, und es waren keine Dukaten. Und der Esel in dem Märchen schied ja unbegrenzt Geld aus. Das raus geschüttelte Geld war auf 340 Euro und 69 Cent begrenzt. So zählte die Rechenmaschine in der Bank, in die ich es wirklich rein schleppte. Davor musste das Geld von mir durch die halbe Stadt geschleppt werden. Der Knüppel aus dem Sack, kam dann durch die Ermahnung meiner Tochter. Und das Tischlein, das den Tisch immer deckt, gibt es ja auch nicht wirklich. Wenn, dann gibt es einen Gott-Schöpfer und Ernährer, der uns viel Freiraum für die Gestaltung der Erde gibt. Und ich glaube ja an diesen Gott. Darum dieses Buch und auch die anderen. Das Märchen sollte auch umgeschrieben werden. Das einzige Buch, das im Wesentlichen immer Bestand haben wird, ist die Bibel. Da können nur einige Texte modernisiert werden oder im Alten Testament ganz rausgenommen werden. Gerade im Alten Testament sind ein paar Stellen darin, die mir gar nicht gefallen. Manche Texte gehören in diesem Zeitalter schon gar nicht mehr hinein. Sie sind einer alten Zeit geschuldet. Die Wahrheiten haben durchaus Bestand, egal wie sie formuliert werden. Das ist jedoch nicht meine Aufgabe, das zu entscheiden. Ach ja. Nochmal zurück zu meiner Geldsituation. Ich will ja eine Gesellschaftsveränderung. Materielle Gleichheit. Gesetze, die das möglich machen. Keine blanke Leistungsgesellschaft, die die Leistung ungerecht bewertet, sondern christlichen Kommunismus. Einziges Kriterium für unterschiedliche Geldbewertung soll sein, ob jemand arbeiten mag oder nicht arbeiten mag. Niemand kann etwas für seine Fähigkeiten. Da müssten wir schon Gott fragen, was die Unterschiede in den Begabungen sollen. Fleißig sein kann jeder Mensch. Gut sein auch. Motive für das Handeln kann auch jeder Mensch für sich finden. Für mich ist die Einsicht zum christlichen Glauben eine gute Lebensmotivation. Obwohl es natürlich auch manchmal Durchhänger, also Höhen und Tiefen, für mich gibt. Und ich manchmal auch den inneren Schweinehund überlisten muss.

Nach der Hausaufgabenzeit suchten mein kleiner Sohn und ich den Zahnarzt auf. Ein 2. Backenzahn, und damit bleibender Zahn hatte ein Loch. Oh Schande. Ojemine. Ohjemine. Ich durfte auswählen, zwischen den Füllungen. Eine „herkömmliche", die die Krankenkasse zahlt, oder eine länger haltbare mit Aufpreis. Ich wählte die Füllung mit einem kleinen Aufpreis, was ich für sinnvoller hielt. Die Füllung besteht aus Kunststoff und ist weiß. Sie fällt nicht auf und passt sich dem Zahn an. Während der Zahnarzt und seine Helferin füllte, dachte ich über Zahnfüllungen nach. Manche Menschen lassen sich auch Goldfüllungen geben. Wobei ich hier bei einem der Themen meines Romans bin. Gold finde ich zu auffällig und ist mir auch zu teuer. Dennoch ist Gold ein Metall, das gut verwendet werden kann und vom Körper gut verträglich ist. Von meinen alten Amalganfüllungen, in machen Backenzähnen, kann ich das nicht gerade sagen; zumindest suggerieren mir das manche Artikel in Zeitschriften. Ich weiß es nicht. Solange sie nicht rausfallen, lasse ich sie drin. Zurück zum Gold. Gold und Knochen verbinden sich bei manchen Menschen im Zahn. Der Zahn ist damit noch wertvoller als Gold. Denn er soll ja erhalten bleiben. Gold ist lediglich ein Mittel, um den Zahn am Leben zu erhalten und die Kau- und Bissfertigkeiten zu erhalten und schmerzfrei zu leben. Damit ist eine Verbindung von Gold und Knochen hergestellt. Der Mensch besteht damit auch aus Gold. Der Mensch ist mindestens so wertvoll wie Gold. Der Mensch ist natürlich wertvoller. Er ist das Wertvollste. Der Mensch ist das Wichtigste und soll am Leben bleiben. Ein schönes Leben führen. So mein Gedanke. So auch die göttliche Vorsehung. Ich überlegte mir, dass beim Orthopäden ja manchmal Metallteile in Knochen eingebaut werden, also Schrauben und Platten, um Knochen von kranken Menschen zu stabilisieren. Das könnten theoretisch auch Goldteile sein. Damit wäre der goldene Stift konkretisiert und nicht nur ein Symbol. Tatsächlich sehe ich es so, dass jeder Mensch unendlich wertvoll ist. Nicht beschreibbar und erklärbar. Einfach da als Kind Gottes. Und diesem Gedanken will ich alle weiteren Gedanken unterordnen.

Nach dem Zahnarzttermin war ich mit meinem größeren Sohn beim Arzt. Das Labor untersuchte seinen Stuhlgang, ob der tatsächlich von Würmern frei war und in Ordnung. Gott-sei-Dank war er das nun. Im Sommer in Bibione, als wir das bei der Abreise feststellten, hatten wir genug Aufregung. Diese Aufregung brauchte ich nicht nochmal. Und eine Überprüfung war nun wieder notwendig. Shit. Parasiten im Haus brauch ich nicht nochmal. Er und ich wurden zu begeisterten Knoblauchessern, um die Parasiten zu vertreiben. Das wird im Mittelmeerraum auch so gemacht. Weil er, außerdem, gerade eine Fraktur der großen Zehe hat, wird er diese Woche auch noch die Orthopädin mit seinem Vater als Begleitung aufsuchen. Sein Vater bringt ihn hin. Fußballspielen hat auch seine Schattenseiten. Er wurde gesund geboren und muss nun immer wieder gesund werden. Krankheiten haben auch ihre Tücken. Um mich auf einen Text von Vivat zu beziehen: Das Böse ist eine Krankheit. Alles andere kann abgeleitet werden. Im Alten Testament ist noch von der Erbsünde die Rede. Wir müssen nichts erben. Jesus starb am Kreuz und nahm die Schuld der Welt auf sich. Also erben wir gar nichts. Gar nichts. Jesus sagt auch, wir sind Liebe und Licht.

Sorry; ich mache nun einen Themenwechsel. Manchmal, wenn die Themen heikel werden und unangenehm, kann ich schon auch um den heißen Brei herumreden. Also umständlich, nicht klar, formulieren. Umschreiben. Ein Thema einkreisen. Ein Thema nicht gut oder gar nicht anpacken. Nicht zum Punkt kommen. Nicht das Ziel benennen. Nicht zielführend sein. Sorry. Manches ist dann doch irgendwie privat, aber dann doch nicht so privat, dass es ein Geheimnis oder Rätsel wäre. Über alles lässt sich reden. Und manches will ich nur mit bestimmten Menschen bereden. Es dürfen aber auch andere wissen. Also offen bin ich schon, für dich, wenn es dich interessiert. Übrigens: Zum Brei gibt es auch ein Märchen. Es geht in dem Märchen um einen süßen Brei. Diese Geschichte gefällt mir sehr gut. Manche Märchen sind einfach schön und ergibig vom Inhalt. Diese Geschichte erzähle ich gerne weiter. Und für Morgen plane ich zum Nachtisch auch einen Grießbrei. Brombeeren aus der Truhe stellte ich schon heraus.

Und nun kommt das schwierige Fragment. Denn es liegen Bücher vor mir, die sind so richtig in Symbolsprache verfasst. Es ist ja eine Art Geheimcode, denn wissen muss ich dazu schon was. Die Bücher sind natürlich gleichzeitig auch in Wortsprache verfasst. Zum Verstehen und Hineinkommen sinnvoll. Das Hauptaugenmerk liegt bei den Bücher-Schinken bei den Zahlen, Buchstaben und Grafiken. Ich mochte Mathematik schon in der Schule nicht wirklich. Zu happig. Zu viel zu verdauen. Lag mir manchmal im Magen. Und drehte mir manchmal den Magen um. Manchmal dachte ich mir: „Da krieg ich ja die Scheißerei". Sorry. Wegen der Wortwahl. Und in meinem Leben wurde ich auch mit Finanzmathematik bekannt gemacht. Oh je. Ein umfangreiches Gebiet mit hohem Symbolwert. Und nun liegen diese Bücher, brietscherbreit, auf meinem anderen Sofa. Richtige „Oschis". Vielleicht sollte ich sagen „Schinken" ? Keine Ahnung. Es sind Bücher, von einer geistigen Welt, die ich nicht verstehe. Manches vielleicht nicht sinnig; manches total sinnvoll. Vielleicht graue Theorien. Vielleicht der Himmel auf Erden. Respekt vor den Autoren und ihrer Phantasie und ihrem Können; ihrem Engagement und ihrem Durchhaltevermögen und Fleiß. Und ihrer eingesetzten Zeit. Ich schreibe nun wieder von mir. Zum Tippen sitze ich meist auf dem Sofa meiner Oma. Sie konnte sehr schön erzählen. Manchmal fast zu fantasievoll. Das habe ich wahrscheinlich von ihr übernommen oder geerbt. Keine Ahnung, was da Erziehung ist und was die Gene. Wird ein Mischmasch sein, dem ich mich aber bewusst entziehen könnte, wenn es mir zu blöd wird. Und nun zu dem Bücherberg. Ich schnitt das Thema ja schon öfter an. Und muss das Thema anpacken. Also, nun ist es mit meiner Gescheitheit nicht mehr weit her. Ich muss es zugeben. Mit meiner Weisheit bin ich fast am Ende. Sorrx. Das Wort erfinde ich neu. Es heißt, dass es mir leid tut. Also sorry. Aber ich dafür nichts kann, weil ich es einfach nicht besser kann. Sorrx. Eine Entschuldigung für Nichtverstehen aufgrund fehlender geistiger Kapazitäten. Ein wenig werde ich das jedoch versuchen. Aufgeben liegt mir nicht so. Probieren kann ich es ja mal. Und anrissweise kann ich sicher ein paar Inhalte transportieren.

12. März 2019 vormittags; ich, Andrea, schreibe

Vor mir liegt das Buch von Gerhard Bergrich: „Engel und Engelgeschichten in der Bibel". Vom Radius-Verlag. Auf der Rückseite des Buches steht: „Auch wenn von ihnen eher selten in der Bibel die Rede ist – ohne Engel geht es nicht. Doch was tun sie? Zu wem kommen sie? In wessen Namen reden sie? Und natürlich: Wie sehen sie aus? Haben sie Flügel oder nicht? Der Autor nimmt seine Leserinnen und Leser mit auf eine Entdeckungsreise und lädt zum Nachdenken und Träumen ein.“ Auf Seite 7 steht: „Vorbemerkung oder Vom Himmel auf die Erde.“ Im Buch ist von Dietrich Bonhoeffer die Rede. Er schrieb den Text des bekannten Kirchenliedes: „Von guten Mächten wunderbar geborgen“, dass wir in Veitsaurach bei jeder Beerdigung singen. Es steht auf dem Liedblatt. Er war ein evangelischer Theologe, der von den Nazis, also Deutschen, die der Naziideologie glaubten, ermordet wurde. Auf Seite 9 steht: „ Am 19. Dezember 1944 schrieb Dietrich Bonhoeffer aus dem Gestapo-Gefängnis in der Prinz-Albrecht-Straße zu Berlin an seine Braut und seine Eltern das Gedicht ‚Von guten Mächten wunderbar geborgen‘. Dieser Text gilt allgemein als das bekannteste Engellied der Moderne ‚(EKG No 65). Aber es ist sehr fraglich, ob mit ‚guten Mächten‘, die Engel gemeint sein sollen. Das hätte Bonhoeffer doch sagen können. Es passt sogar in Reim und – zur Silbenzahl: ‚“von guten Engeln“‘das kann man singen. Im oben genannten Brief schreibt Bonhoeffer dazu: „„Es ist, als ob die Seele in der Einsamkeit Organe ausbildet, die wir im Alltag kaum kennen. So habe ich mich noch keinen Augenblick allein und verlassen gefühlt. Du, die Eltern, Ihr alle, die Freunde und Schüler im Feld, Ihr seid mir immer ganz gegenwärtig. Eure Gebete und guten Gedanken, Bibelworte, längst vergangene Gespräche, Musikstücke, Bilder bekommen Leben und Wirklichkeit wie nie zuvor. Es ist ein großes unsichtbares Reich, in dem man lebt und an dessen Realität man keinen Zweifel hat. ‘Das sind die guten Mächte. Die braucht der Mensch. Aber es kommt alles auf den letzten Satz an: ‚Gott ist bei uns am Abend und am Morgen, und ganz gewiss an jedem neuen Tag.‘“ Das gilt für alle Engel und Engelgeschichten. Viele entscheidende Heilsereignisse der Bibel haben einen Engel. Auch die Geburt von Jesus wurde von einem Engel verkündet. Er ist der Bote, der die gute Nachricht an die Menschheit überbringt. Den Himmel mit der Erde verbindet.

Nochmal zurück zu dem Satz, von Dietrich Bonhoefer: „Gott ist bei uns am Abend und am Morgen, und ganz gewiss an jedem neuen Tag.“ Also eines ist klar: Gott war gerade nicht bei den Tätern, die Dietrich Bonhoefer ermordeten. Die Täter hatten Gott verloren. Ihr Herz dem Satan geschenkt. Das muss ich nun mal ganz klar sagen. Die Gründe sind vielfältig. Ich kann sie nur versuchen zu eruieren. Falsche Bildung ist nur ein Teil davon. Nicht-Verstehen der lateinischen Texte im Gottesdienst auch. Naivität und falscher, extremer Eifer im Glauben ohne Hirn und Herz ist auch ein Grund. Blinder Gehorsam und keine eigene Reflexion ist ein weiterer Grund. Nur den eigenen Vorteil suchen und bequem Sachen durch Raub aneignen, ist ein weiteres Motiv. Fehlendes Feingefühl und Mitgefühl ein weiterer. Glauben an falschen Versprechen des Führers, der wahrscheinlich auch von anderen bösen Menschen oder seiner Krankheit gelenkt wurde. Menschen setzten Emotionen an die falsche Stelle. Fehlender Glauben an sich und an Gott. Glaube auf das Hören-müssen auf andere. Glaube an falsche Propheten wegen Naivität und Leichtgläubigkeit. Morden war noch gesellschaftsfähig – Erbe der Urzeit. Die Botschaft Jesus verstanden die Menschen nicht richtig. Feierten Hitler – obwohl er der falsche Prophet war. Die Menschen bemühten sich nicht um ein richtiges Wirtschaftssystem, das extreme Ungleichheit hervorgerufen hat. Sahen keinen anderen Ausweg aus Ungleichverteilung. Sie hatten wahrscheinlich schon ein gutes Herz, auf das sie aber nicht hörten. Es gibt sicher noch viele andere Gründe. Waren zerstörerisch-kreativ- und einfallslos; nur zerstörerisch aktiv und bemerkten das nicht mal. Leichtgläubigkeit; ein X als ein U vormachen. Damit meine ich, die Leute täuschen. Wobei sich die Leute auch gerne täuschen ließen, nicht selber überlegten oder es einfach nicht besser wussten. Die haben sich vieles weismachen lassen. Denen konnte man alles erzählen. Die christliche Religion ersetzten sie durch eine satanistische Religion. Unfassbar. Die evangelische Religion wurde als Reichsreligion eingeführt. Es gab auch abstruse Theorien von Soziologen von Protestantismus und Kapitalismus. Und es wurden die wildesten Theorien entwickelt. Und eine Freundin meint, dass der Antisemitismus von Luther auch ein Einfallstor für Hass war. Es muss auch gesagt werden, dass das Hitler-Buch 600 000 mal kostenlos verteilt wurde. Auch andere merkwürdige Dinge, nämlich, dass die Leute zuerst bezahlt wurden, die ihm nachliefen, stehen im Internet. Wenn das wirklich der Fall war, würde mich schon interessieren, wer das finanzierte und mit welchen Absichten. Und Hitler hatte in meinen Augen auch eine Psychose. Er wäre nach heutigem Stand der Medizin wahrscheinlich heilbar gewesen. Was war mit den anderen, die an ihn glaubten? Hatten die auch eine Art Gefühlsspaltung? Widersprüche, mit denen sich leben ließ und sie gar nicht eindeutig sein wollten? Oder waren das Gehirn und die Emotionen normal für diese Zeit? Ein normaler Geisteszustand für diese Epoche? Oder war die Wut so groß, dass sie sich gedankenlos und unmenschlich-grausam entlud? War die Fähigkeit zu Denken eingeschränkt? Herz, Hirn und Hand nicht verbunden? Oder war das Herz noch gar nicht so emotional ausgeprägt? Ich könnte da eine Vielzahl an Vermutungen aufstellen. Emotional waren die Menschen wahrscheinlich unterentwickelt. Wissen tue ich es nicht. Es sind Annahmen, und sie sind spekulativ. Ganz nebenbei: Die Leute waren technisch hochentwickelt und galten als zivilisiert. Es gab unglaublich viel Fleiß und viele Erfindungen und Errungenschaften. In der heutigen Zeitung steht ein Artikel über das Verhalten der Nürnberger in der Gegenwart und Vergangenheit. Es heißt unter einem Bild mit Menschen: „Bei einem Stadtrundgang erklärt Historikerin Dagmar Seck (links), welche Bedeutung die Kaiserburg für die Nationalsozialisten hatte." Auf Seite 10 steht ein Artikel von Heinrich Hand. Ich zitiere: „Die Spuren des Nationalsozialismus in Nürnberg sind vor allem auf dem ehemaligen Reichsparteitagsgelände klar erkennbar. Doch auch die Burg und das Stadtzentrum vereinnahmten die Nazis für ihre Zwecke, wie der Rundgang ‚Kaiserburg und Hakenkreuz' des Vereins Geschichte für alle zeigt." Auf einem anderen Bild sind viele Menschen auf Nürnbergs Straßen abgebildet. Menschen in Uniform, die in Reih und Glied auf der Straße laufen. Und Menschen, die herkömmlich angezogen am Straßenrand stehen. Es steht unter dem Bild: „In dieser Aufnahme von 1934 marschieren die Truppen während des Reichsparteitags über die Fleischbrücke und den

Hauptmarkt in Richtung Burg." Ich sinniere darüber, dass es in dieser Zeit eine Art Bürgerkrieg war. Eine Art von Selbstzerstörung. Zerstörung von „Blut" und „Boden", also Menschen und Landstriche. Die reine Selbstzerfleischung. Und niemand checkte das so richtig. Leute haben das in Kauf genommen. Den Franken konnte Hitler damals alles erzählen. Dass er selbst nicht arisch war, ein kleiner Mann mit braunen Haaren und braunen Augen, hätte ja manchen stutzig werden lassen können. Tat es kaum. Vor allem die Frauen himmelten ihn an, zumindest sah ich das auf Bildern. Wahrscheinlich himmelten sie ihn an, weil er ihnen mehr Gleichberechtigung in einer männerdominanten Welt schenkte. Und in einem Film sah ich, dass Leni Riefenstahl ihn auf dem Reichstagsparteigelände filmte. Es wirkt wie ein inszeniertes Ereignis für mich. Eine satanische Veranstaltung. Schon beklemmend, wie ihm die Massen stramm zujubelten. Schon eine komische Art von Gemeinschaftserlebnis und Verbundenheit und Spaß. Was die Teilnehmer tatsächlich fühlten kann ich mir nicht vorstellen. Es kann sein, dass sie begeistert von der Idee waren, die Hochfinanz abzuschaffen. Dies sagte Hitler in einer seiner Reden. Es gab keine Spur von Selbsterhaltung des Menschen. Von Selbstverwirklichung und wirklicher Freude. Jetzt ist es anders. Das Selbst hat große Bedeutung. Mich faszinieren auch Großveranstaltungen wie Popkonzerte und Gottesdienste, Fußballspiele oder ähnliche friedliche, lustige und fröhliche Events.

Ich schwenke wieder über zu meinem eigentlichen Thema. Was war anders nach der kurzen und grausamen Naziära? Und was war dann der Neuanfang? Gab es. So wie ich jetzt lebe, in Frieden und auch in einer Freiheit, zeugt es davon. Jedoch mit Tendenzen zur weiteren Selbstzerstörung. Also war der Anfang jedoch nicht wirklich. Und für mich ist Kapitalismus Sklaverei. Es ist keine Freiheit. Ich bin Gefangene in einem zerstörerischen System. Kapitalismus widerspricht Gottes Wort. In dem Engelbuch zitiert Herr Begrich gleich auf Seite 7 Walter Benjamin: „In jeder Epoche muss versucht werden, die Überlieferung von neuem dem Konformismus abzugewinnen, der im Begriff steht, sie zu überwältigen." Ob ich den Satz richtig interpretiere, weiß ich nicht. Ist ja immer schwierig mit der Sprache, Inhalte richtig zu transportieren und sich verständlich zu machen. Und ich weiß nicht, ob ich den Satz richtig auffasse. Über Kommunikation und deren Aspekte gibt es ja schon viele Bücher. Und nach Paul Watzlawick gibt es 4 Ohren einer Botschaft. Und damit auch vier Aspekte einer Aussage. Die Aussage über sich selber, die Aussage, was mit der Beziehung zum anderen zu tun hat, die Sachaussage und den Appell. Ich deute den Satz so, dass ich darauf achten muss, dass Katastrophen nicht weitergehen oder nicht nochmal passieren. Und dazu hat jede Epoche einen Auftrag. Also weltweit gab es seit Ende des 2. Weltkrieges schon mehr Kriegstote, als während des 2. Weltkrieges. Die Hungertoten und alle anderen Menschen, die elendig an Krankheiten und Wetterkatastrophe starben, zählte ich nicht mal dazu. Da ich ja immer positiv schreiben will, höre mit diesem Thema auf.

Die Zeitung griff auch dieses Thema auf. Auch auf Seite 10. Ein eingerahmter Artikel steht darunter. Ich schreibe den Anfang ab: „„Mensch, was machst Du? ‘Diese Frage, halb schon empörter Aufschrei, steht im Fokus des neuen Halbjahresprogramms der Akademie Caritas-Pirckheimer-Haus Nürnberg, das jüngst erschienen ist. Dabei geht es um die Herausforderung, angesichts weltweiter Krisen ein zukunftsfähiges, ökologisches und sozial gerechtes Lebensmodell zu entwerfen.“ Die Überschrift heißt: „Ein ‚Weiter so!‘ darf es nicht geben.“ In der FLZ-Ausgabe vom Wochenende lese ich auf Seite 1: „„Mensch, wo bist du?‘“ Darunter steht: „ Unter diesem Motto steht die ‚Woche der Brüderlichkeit‘ in Nürnberg.“ In der jetzigen Woche treffen sich viele Menschen zu einem gemeinsamen Austausch über neuen und alten Antisemitismus. Das es Antisemitismus gibt, frustriert mich. Ich freue mich jedoch über diese größtenteils positiven Schlagzeilen; der Austausch gefällt mir. Dass es Antisemitismus gibt, finde ich natürlich nicht toll. Wenn Menschen miteinander sprechen, lernen sie sich kennen und schätzen; Respekt wird aufgebaut. Ich halte jede Religion für gottgewollt; wenn sie das Leben schützen und fördern. Und als Christin bin ich begeisterte Leserin vom Alten und Neuen Testaments. Das Alte Testament ist die Wurzel für das Neue Testament. Es gehört zu meinem Glauben. Das Antisemitismus Gesprächsthema und Empörungsthema ist, finde ich wichtig; Abneigung finde ich schlimm. In jeder Religion gibt es Menschen, die in Gottes guten Sinne handeln; und in jeder Religion gibt es Menschen, die sich nicht an ihre Gesetze halten. Die Menschen sind nicht über einen Kamm zu scheren. Ich bin ja immer noch der Ansicht, dass mit einer gerechten gesellschaftlichen Verteilung (bei uns also Umverteilung) jeder Art von Hass vorgebeugt werden kann. Und Geld/Gold/Brot kann das Liebesband zwischen den Menschen sein. Der Liebesring um die Erde.

Ich grübele über LaTex nach. Das ist ein naturwissenschaftliches Computerprogramm, mit dem Formeln geschrieben und auch ausgerechnet werden können. Ich probierte es vor Tagen herunterzuladen, was mir leider nicht gelang. Das ist für mich absolutes Neuland, und ich müsste mich da total hineindenken oder mir Hilfe holen. Mir fällt ein, dass ich da wirklich gute fachliche Hilfe bräuchte, um das hinzubekommen. Alleine werde ich das wohl auch nicht schaffen. Da sind meine Kompetenzen zu gering und meine Einarbeitungsfähigkeit zu schwach. Ein Bekannter vom Nachbardorf weist mich darauf hin, dass ich, wenn ich es unbedingt will, auch mit Word die Formeln schreiben kann. Mit Exel welche ausrechnen. Computer zu bedienen, war ich schon immer abgeneigt. Kapierte ich oft nicht spontan, und das Befassen ist mir zu langwierig und anstrengend. Ich lasse das.

12. März immer noch. Ein Berg Bücher vor mir.

13. März. Vormittags

Die Zwillinge verließen das Haus. Papa drückt mir eine Zeitschrift in die Hand, die ich, wegen meines leichten Chaos im Haus, lesen soll. Ich räume so mittelmäßig auf. Bekomme bei zu viel Ordnung ein unwohliges Gefühl und leichte Atemnot. Nur wenn ein wenig Chaos im Haus herrscht, fühle ich mich wirklich wohl. Ich brauche eine leichte Unordnung. Zuviel Unordnung soll aber auch nicht sein. So eine mittelmäßige Ordnung, um mich wohl-zu-fühlen. Ein kreatives Chaos. Und das mit möglichst wenig Dingen; dann muss ich nicht so viel umschleppen und umtransportieren und ersticke nicht in unnötigen Dingen. Wenn ich unnötige Dinge nicht kaufe, schone ich die Umwelt und meinen Geldbeutel. Und damit auch meine Nerven. Papa gab mir eine relativ neue „Hörzu" vom 23. Februar bis 01.03.2019. Die Hörzu ist ein Mischmasch aus Boulevard- Ratgeber und Fernsehmagazin. Im Kiosk sagte mal ein älterer Mann zu mir einer, dass er die „Guck zu" haben will, weil er ja mehr schaut und liest als hört. Papa schrieb mir auf der Vorderseite, die Seiten auf, die ich anschauen soll. „Seite – 8 – 9 – 10 – 11." Ich sehe auch ein kleines Kreuzfahrtschif-Bild, für mich der Inbegriff der Dekadenz, der Gedanken- und Herzlosigkeit, und darunter steht: „Urlaub ahoi! Traumhafte Kreuzfahrtrouten." Ich ziehe die Stirn in Falten und denke mir: „Des einen Spaß, des anderen Tod." Eine Deutung von diesem mehrdeutigen Satz überlasse ich dir. Ich sehe nun Seite 8 an. Es gibt einen Artikel über eine Aufräumlehrerin. Ich las schon oft über sie. Geholfen hat es, nach Papas Ansinnen, anscheinend noch nichts. Und ich selber halte mich auch nicht an ihre strengen Einräumregeln. Ich bin doch nicht in einem Laden, wo ich geordnete Produkte, übersichtlich und fein säuberlich einsortiert, aussuchen will. Obwohl ich schon einsehe, dass Übersichtlichkeit schon auch seine Vorzüge hat. Ich habe auch Plätze für meine Siebensachen; die liegen dann aber meist durcheinander in einem Schub. Für das saubere Einsortieren reicht dann die Energie nicht mehr. Und dabei fühle ich mich auch nicht wohl. Jetzt bin ich gespannt, was in dem Artikel steht. Ich schreibe jetzt Sätze von diesen Seiten ab: „Endlich alles in Ordnung. Aufräumen macht glücklich, sagen alle Experten. Die Japanerin Marie Kondo hat dafür eine spezielle Kultur des Loslassens entwickelt. ‚Aufräumen beginnt im Kopf.' Am Ende soll möglichst viel weggeworfen sein. Entscheidung für einen neuen

Lebensstil. ‚Die Unordnung im Zimmer entspricht der Unordnung im Herzen', sagt ein japanisches Sprichwort. Konsumzwang aus Angst, etwas zu verpassen. ‚Wenig zu besitzen ist befreiend.' Von Bernd Vonhoff, Soziologe und Stressforscher". Dieser Stressforscher sagt auch: „Weder das Glück noch die Zukunftstauglichkeit des Menschen hängt vornehmlich am Besitz von Dingen." „Aufräumkultur ist die neue Weltordnung" Es heißt: „Viele Sozialstudien raten zu Genügsamkeit. Ihre Erkenntnis ist immer ähnlich: Menschen, die seit einer Weile minimalistisch leben, empfinden sehr große Zufriedenheit." Er frägt: „Wie oft misten Sie ihre Wohnung aus? Fast die Hälfte der Deutschen schafft regelmäßig Ordnung und trennt sich von Dingen. Ein Fünftel tut dies unregelmäßig." Auch bei Maria Kondo steht am Ende des ganzen Aufräumens das einfache Glück: „"Ein Haus in Ordnung zu bringen schafft ein glückliches Leben', sagt sie und lächelt überzeugend. Kondo, 34 Jahre alt und längst Multimillionärin, lebt mit ihrem Mann und ihren zwei Töchtern in Los Angeles." Ich bin nun schon ein wenig bedröppelt und leicht entsetzt, dass viele Menschen es nötig haben, soviel Unnötiges zu kaufen und es dann wegzuwerfen. Das Wort „Prävention" fällt mir da ein. Vorbeugung. Es gar nicht so weit kommen lassen. Und zum einfachen Glück gehört in meinen Augen, ein Lebensstil, der allen das gleiche Einkommen und damit Kaufkraft verschafft. Einkaufen, von dem, was nötig ist. Was wesentlich ist. Keine Konsumfalle. Ich lese noch mal den Abschnitt auf Seite 10: „Man muss sich in seinen vier Wänden wohlfühlen, dann ist auch die Seele zu Hause. Selbst die Sozialforschung hat das schon erkannt. Wie viele seiner Zunft unterstützt der Stressforscher Bernd Vonhoff die These: Weniger ist mehr! 'Die Konsumwelt macht die Menschen eher unglücklich als glücklich. 'Trotzdem geben 59 % der Deutschen an, Sammler zu sein. Woher kommt die Leidenschaft zum Horten? ‚Der Konsum von Dingen beruhigt. Viele Männer sammeln Werkzeug, Frauen Kleidung. Das geruht auf dem Urzeitinstinkt des Menschen, als er darauf angewiesen war, Reserven zu haben. Unsere Eltern haben zudem Krieg erlebt, da war es überlebenssichernd zu horten. Das ist mit Sicherheit noch in uns. Heute erfahren wir jedoch einen derartigen Überfluss, dass Sammeln seinen Sinn verloren hat‘. Ein weiterer Grund für andauerndes Konsumieren ist die Angst, etwas zu verpassen. In den USA gilt FOMO (Fear Of Missing Out) inzwischen als anerkannte Krankheit. ‚Das führt dazu, das einige permanent in ihre digitalen Medien schauen, ob dort etwas Neues im Netzwerk steht‘, sagt Vonhoff. ‚Ungesund wird es, wenn der Konsum anfängt uns zu beherrschen, zur Sucht wird.‘“ Manche Dinge erst gar nicht zu produzieren, nicht zu kaufen und so zu sparen, halte ich die sinnvollste Überlebensmethode und für Glück auch als unerlässlich. Und Alternativen für das Konsumieren zu finden, ist unumgänglich. Tun statt Konsum.

Dann trinke ich meinen Tee, esse Butterbrote mit Erdbeermarmelade. Davon kann ich gar nicht genug bekommen. Einfach lecker. Und blättere die heutige FLZ, also 13.03.2019, durch. Auf Seite 6 befindet sich das Leserforum. Ein Bild von Blattgoldbrösel in einem Glas ist darauf abgebildet. Das ganze Bild schimmert golden. Es steht links daneben: „Goldfund. Diesen Bodensatz findet man gerne in seinem Sektglas: Echtes Blattgold aus Schwabach verfeinert das Getränk auf besondere Weise. Mit ihrer Kamera hat Leserfotografin Erika Rauh besonders tief ins Glas geschaut und dieses glänzende Foto gemacht.“ Ich bin jetzt ganz baff. Das Foto ist toll. Dass ich auch Blattgold trinke werde, vermute ich nicht. Ich nehme an, dass dann die Brösel im Körper nicht richtig verdaut werden. Eingelagert werden sie auch nicht. Sie werden wahrscheinlich unbearbeitet durch meinen Verdauungstrakt geschoben und unspektakulär wieder ausgeschieden. Blattgold ins Getränk – auch eine Handhabung, mit Gold umzugehen. Und jetzt erst ist es richtig bei mir durchgesickert: Gold kann ich nicht essen. Es dämmert mir richtig. Es rattert und rattert. Gold ist nicht verdaubar. Mit Gold kann ich weder meinen Magen füllen noch mich am Leben erhalten. Es ist allemal Beigabe für mich. Beigabe für Sekt oder auch Wasser. Ich würde ja schon gar keinen Sekt trinken. Er schmeckt mir nicht und würde mir im Magen liegen. Den Alkohol vertrage ich auch nicht. Schmecken tut er mir so lala. Da hilft auch kein

Blattgold als Dreingabe. Also Gold brauch ich zum Essen und Trinken und damit Lebenserhalt nicht. Diese Golddreingabe in meinem Körper wäre unnötig. Und ich denke, dass so ein Bild in der Zeitung auch nur Ausnahme ist. Oder die Besonderheit des Sektes unterstreicht. Vielleicht den Sekt tatsächlich mit dem Gold reagieren lässt, so dass er sich im Geschmack verändert. Wahrscheinlich ist das Gold nur eine optische Geschichte. Eine optische Aufwertung des Getränkes. Dadurch erscheint das ganze Glas glänzend. Ich bin da fantasielos und begeisterungsunfähig. Sorry. Ich bin Pragmatikerin. Und Gold kann auch keine Flüssigkeit in einem Glas ersetzen. Das ist definitiv so. Gold in Wasser zu verwandeln: unmöglich.

Ich überfliege die Zeitung weiter und stoppe auf der Seite 11. Es steht dort: „Höchste Eisenbahn: Klima zwingt zu raschem Umsteuern. Berliner Wissenschaftler verlangt komplette Abkehr von Öl- und Gasheizungen sowie von Autos mit Verbrennungsmotoren bis 2040.“ Unter einem Photovoltaikdach-Bild steht das: „Solar- und Windkraft sollen, samt den nötigen Speichern, in gut 20 Jahren den gesamten Strombedarf in Deutschland decken. Gelingen könne das nur, so Klimaschützer, mit einem Vielfachen der heutigen Anstrengungen.“ Im kurzen Vortext des Artikels steht Folgendes: „Die Jugendlichen, die seit Wochen für entschlossenen Klimaschutz demonstrieren, haben gestern Rückendeckung von Fachleuten erhalten, die seit Jahren und Jahrzehnten vor den dramatischen Folgen vor allem unseres Energieverbrauchs warnen. 12 000 ‚Scientist4future‘ haben bereits einen Aufruf zur Unterstützung der Freitagskundgebungen unterzeichnet. Einer ist der Berliner Professor Volker Quaschning. Am Dienstag, 26. März, ist der renommierte Wissenschaftler in Nürnberg zu Gast.“

Papa erzähle ich, dass sein Enkelsohn eine feste Spange brauchen wird. Er erzählte mir, dass er schon von einem möglichen Zusammenhang von Zahnkorrekturen und psychischen Erkrankungen hörte. Ich erzählte ihm von meinen ständigen Zahnverschiebungen und dass mich das bei Wetterwechsel total quält. Ich habe dann einen Spannungsschmerz im Kiefer, der sich über den ganzen Körper zieht. Über psychische Beschwerden aller

Art möchte ich mich hier nicht auslassen. Hatte ich auch schon. Ursache unbekannt und vielfältig. Von Durchfall bis zur tatsächlichen Bronchitis und Überlastungen, die Gehirnveränderungen hervorriefen. Ich hoffe, es bleibt eine Sache der Vergangenheit.

Und nun werde ich konkret. Ich nehme nämlich den Stern-Ratgeber: „Ihre private Ökobilanz" her und versuche, die Inhaltsvorschläge mit meinem Leben abzugleichen. Ich will Energie und Kosten sparen und die Umwelt schonen. Das will dieses Buch auch vorschlagen. So ähnlich steht es darauf. Es ist im Verlag Linde international erschienen. Die Kosten sind bei mir sekundär. Denn ich halte das Tun für das Wichtigste. Was für Preise für eine Sache ermittelt wurden, ist ja Sache der BWL. Und manche Preise werden einfach falsch angelegt. Sie entsprechen nicht meinem Sinn von Kosten-Dürfen und sind manchmal noch nicht an eine ethisch richtige Gewinnermittlung angepasst worden. Diese ethisch richtige Gewinnermittlung und damit Preisfestlegung wird hoffentlich bald vorgenommen. Darum lege ich das Hauptaugenmerk auf richtiges Verhalten, dass mir und anderen dient. Gestelzt ausgedrückt: das meinem Selbst und der Menschheit nützt und mich voranbringt. Auf Seite 9 erfahre ich, wie eine Fünfjährige beschreibt, was sich hinter dem Wort „Klimawandel" verbirgt: „Die Erde hat Fieber, weil wir nicht aufgepasst haben." Dieses Fieber muss wieder gesenkt werden. Es ist mit einer Kulturrevolution möglich. Dieses Fieber bewirkt eine Kulturrevolution. Das Fieber kann mit einer Verhaltensänderung geheilt werden. Zumindest ist das meine These. Vielleicht verändert das Fieber auch unser Herz. Oder die Stärkung des Herzens kann das Fieber senken. Oder ein neues Herz, andere Gedanken und Emotionen, können die Heilung bewirken. Ich will jedoch keine Herztransplantation. Darüber redete ich ja auch schon mal mit den Kindern. Eine Transplantation ist dann doch nicht notwendig. Ein so starker Eingriff, der bei einer absolut tödlich verlaufenden Krankheit notwendig wäre. So hoch ist das Fieber noch nicht. So schlimm schätze ich die Krankheit und das Fieber dann doch nicht ein. In diesem Fall würde es sowieso Nichts bringen. Also ein Herzstärkemittel zur Fiebersenkung. Keine Ahnung. Wechselwirkungen zu eruieren ist gerade nicht mein Ding. Therapeutin ist auch nicht meine direkte Aufgabe. Allerdings ist es auch eine Aufgabe für mich, die Erde und den Boden, auf dem ich lebe, zu therapieren. Eigentlich will ich für sowas gar nicht zuständig-sein-müssen. Mich nervt, mich darüber Gedanken zu machen. Es nervt mich einfach. Und ich denke, dass es viele Menschen nervt. Und nun meine ich, dass ich diese Aufgabe auf das Auge gedrückt bekam. Ohne gefragt zu werden. Und schreibe Bücher, weil ich meine, ich muss mich bei der Problemlösung beteiligen. Das mache ich nun. Und warum dieser Mehraufwand? Dieses Sinnieren, wo ich es vielleicht einfacher haben könnte? Ich will auf keiner heißen Erde mit Fieber stehen. Barfuß geht das schon gar nicht. Und ich laufe doch so gerne barfuß im Garten Und möchte das immer tun können. Im Haus ist es kühl. Hier laufe ich auch oft barfuß. Ich laufe oft bewusst mit halboffenen Strümpfen im Haus. Manchmal sind diese selbstgestrickten Strümpfe auch geschlossen gestrickt; wurden dann aber löchrig. Und deshalb schauen alle Zehen oder nur ein paar Zehen heraus. Bis ich mich dann doch aufraffe, die Löcher zu stopfen. Also nochmal: warum ich dieses Buch schreibe? Weil ich es einfach haben will im Leben und mich um meinen Boden kümmern will. Und für meinen Boden bin ich ja schon verantwortlich. Mein Haus, meinen Hof und das Anwesen. Es gibt schon Bereiche, wo ich mich kümmern will.

Und das mache ich jetzt anhand der umfassenden materiellen Checkliste von diesem Buch. Wie gesagt, es gibt auch andere Bilanzen, die ich aufstellen kann. Meine sozialen Kontakte, meine Hobbies, meine Familienkontakte, meine Zeit mit anderen Menschen; was weiß ich. Das mache ich jetzt nicht. Er gehört zu meinem Leben dazu. Dazu will ich persönlich keine Bilanz. Da lebe ich zu arg sorglos in den Tag hinein. Dazu will ich auch keine Gegenüberstellung machen; weder im Detail privat noch öffentlich. Klar sage ich mir, dass ich mich um eine Tochter wieder mehr kümmern will, weil der Faden der Verbindung sehr dünn ist. Oder ich manchmal mehr Zeit mit einer Freundin verbringen will. Oder ich das und das will. Da könnte ich auch einen Kreis aufstellen und den unterteilen, mit den Aktivitäten, die ich den ganzen Tag, die Woche oder das Jahr über mache. Mein Kalender gibt da auch Auskunft darüber. Es ist die Einteilung meiner Zeit. Auch eine Art Bilanz. Und irgendwann kann ich auch Lebenszwischenbilanzen aufstellen mit Lebenszielen. Ich kann mein Leben auch in Kapitel unterteilen. Die Partnerfindung war ja auch so ein Kapitel. Die Tätigkeiten mit anderen sind auch ein Kapitel. Geistige Nahrung wäre auch ein Kapitel. Gesellschaftliches Engagement ist auch ein Kapitel. Unterhaltung ein weiteres Kapitel. Ideenentwicklung ein weiteres Kapitel. Zukunftsgedanken ein weiteres Kapitel. Lebensbilanz und Neuanfang ein weiteres Kapitel. Dranbleiben ein weiteres Kapitel. Und dann als letztes Kapitel eine Zusammenfassung und Überdenken des weiteren Vorgehens. Weil ich jedoch chaotisch bin, ist der Inhalt meiner Bücher ein einziges Durcheinander und Verknüpfung von Gedanken. Viele Gedankenlöcher dazwischen. Und dann wieder neue Gedanken. Sehr luftig und auch leicht. Wie eine geknüpfte Jutetasche aus Jutegarn, die ein Transportnetz sein soll. Entweder Einkaufstasche oder Schultasche oder Büchertasche oder oder oder. Ein Netz, für all die Sachen, die mir in meinem Leben wichtig sind und die ich transportieren will. So eine beige, naturbelassene Jutetasche knüpfte ich mal in der 6. Klasse. Es könnte eventuell auch die 5. Klasse gewesen sein. Handarbeit mochte ich nicht. Ich fing schon vorher das Heulen an, weil ich es tun musste. Hatte ich dann mal angefangen, funktionierte es dann doch. Vorher immer Geheule. Ich brachte da meine Lehrerin schon manchmal zur Verzweiflung. Daheim, bei den Handarbeitshausaufgaben, meine Mama und Oma auch. Ich wusste dann schon nicht mehr, wie es ging und musste es mir noch mal erklären lassen. Und wenn sie beide, was bei dem Knüpfen der Fall war, nicht konnten, setzte ich mich hin und knobelte und probierte solange, bis ich es wieder wusste. Also bei dem Knüpfen kann ich mich noch gut erinnern. Ich sagte, der Lehrerin, dass ich es nicht kapiere und machte dann die ganze Stunde lang nichts. Und daheim hatte ich dann den Schlamassel und musste mich durchkämpfen. Klassenkameraden zu fragen, eventuell damit zu belästigen, kam mir vor lauter Verzweiflung gar nicht in den Sinn. Da wurstelte ich mich dann mit Geflitsche durch. Mein Durchhalten hat geklappt. Es fiel mir wieder ein, und das Knüpfen machte zu meiner Freude und Erstaunen sogar Spaß! Später, ab der 7. Klasse, liebte ich Handarbeiten. Ganz pragmatisch ordne ich hier meine Kapitel nach der Zeit; jedes Buch ist wie eine Art Kalender angeordnet. An welchem Tag ich schreibe, notiere ich. Es ist so eine Art Tagebuch.

Ich kann meine Bücher auch als Lebens-Chek nach den 10 Geboten durchgehen. Schauen, was Gott mir in den 10 Geboten sagte und wie ich es umsetzen kann. Ojemine. Das sind ganz schwierige, heikle, verschieden auslegbare Kapitel. Und im ersten Gebot sagte mir Gott auch, dass er und das Göttliche in der Kunst gar nicht darstellbar sind. Im übertragenen Sinne gibt es so viel zum Geschreibsel von mir, mit dem ich Gott eigentlich gar nicht erfassen kann. Es ist nur ein Versuch, ihn in diesen Romanen zu erfassen. Eventuell ist sogar der Begriff „Buchi" eine Anmaßung. Ich nehme den Begriff trotzdem. Und ein Buch ist dieses Buch. Das ist Fakt. Und mit einem „i" ist das eine Verkleinerung eines Buches; also ein Büchlein. Das ist jedoch nicht gemeint. Buchi ist simpel die Abkürzung für Buchreihe. Eine Ansammlung von Büchern in einer logisch aufgebauten Reihenfolge. An Selbstreflexion fehlt es mir manchmal ja nicht. Selbstreflexion ist auch mein Anliegen. Das wurde mir in meinem Studium der Sozialen Arbeit in die Wiege gelegt. Das war meine geistige Wiedergeburt. Ich war 18 Jahre alt, als ich das Studium begann. Irgendwie noch Teenie, aber nach dem Gesetz dann doch erwachsen. Wann ich wirklich erwachsen war, kann ich nicht sagen. Ich kann nicht mal sagen, ob ich es wirklich bin. Ich fühle mich schon irgendwie im Transformationsprozess wie ein Schmetterling; vielleicht fühle ich mich auch wie eine Raupe. Ob die Schmetterlingsphase dann kurz vor dem Tod ist, und ich dann davonfliege, kann ich auch nicht sagen. Ich weiß es nicht. Es sind Gedankenspiele. Ich bin gerade in einer fabelhaften, märchenhaften Schreibphase. Könnte so weiter machen. Muss jetzt auf den Boden der Realität zurück und die Checkliste machen. Und tatsächlich, werde ich jetzt in die Küche marschieren, und das Mittagessen für meine Kinder zubereiten. Auch den Akt des Schreibens und wie dieses Buch in dieser Phase entstand, beschreibe ich noch. Genug der Selbstreflexion. Wobei du diese Details wahrscheinlich gar nicht so haargenau wissen willst und sie so detailliert wahrscheinlich nicht interessieren. Jedoch machen alle klitzekleinen Kleinigkeiten mein Leben aus. Darum lösche ich das jetzt nicht raus, sondern lasse es stehen. In der nächsten Schreibphase will ich komprimierter Schreiben. Auf das absolut Fassbare und Wesentliche reduziert.

Mir fällt gerade ein Gedicht ein. Es steht in einem alten Französischbuch. Bei mir liegen ja viele Sprachbücher im Haus. Ich bin ja sehr viel mit der Hausarbeit beschäftigt und hörte da nebenbei jahrelang Musik. Dann war mir das zu einseitig, und ich schwenkte auf Sprach-CDs um. Die Lehrbücher kaufte ich auch dazu. Blätterte die lediglich durch und hörte die Sprachmelodien an. Hängen geblieben ist zwar die Sprachmelodie und die Sprachsilben; verstehen und selber sprechen tue ich kaum was. Zumindest unterhielten mich die Sprach-CD's. Und nun fällt mir dieses französische Gedicht ein. Ich suche das Buch. Sitze ergebnislos jetzt da. In meinem kreativen Chaos ging es irgendwie verloren, nicht mehr auffindbar. Ich kann mich nur noch erinnern, dass eine Lebensspanne von 100 Jahren bei einem Menschen angenommen wurde und das Leben in 10 Dekaden eingeteilt wurde. Die genaue Bezeichnungen weiß ich nicht mehr. Ich weiß nur noch, dass die Zeitspanne von 0–10 Jahren für die Geburt und die Kindheit reserviert war. Es ist ein Gedicht. Und die 100 war das Paradies. Und die Dekaden dazwischen: Ich kann mich beim besten Willen nicht mehr daran erinnern. Von 10–20 Jahren könnte es die Jugend gewesen sein. Von 20–30 Jahren die Partnerfindung, Berufswahl und Kinderkriegen. Von 30–40 Jahren die berufliche Vertiefung und die Familie. Von 50 bis 60 Jahren die ersten Krankheitserscheinungen und die Eltern versorgen. Von 60 bis 70 Jahren das Alter und den Ruhestand genießen. Von 70 bis 80 Jahren sich an den Enkelkinder zu erfreuen. Von 80 bis 90 Jahren sich am Leben zu erfreuen. Und von

80 bis 90 Jahren Krankheiten zu ertragen. So ungefähr war das Gedicht. Ich weiß, es war witziger und mit einer französischen Leichtigkeit, und darum waren die Inhalte der Dekaden auch anders. Die Sicht auf das Leben war anders. Ein anderer Blickwinkel. Vielleicht finde ich das Gedicht irgendwann wieder. Da wir Menschen ja sehr individuell und verschieden sind, wirst du die Lebensphasen eventuell mit anderen oder auch gleichen Lebensinhalten füllen. Ich machte hier nur einen Vorschlag, wie es aussehen könnte. Könnte ich für mein Leben mal anpeilen. Wenn mein Leben überhaupt so planbar ist. Lediglich in der Rückschau wird sich alles erschließen. Die 100 Jahre oder auch eher, für das Paradies, in das ich natürlich möchte, erreichte ich ja noch nicht. Die Lebenszeit von mir liegt ja nicht nur in meiner Hand. Nur teilweise kann ich das kontrollieren. Und was machbar ist, um lange zu leben, mache ich. Das andere liegt in Gottes Hand.

Ich setze mich um 16.00 Uhr wieder an meinen Laptop. Meine Tochter brachte der Opa zum Klavierunterricht, und anschließend ist Fußballtraining der 11-jährigen Zwillinge (ein Junge und ein Mädchen) geplant. Ich sehe, dass ich Mails erhielt. Unter anderem von der Schule, die meine Kinder besuchen. Ein Text der Schulleitung leitet das nächste Bild ein. Ein zauberhaftes Bild wird auf meinen Laptop gezaubert. Es ist ein selbst gemaltes Bild mit Kreide; der Name der Schülerin steht darunter. Und zwar ist auf dem Bild eine Erdkugel mit den Kontinenten in Blau und Weiß gehalten. Es fliegen zwei Bücher um die Kugel herum. Drei andere Bücher haben Flügel. Es gibt auch Pfeile, die anscheinend die Flugrichtung symbolisieren. Es steht auch: „Eintritt frei“ darauf. Es ist eine Einladung. Darunter steht: „Lesereise mit vergnüglichen, literarischen und unterhaltsamen Texten- einmal rund um den Globus. Do, 28.03.2019 um 19.30 Uhr in der Aula des JSBG Windsbach.“ Ich werde meine Kinder fragen, ob wir hinwollen. Eine Bekannte schickt mir einen Beitrag, in dem darauf hingewiesen wird, dass Windkraftanlagen die Insekten und Vögel in ihrem Umfeld töten. In der Früh las ich noch Windkraft sei eine geeignete Energiealternative. Ich bin ratlos. Also die Energiegewinnung scheint ja echt ein Problem zu sein, dass gelöst werden muss. Meine kleinste Tochter meint, sich das Bein verstaucht zu haben, sie hat leichte Schmerzen. Darum bleibt sie vom Fußballspielen daheim. Wir spielen Mühle. Mit schwarzen und weißen Steinen. Die weißen Steine scheinen von Glück umzingelt zu sein: sie warfen die schwarzen Steine entweder komplett hinaus oder sperrten die schwarzen Steine ein. Übertragen auf die Symbolik Gut und Böse, haben eindeutig die weißen Steine das Sagen. Wenn das im Leben auch so einfach wäre, wäre der Krimi schon längst eliminiert. Noch einfacher wäre es, nur noch bunte Farben zu verwenden. Regenbogenfarben. Oder auch andere Farben des Farbspektrums. Es wäre über gelb, orange, rot, grün, blau, violett, rosa, pink, rot und vielen anderen Farben alles vertreten. Zumindest kann ich Mühle das nächste Mal mit bunten Steinchen spielen. Die Palette an Auswahl ist groß. Und wenn ich es großzügig und vernünftig betrachte, haben beim Spiel die Farben Weiß und Schwarz eigentlich keine Bedeutung. Sie kennzeichnen lediglich die Spielfiguren, damit wir wissen, welche Steinchen zu wem gehören.

Nun zu dem Buch: Ich bilanziere nun die materiellen Dinge. Ich gehe nun zu den greifbaren Waren. Anhand des Buches überprüfe ich meinen Haushalt und mein Tun. Ich gleiche die Vorschläge mit meinem Leben ab. Das will ich jetzt nicht so direkt offenbaren und veröffentlichen. Zumal in manchen Bereichen da schon auch noch Verbesserungsmöglichkeiten bestehen, Defizite behoben werden sollten. Das Buch ist ziemlich konkret. Es werden tatsächlich Vorschläge von Produkten und deren Anbieter gemacht. Es ist schon unglaublich, was in unserem Kulturkreis technisch möglich ist. Im Kapitel 1: Für eine ausgewogene Energiebilanz im Haushalt. Effizient und umweltfreundlich kochen. Lebensmittel gut gekühlt. Sinnvoll investieren in eine moderne Waschmaschine. Wäscheleine statt Wäschetrockner. Sauberes Geschirr ohne Spülhände. Saugen, mixen, bügeln: kleine Helfer in der Küche. Exkurs: Kaffee und Maschine. Die richtige Beleuchtung: hell sein und Geld sparen. Elektrogeräte sauber entsorgen.“ In meinem 1. Buch beschrieb ich ja, wie in einem Katalog mein neuer Kühlschrank klassifiziert wurde und sämtliche Details dieses Geräts vom Hersteller aufgelistet wurden. Nun gehe ich nach der Checkliste dieses Buches vor. Ich untersuche die Geräte in der Küche. Es sind Kühlschrank, Gefrierschrank, Herd, Mikrowelle, Geschirrspüler, Kaffeemaschine, Wasserkocher, Eierkocher, Toaster, Waffeleisen, Mix- und Rührgerät, Thermomix und noch ein paar Geräte, die ich nicht nutze; sie sind von meiner Mama übernommen und würden noch funktionieren. Laut dem Buch untersuche ich nach dem Anschaffungsjahr, ob der Gebrauch notwendig ist, nach dem Stromverbrauch in Kwh, Einsparmöglichkeit, Kosten bei Neukauf und wann ich sie ersetzen muss. Ich gehe dann in die zwei Bäder, Waschküche und mache den gleichen Check der Elektrogeräte wie Föhn und Rasierer. Es wird auch eine Checkliste Lampen vorgeschlagen. Diese zu prüfen ist ganz arg aufwendig. Es richtet sich nach der Watt- Zahl der vorhandenen Lampe. Die erforderliche Helligkeit bei Energiesparlampe, wenn ein Austausch notwendig ist. Und Kosten bei Neuanschaffung. Eine private Energiebilanz durchzuführen ist ganz arg aufwendig. Oh je. Das schlaucht mich, und ich höre für heute mit dem Bilanzieren auf.

Nach diesen Kriterien checke ich weiter alles durch. In meinem 1. Buch und vorhin erzählte ich ja schon mal von der Anschaffung des Kühlschranks und was ich da alles beachten konnte. Es gibt oft zu jedem Produkt eine Vielzahl von Informationen, an denen ich mich bei meiner Kaufentscheidung orientieren kann. Und weil ich so müde bin, höre ich mit dem Schreiben auf. Ich bin noch lange nicht durch mit dem Buch. Lediglich beim ersten Kapitel. Es gibt zu meiner privaten Ökobilanz noch viel zu checken. Und beim täglichen Tun checke ich ja auch schon immer und überlege meistens, was richtig sein könnte. Morgen ist auch noch ein Tag.

Papa schaut im unteren Wohnzimmer fern. Es ist etwa 19.20. Er schaut im BR die Sendung „Stationen". Weil ich das Zimmer betrete, schaue ich zufällig fünf Minuten mit. Es wird gerade eine Patchwork-Familie gezeigt, mit vier Kindern. Die Frau brachte drei Kinder mit in die Partnerschaft, und nun bekam das Paar ein weiteres Baby. Der Mann erzählt, dass er die Kinder sehr mag, und sie als Familie langsam zusammenwachsen. Sie sehen diese Lebensform als Bereicherung. Finde ich toll. Den weiteren Verlauf der Sendung bekomme ich nicht mehr mit. Ich gehe in das obere Wohnzimmer. Da schauen meine Kinder TV. Ich finde es gut, dass wir genügend Platz haben und jeder seinen Rückzugsraum. Das entstresst das Leben ungemein. Problemen kann durch eine große Wohnung in jeder Hinsicht vorgebeugt werden. Entstressen würde auch ein stets volles Bankkonto, welches ich definitiv nicht habe. Und das nervt mich ohne Ende. Ständig mit spitzem Stift rechnen zu müssen. Nicht materiell sorgenfrei leben zu können. Sich eigentlich unnötige Sorgen um das Geld machen zu müssen. Heute rechnete ich mal wieder durch, ob ich mir dieses Buch, aus Idealismus und der persönlichen Einbildung, 10 Bücher zu schreiben, damit die Buchi überhaupt vollständig ist, leisten kann. Ich werde es in vielen Raten finanzieren. Das muss für mich sein. Ein Projekt will ich abschließen. Und auch das 11. Buch werde ich auch so finanzieren. Wobei mir jetzt gerade, angesichts des trockenen Stoffes und der schwierigen Materie, schon die Lust und auch der Elan fehlt. Diese Einstellung finde ich ja selber total daneben. Denn eigentlich finde ich es wichtig, ganz bei einer Sache zu sein. Voll dabei zu sein. Mich mit einer Tätigkeit zu identifizieren und mich total dafür einzusetzen. Mich auch mal tiefer in was einzuarbeiten und tiefgründig zu sein. Sachen transparent anzugehen und durchzuziehen. Selber den Durchblick zu haben. In meinem Leben zählt für mich nur das tatsächliche Handeln. Das Tun. Worte können dieses Handeln klar darstellen. Wenn ich die richtigen Worte finde und sie zielgerecht und richtig einsetze. Das ist manchmal schwierig. Wichtig ist mir, stimmig zu handeln: Herz, Hirn und Hand im Einklang. „Tue, was dein Herz dir sagt." Was dir damit Gott sagt, denn er wohnt ja im Herzen. Und auf mein Herz zu hören, muss ich auch manchmal noch besser lernen. Ich könnte da sicher noch manches Lernen.

Und weil ich in Fragmenten schreibe, weil ich es nicht besser kann, ergeben diese bunten, zerrissenen, bruchstückhaften Transparentstückchen zusammengeklebt hoffentlich ein schönes Regenbogenbild mit einer Wolke, ähnlich der Briefmarke. Ich gehe bald wieder zum nächsten Bruchstück über. Dieses Bild mit dem Transparentbild gefällt mir sehr gut. Es gibt ja viele Möglichkeiten, Bilder zu gestalten. Die Wirklichkeit abzubilden. Und Romane, in Form eines Transparentbildes finde ich eine kreative Idee. Ein echter Regenbogen und echte Wolken sind natürlich schöner. Die Wirklichkeit ist immer am Schönsten. Der Gedanke, dass ich mit den Romanen eine Jutetasche, knüpfte, gefällt mir natürlich auch. Primär sind die Romane jedoch das Transparentbild. Und ich wundere mich immer noch, wie ich versuche, die Wirklichkeit in einen Roman zu pressen. In einen Buchdruck von zusammengeklebten Blättern und Sätzen. Geschichten, die ich dann im Format eines Buches in die Hand nehmen kann. Manchmal verstehe ich mich selbst nicht mehr, dass mir das Spaß macht und ich durchhalte. Es erstaunt mich selber. Es ist wie ein innerer Drang zu schreiben. Und ich möchte das Rätsel meines Dranges lüften. Wahrscheinlich ist es Wut. Und diese Wut treibt mich an. Immer noch Wut. Obwohl die mit immer mehr Buchstaben in meinem Roman nachlässt. Ich meine nämlich, was sinnvolles zu Tun. Und diese Sinnhaftigkeit, eine Gesamtlogik, treibt mich gerade an.

Donnerstag, der 14.03.2019. Ich, Andrea, erzähle.

Der übliche Morgenablauf. Weil wir gestern noch Muffins backten, konnten die Zwillinge sie frühstücken. Meine älteste Tochter ist beim Studium; die zweitälteste Tochter und drittälteste Tochter und der ältere Sohn nächtigen beim Vater. Die zweitälteste Tochter macht gerade ein soziales Jahr, und die vier anderen Kinder sind auch SchülerInnen. Mein Papa bekommt den täglichen morgendlichen Rummel mit. Da ich heute Nachmittag im Kiosk arbeiten werde, werden die Kinder beim Vater sein. Der

Bus bringt sie hin. Beim Checken meiner wenigen Mails gefällt mir das Gebet bei „Vivat" besonders gut. Die Redakteurinnen und Redakteure schrieben: „Herr, lass uns erkennen, was deine Liebe wirken will und was sie durch uns wirken will. Mach unsere Herzen bereit, deine Liebe zu empfangen und zu teilen." Ich entwickle gedanklich gerade ein Regenbogenbild. Die Gefühle und die Spiritualität – mit dem Herzen ist die rote Farbe in meinem Regenbogenbild. Die anderen Farben könnte ich auch zuordnen. Grün die intakte Natur. Blau, na was? Ich denke, ich nehme die Grundbedürfnisse des Menschen her. Schlaf, Essen, Trinken, Partnerschaft und Sexualität, Gemeinschaft, Sicherheit, materiell, sozial und ökologisch, Vertrauen und so weiter und so fort. Lila das Individuum und seine Selbstverwirklichung. Gelb könnten die sozialen Beziehungen sein und das Geld. Und weil ein Regenbogen ja Spektralfarben sind, die zusammen Transparenz ergeben, ist Transparenz das Göttliche. Und der ganze Regenbogen ist das Gold. Gold ist die Verbindung von Gott und der Menschheit. Um dieses Transparentbild lege ich also einen goldenen Rahmen. Ach ja, es fehlen ja noch ein paar Regenbogenfarben. Das überlasse ich dir, Assoziationen damit zu verbinden. Du kannst auch dein Regenbogenbild selber gestalten und es benennen. Alles aufschreiben, was du möchtest und wie es sein soll. Ich machte es jetzt in meiner Phantasie; ohne es auf das Papier zu bringen. Ich überlegte, alles was ich mir wünsche und brauche.

Solche wirklichen Transparentbilder gestaltete ich mal auf einem Kindergeburtstag. Da beklebten wir ein Glas mit bunten Transparentpapierstückchen. Es war ein Teelichthalter. Wir stellten eine Kerze hinein. Auch bastelten wir schon Laternen und beklebten weißes Transparentpapier mit bunten Transparentstückchen. Dies wäre auch ein schönes Bild, für meine Buchi. Wobei ich ja die Kerze sein darf. Jesus sagte ja, ich bin das Licht der Welt und ihr seid das Licht der Welt. Ob ich dieses Bild zu meiner Buchi hochstilisiere, weiß ich gerade nicht. Will ich eigentlich nicht. Ich will es mit der Symbolik nicht übertreiben. Es kann alles in allem hineininterpretiert werden. Was zählt, sind meine sozialen Kontakte, meine Tätigkeiten und meine intakte Natur. Zu diesem Thema fällt mir gerade noch ein anderes Bild ein. Ich sah es einmal in einer Geolino-Ausgabe. Es ist schon länger her. Darauf war ein Bild zu sehen, dass die Erde vom Mond aus bei Nacht zeigte. Die Erde war von Glühbirnen hell erleuchtet. Auch das war vom Himmel aus sichtbar. Die Erde war ein blau-gelber Ball und blitzte richtig. Eine tolle Aufnahme; eine tolle Sicht der Dinge. Natürlich gibt es da auch einen Knackpunkt. Wie bei allen Erscheinungen: Die Lichtverschmutzung durch Glühbirnen wirkt sich negativ auf Insekten und andere Lebewesen aus. Darauf möchte ich jetzt nicht näher eingehen. Mir geht es jetzt um den schönen Aspekt dieses Bildes. Wir Menschen können diesen Planeten bei Nacht von oben betrachten. Und auch bei Tag können wir schon diesen Planeten von oben betrachten. Ich finde das wunderbar, was da manche Erfinder entwickelten. Die Erde ist nicht nur aus der Vogelperspektive, sondern auch aus noch einer noch viel größeren Perspektive, vielleicht umfassendsten Perspektive, sichtbar. Ich denke, dies ist auch eine Perspektive von Gott. Wobei Gott auch die kleinsten Dinge sieht und im Herzen dabei ist. Gott ist auch der Gott der Galaxien. Der Mensch scheint hier schon unscheinbar und unbedeutend. Diese weiteste Perspektive ist für uns dumme Menschen nicht einsehbar. Es zeigt, wie klein wir sein können. Winzig. Was sich Gott dabei gedacht hat, denkt und denken wird, bleibt ein wirkliches Rätsel. Zumindest können wir versuchen, die Rätsel auf unserem Planeten herauszufinden und sie zu lösen. Forschungen und Einsichten gehen in alle Richtungen. Also Phantasie habe ich schon. Ich denke, Phantasie ist im ganzen Leben gefragt. Alles beginnt mit einer Vorstellung und einem Plan. Man merkt mir wahrscheinlich schon an, dass ich jahrelang Hausfrau und Familienfrau und Kindergeburtstagsgestalterin war und noch bin.

Heute früh telefonierte ich mit dem Mann meiner Freundin. Sie war auch beim Zahnarzt. Wir redeten von Wertsteigerungen von Immobilien und Besitz. Ich sagte, dass dies reine Berechnungsverfahren sind und mir überhaupt nichts bringen. Ich will meinen Besitz nicht verkaufen. Wenn ein christlicher Kommunismus eingeführt wird, würde ich davon sowieso unentgeldlich was abgeben. Wir redeten davon, dass in Bayern die Häuser in die Höhe gebaut werden sollten, um Natur zu erhalten. Ich erzählte von den vielen kranken Kiefern am Waldrand. Und meinte, dass die Berechnungen neu ausgedacht werden sollten, um meinen Wald zu erhalten. Ein kranker Wald ist schon eine Katastrophe. Wie soll ein neuer Wald bewässert werden? Wie soll der Sauerstoff produziert werden? Kann ich Gold in meinen Weiher werfen und zu Wasser verwandeln? Es ist Zeit, wirklich das Selbst in den Mittelpunkt zu stellen. Was braucht der Mensch für Grundbedürfnisse und daran sollen sich Berechnungsverfahren orientieren. Im 8. Buch schrieb ich über diese Gewinne. Im 9. begann ich mit Bilanzen in Regenbogenfarben.

Nun mache ich weiter mit meinem privaten Ökobilanzcheck. Ich richte mich nach dem Buch von Ulrike Fokken und gebe ihre Überprüfungsvorschläge wieder. Ich will ja nicht alles von mir im Detail verraten. Anhand ihrer Vorschläge stellte ich mein Tun auf den Prüfstand. Ziemlich konkret. Im 2. Kapitel heißt es: „Strom sparen – das Motto heißt abschalten. Geräte im Schein-Aus. Am Arbeitsplatz: mit weniger Energie das Gleiche schaffen. In der Entwicklung: die Alternativen fürs Büro. Checkliste: So verbrauchen Sie weniger Strom zu Hause und im Büro. Kapitel 3: Nachhaltiger Strom im eigenen Heim. So verbessern Sie Ihre private Ökobilanz. Übersicht: die vier unabhängigen Anbieter. Woher stammt der saubere Strom? Checkliste: Wie wirkt sich der Anbieterwechsel aus? Kapitel 4: Vor allem in Kombination gut-effizientes Heizen, Dämmen, Lüften. Von Heizkesseln, Wärmepumpen und Holzpellets. Solarthermie: die Wärme der Sonne nutzen. Damit die Wärme nicht verlorengeht: richtig dämmen. Wichtig für die Energiebilanz: dichte Fenster. Lüften für ein gutes Raumklima. Was macht ein Niedrigenergie- oder Passivhaus aus? Kapitel 5: Essen und trinken im Einklang mit dem Klima. Regional und saisonal ist erste Wahl. Massenhaft Energie für Massentierhaltung. Frischfleisch nur aus der nahen Umgebung. Klimakiller Fertigware. Wasser frei Haus. Checkliste zur Bilanz bei Essen und Trinken. Kapitel 6: Klimafreundlich mobil mit System. Die Klassiker als sparsame Modelle. Alternative Mobilität. Kraftstoffe aus der Natur. Mobilität mit Sinn und Verstand. Beim Autofahren die Umwelt im Blick. Checkliste: Stellen Sie Ihre Mobilität auf den Prüfstand. Kapital 7: Mit gutem Gewissen in den Urlaub. Wie wirken sich Flugreisen auf das Klima aus? Wandern, paddeln, faulenzen mit alternativen Reiseveranstaltern. Verreisen mit Bahn und Auto. Sanfter und klimafreundlicher Tourismus. Mit dem Fahrrad auf Tour. Frei und ungebunden: unterwegs auf eigene Faust. Checkliste für einen unbelasteten Urlaub. Kapitel 8: Prima Klima im Depot – umweltfreundliche Geldanlagen. Aktien, Fonds, Derivate: die ökonomische Vielfalt. Berater für alle Öko-Fälle. Was Indizes aussagen. An diese Banken können Sie sich wenden. So legen Sie ihr Geld gut an. Checkliste für Ihre ökologische Geldanlage.“ Auf Seite 191 gibt es eine Checkliste: „Wie viel Geld wollen Sie überhaupt investieren? Brauchen Sie das Geld eventuell kurzfristig? Wie lange können Sie die Anlagesummen ruhen lassen? Welche ökologischen Kriterien sind Ihnen wichtig? Wollen Sie in regenerative Energien investieren? Möchten Sie ihr Geld nach ethisch-ökologischen Kriterien anlegen? Sind Sie mit der Geldanlage in nachhaltigen Unternehmen oder Fonds zufrieden? Wollen Sie Ihre Altersvorsorge klima- und umweltfreundlich gestalten? Haben Sie einen Umwelt- und Klimafragen kompetenten und seriösen Berater gefunden? Welche Kosten kommen insgesamt auf Sie zu?“ Ich überlege mir, ob meine Bücher wohl auch für dich eine ethische und ökologische Geldanlage sind, weil sie dir vielleicht Gedankenanstöße geben können. Das kannst nur du überprüfen und selber entscheiden.

Nach dem anstrengenden Teil des Haushaltschecks- und Gedankenchecks will ich wieder zur rein gedanklichen Betrachtung übergehen. Ich erinnere mich gerade an das Bild „Die Erschaffung Adams“ von Michelangelo in der Sixtinischen Kapelle. Ich suche das Bild und die Infos darüber im Internet. Bei diesem alten Bild streckt Gottvater seinen rechten Zeigefinger aus, um auf Adam den Lebensfunken überspringen zu lassen. Es sind bei der

Übergabe der Lebensenergie 10 Finger zu sehen. Hier bin ich wieder bei meinem Thema der Zahlen angekommen. Wichtig ist hier jedoch, dass Gott der Schöpfer allen Lebens ist. Er schuf die Erde, was dieses Bild besagt. Wichtig ist jedoch auch, dass die Menschheit in einem ständigen Kreislauf ist und ein ständiges Werden auf der Erde stattfindet. Der Lebensfunke wird dauernd von Gott übergeben und erhalten. Und die Menschen entwickelten sich ständig weiter. Weil wir Menschen das Licht der Welt sind, laut Jesus, ist auf diesen Planeten ein ständiges Funkeln von uns. Wir und Gott sind die Lebensenergie.

Und irgendwie ist mir jetzt langweilig. So richtig langweilig. Und genau weiß ich jetzt auch nicht, was ich schreiben soll. Ich schreibe also auf, was ich mache und wie ich mir die Zeit vertreibe und was in meinen Hausfrauendasein passiert. Nichts aufregendes und nichts spannendes. Ich beschreibe, die Dinge und die Literatur, die in meinem Haus herumliegt und die die Kinder und ich lesen und versuche irgendwie einen Zusammenhang zu meinem 10. Buch herzubekommen. Ob es diesmal Sinn macht, frage ich mich schon. Es sind einfach Fragmente. Einfach so. Einfach Gedankensplitter. Und weil ich gerade beim Surfen bin, suche ich auch wieder mal Sudokus. Ich verkaufe sie in dem Kiosk, in dem ich arbeite. Und diese Rätsel schleppe ich mal wieder heim. Es sind immer wieder die gleichen Produkte, die mich faszinieren. Sie tragen tolle Namen wie: „Ideal. So muss Sudoku sein." Meine Buchi ist auch eine Art Sudoku. Ein Gitterrätsel. Eine Jutetasche. Eine Art gedankliches Gitter, das die Erdkugel überziehen soll. Eine Art Netz. Ein Netz mit gedanklichen Verknüpfungen. Um wieder auf die spielerische Ebene zu kommen, suche ich im Internet Kinder-Rätsel für meine Kinder. Auch Labyrinthe. Ich will sie später fragen, was sie interessiert und was ich für sie ausdrucken soll. Vorausgesetzt meine Technik macht das gerade mit. Ich google das Wort- x-Sudoku, was auch magisches Sudoku bedeutet. Werde zu den verschiedensten Begriffen weitergeführt. Unter anderem zu Kombinatorik, magisches Klangquadrat, magischer Würfel und magisches Quadrat. Albrecht Dürer erstellte ein berühmtes magisches Quadrat. Und schließlich lande ich bei der Geschichte der Mathematik, was ein recht umfangreiches und global vernetztes Thema ist. Ich google dann wieder einfache Themen wie den Abakus, mit dem ich als Kind schon rechnen lernte. Ich war und bin immer noch vom Kugelschieben fasziniert. Wie alle Kugeln langsam von links nach rechts kommen und umgekehrt. Und es immer 100 Kugeln bleiben. Magie pur. Diese 100 Zahlen, hier das Große und Ganze zahlenmäßig in den Blick bleibt und kommt. Beim gestrigen Aufräumen fiel mir ein „Rätselgitter extra" in die Hände. Den Verlag könntest du dazu googeln. Die Kinder lösen auch diese Gitter. Mir fehlt zu diesem Rätseln manchmal der Nerv. Schließlich fühle ich mich mit Haushalt und Arbeit und dem Drumherum meist schon sehr ausgelastet. Mir fiel auch vom Ravensburger Verlag eine Lernhilfe meiner Kinder in die Hände. Sie ergänzte den zauberhaften und magischen Abakus. Es heißt: „Mathe. Das kleine 1 x 1." Irgendwo im Haus liegt auch eine weitere Ergänzung vom Ravensburger Verlag herum: „Mathe. Das große 1 x 1." Dieses fand ich jedoch nicht. Bei dem kleinen 1 x 1 steht: „Die spielerische Selbstkontrolle für Kinder. Lern-Detektive. Einfach mit dem Finger über die schwarze Fläche reiben – die richtige Antwort erscheint. Gute Noten von Anfang an!" Die Kinder nutzten tatsächlich mal diese Tafel mit der Selbstkontrolle. Nach Adam Riese beherrschten sie das Einmaleins. Auch das große Einmaleins. Diese Selbstkontrolle brachte ihnen was. Ich räume nun im Haus weiter auf. Ich finde ein Heftchen: „Geolino Taschenwissen. Tipps und Tricks für Naturdetektive. Alles übers Tarnen und Schleichen." Es ist auch eine Lupe darauf abgebildet. Als Auftakt steht auf Seite 2: „Heimlich, still und leise müsst ihr euch in der Wildnis bewegen, wenn ihr dort Tieren begegnen wollt. Denn ob Hirsch oder Fuchs, Heuschrecke oder Eule – Tiere haben das Tarnen und Schleichen von Kindesbeinen an gelernt. Im Gegensatz zu uns! Mit röhrenden Motoren fahren wir durch grell erleuchtete Städte, mit fiependen Smartphones und laut lachend marschieren wir durch den Wald. Bis jetzt! Denn in diesem Taschenwissen liefern wir auch Tipps und Tricks rund um das Thema ‚Tarnen und Schleichen'. Lest, wie ihr Tierspuren entziffert, um Luchs oder Hase auf die Schliche zu kommen, und wie ihr euch tarnt, um den Fluchtreflex scheuer Tiere auszutricksen. Findet heraus, wie ihr mithilfe der Waldläuferzeichen in der Gruppe kommuniziert – ohne dabei ein Wort zu verlieren. Und darum Sonne, Harz und Sterne bisweilen so zuverlässig sind wie manches Navigationsgerät. Kommt der Wildnis auf die Spur!" Also mit dem genannten lauten, frevlerhaften Verhalten in der Natur bin ich nicht einverstanden. Dulde es auch nicht. Meine Kinder treiben sich ja auch im Wald herum; ich denke für sie ist dieses Heftchen echt hilfreich und kann Tipps geben. Das Heftchen ist mal wieder ein Abklatsch der Natur und nicht die Natur selbst. So wie auch meine Bücher auch nur ein Abklatsch von mir sind. Als ich das Wort „Herz" jetzt abtippte, passierte mir wirklich ein Rechtschreibfehler. Ich tippte nämlich statt Harz: „Herz". Besserte das aus und denke mir, dass diese zwei Worte doch sehr ähnlich sind und das durchaus einen Sinn ergibt. Das Harz ist das Blut eines Baumes. Das Herz ist die Pumpe des Blutes eines Menschen. Das Herz ist der Antrieb eines Menschen und gibt dem Blut den Schub, um im Körper des Menschen verteilt zu werden. Die Nährstoffe im Körper werden mit dem Blut verteilt. Das Harz des Baumes transportiert auch die Nährstoffe. Harz und Herz sind also für die Nährstoffe zuständig. Welche Funktionen das Organ Herz und das Baumharz hat, kann auch gegoogelt werden. Über das Herz rede ich ja ständig in meinen Büchern. Und ich finde noch ein Buch. Es ist vom „Meyer & Meyer Verlag" und von Dr. Stephan Glorius und Winfried Leue geschrieben. Es heißt: „Ballspiele. Praxiserprobte Spielideen für Freizeit, Schule und Verein." Ich bin ja eine begeisterte Ballspielerin. Meine Kinder ja auch. Über das Thema Fußball schrieb ich ja schon eine Menge. In dem besagten Buch werden verschiedene Regeln für Ball-Variationen aufgeführt; für Brennball, Baseball-Brennball, Zweifelderball, Endzonenspiele, Basketball-Variationen, Handball und Fußball-Variationen, Hockey-Variationen, Volleyballvariationen, populäre Sportspiele aus anderen Ländern und vieles mehr. Mir fällt das Ende eines Volksliedes ein: „Das Leben ist ein Spiel; und wer es recht zu spielen weiß, der kommt ans große Ziel." Und weil der Ballsport mit dem Leben zusammenhängt, versuche ich eine Analyse. Weil ich mich da ein wenig unbeholfen anstelle, nehme ich die letzte Seite des besagten Buches und schreibe sie ab. Sie lautet: „Strukturmerkmale von Spielregeln". Es gibt in dem Buch 10 Strukturmerkmale mit Beispielen. Die erlaube ich mir zu übernehmen. 1. Ideelle Spielziel. Beispiel ist die Wertung. Z.B. nach erzielten Toren, Punkten oder Läufen. 2. Materielle Spielziel. Beispiel ist Tor, Korb, Boden. 3. Spielgerät. Beispiel ist Form, Größe, Gewicht, Elastizität. 4. Spielfeldform. Beispiel ist Form, Größe, Markierungen. 5. Raumregeln und Sanktionen. Beispiel ist: bei Netball darf die Center-Spielerin nicht in den Wurfkreis. 6. Spielerzahl. A) Gesamt: Beispiel ist: bei Ultimate spielen 14 Spieler mit. B)Beteiligung an einzelnen Aktionen und Sanktionen. Beispiel ist: beim Baseball-Brennball läuft nur ein Spieler pro Schlag. 7) Aktionen des einzelnen Spielers und Sanktionen. Beispiel ist: beim Intercrosse darf man mit dem Ball im Schläger so viele Schritte machen, wie man will, aber man darf nicht stehen bleiben. 8. Behandlung des Spielgeräts durch die Mannschaft oder durch Mannschaftsteile und Sanktionen. Beispiel ist: beim Tchoukball darf man den Ball vor einem Wurf höchstens 2 x abspielen. 9. Gegnerregeln und Sanktionen. Beispiel ist: bei Soft-Rugby darf man den Gegner mit beiden Händen festhalten. 10. Zeitregeln A)Gesamtdauer. Beispiel ist: ein Korbballspiel dauert 60 Minuten. B) Dauer von Spielabschnitten. Beispiel ist: ein Viertel beim Kivi-Netball dauert acht Minuten. So nun kommt das Eigentliche: Bin ich nun fantasievoll, übertrage ich meine Bücher der Anzahl, Ziffer und Nummer nach auf dieses Schema. 1. Jetzerla. 2. Plätschern und Walzer. 3) Sahras Gedankenwelt. 4) Die Gedanken sind frei. 5) Wühlmauspflanze und Augen. 6) Hörkino. 7) Idealia. 8) Zukunftstagebuch – Gewinne. 9) Elisabeths Buchhaltung und Bilanzierung. 10) Zehen. – Also mir geht es in meinen Büchern um die Gesamtdauer von 4, 5 Mrd. Jahren. Weil so lange wird dieser Planet noch existieren. Und bei der Dauer von Spielabschnitten plane ich mal die nächsten 100 Jahre. Weil in dieser Zeitspanne etwa, werden, wenn meine Kinder, wenn sie Glück haben, noch leben. Weiter plane ich noch nicht. 100 Jahre ist doch eine schöne, überschaubar Zeit. Ein Jahrhundert. Wenn Menschen die Zeitspannen anders sehen, ist das ja o.k. Es wäre schön, wenn die Zeitspannen nicht kürzer sind, denn dann könnten die neugeborenen Babys, die heute geboren werden, einen Lebensplan vorfinden. Meine Bücher sollen nicht nur eine geistige Kopfgeburt sein, sondern auch eine körperliche Fußgeburt. Sie sollen einen kompletten Körper haben. Also Mensch sein. Was dann meine Buchi sein soll? Dieses Rätsel hat viele Antworten. Es soll jedoch nur ein Wort Bedeutung haben. Dies ist vielleicht das wichtigste Wort in diesem Gitterrätsel. Zumindest meine ich, dass es das Wichtigste ist. Meine Tochter studiert Jura, und spätestens bei der Durchsicht der Gesetzeskommentare wird mir klar, dass es Mehrheitsmeinungen und Minderheitsmeinungen und eine Vielzahl von Meinungen gibt. Die Welt ist bunt. Es ist ein Mischmasch der Regenbogenfarben. Ich kann mehrere Meinungen von Fachleuten einholen. In manchen Dingen und Ansichten werden sie 100% übereinstimmen, in anderen Dingen werden sie anderer Meinung sein. Was ist richtig, was ist falsch? Was war zuerst da, die Henne oder das Ei? Manches ist echt schwierig festzulegen und kann nicht mal festgelegt werden.

Jedes Buch von mir könnte gedanklich auch dem Charakter der Regenbogenfarben und deren Mischfarben zugeordnet werden. 1. = rot; 2. = orange; 3. = gelb; 4. = grün; 5. = hellblau; 6. = dunkelblau; 7. = lila; 8. = hellrosa; 9. = dunkelrosa; 10. = rot. Ich schaue Regenbogenkreise und Regenbogenbilder im Internet an. Auf „pixabay“ finde ich atemberauende bunte Bilder in den Regenbogenfarben. Auch Rosen sind in Regenbogenfarben eingefärbt. Ein tolles Bild. Ich sehe auf einer anderen Seite einen richtigen, echten Regenbogenkreis über England, von oben herab, fotografiert. Der Fotograf befand sich über dem Bogen. Und der Regenbogen ist ein wirklicher Kreis. Ich suche auch Lieder. Unter „ABAKUSmusik“ finde ich eine CD mit bunten Herzchen. Darauf steht: „Regenbogenfarben. Eva Lind. Lieder von Siegfried Fietz.“ Ich höre mir zwei Lieder von dieser CD an. Die

Sopranistin Eva Lind singt das Lied mit Musikbegleitung. Der Text lautet bruchstückhaft so: „Ich wünsche dir Zeit, um dich selbst zu finden. Ich wünsche dir, Zeit zu haben zu leben. Ich wünsche dir Zeit, zum Tun und Denken, zum Zufriedensein können. Zeit zum Wachsen und Reifen. Zeit zu hoffen und zu lieben. Ich wünsche dir Zeit, jeden Tag, jede Stunde als Glück zu empfinden." Das andere Lied singen beide Künstler im Duett. Es heißt: „Regenbogenfarben." Fragmentiert heißt es so: „Die Zeit ist in Gottes Hand. Er wird immer mit uns gehen, sein Wort bleibt in Ewigkeit. Regenbogenfarben – Gott schenkt uns sein Versprechen." Es ist auch von der Handschrift Gottes in vielen Tönen die Rede. Und dass Gott zu seiner Schöpfung steht. Es ist Zeit der Güte, Zeit des Wachsens und der Ernte. Es heißt wortwörtlich: „Gott lädt uns ein, seine Gäste zu sein; seine Freunde zu sein. Glauben zu teilen. Gott lädt uns ein, bei ihm zu verweilen. Wir ziehen ein zum Fest der Freude; der langen Nacht der Kirche." Ich füge hinzu, dass Gott will, dass unser Leben ein Fest ist. Dazu gibt es auch ein Lied aus dem Neuen Geistlichen Liedgut. Es heißt: 1.„Unser Leben sei ein Fest, Jesu Geist in unserer Mitte, Jesu Werk in unseren Händen, Jesu Geist in unseren Werken. Unser Leben sei ein Fest, an diesem Abend und jeden Tag. 2. Unser Leben sei ein Fest, Jesu Hand auf unseren Leben, Jesu Licht auf unseren Leben, Jesu Wort als Quell unserer Freude. 3. Unser Leben sei ein Fest, Jesu Kraft als Grund unserer Hoffnung, Jesu Brot als Mahl der Gemeinschaft. Jesu Wein als trank neuen Lebens. Unser Leben sein ein Fest, an diesem Morgen und jeden Tag." Ich suche noch nach einem anderen Text: „Die Sache Jesu braucht Begeisterte, sein Geist sucht sie auch unter uns. Er macht uns frei, damit wir einander befrein." Ich befinde mich nun auf der Seite: „Selbständiges Arbeiten und Lernen im Religionsunterricht. Sinnvolle Religion." Es heißt: „Die Religion gibt mir nicht nur Sinn, sie ist auch sehr hilfreich, wenn es darum geht, ein geglücktes Leben zu führen." Dies gilt, finde, ich, für alle Religionen. Auf dieser Seite wird jedoch auf die Vorzüge meiner katholischen Religion verwiesen. Mit dem Glauben ist jeder frei. Ohne Glauben ist kein menschliches Leben möglich.

Der Glaube versetzt die Berge, und jeder Mensch glaubt an etwas. Egal was. Das Menschsein verbindet die Menschen.

Was könnten die 10 Zahlen noch sein? Es gibt eine positive Psychologie, die von Abraham Maslow entwickelt wurde. Er entwickelte eine Bedürfnispyramide. Erwähnte ich schon. Im Wiederholen bin ich gut. Da empfehle ich nun, das im Internet zu suchen. Ich bin nicht immer einer Meinung mit ihm. Ich sehe z. B. Sex und Partnerschaft als soziales Bedürfnis. Beides ist gekoppelt. Es gibt auch dynamische Modelle. Er baut die Wünsche, Bedürfnisse und Motivation von Menschen auf einer Pyramide auf. Ich zähle sie nun von unten nach oben auf: 1. Physiologische Bedürfnisse; 2. Sicherheitsbedürfnisse; 3. Soziale Bedürfnisse; 4. Individualbedürfnisse; 5. Kognitive Bedürfnisse; 6. Ästhetische Bedürfnisse; 7. Selbstverwirklichung; 8. Transzendenz. Unter Transzendenz meint er die Suche nach Gott. Nach einer, das individuelle Selbst überschreitenden Dimension oder der Sache nach etwas, was außerhalb des beobachtbaren Systems liegt. Ich erweitere das jetzt, also den Punkt 8, um drei weitere Punkte. Punkt 8 ist in meinem Glauben Gott, Jesus und Heiliger Geist. Ich teile das nun neu in meinem Roman für mich so ein: 8. Transzendenz für Gott 9. Transzendenz für Jesus 10. Transzendenz für Heiligen Geist.

Abraham Maslow gilt im Kanon der Motivationstheorien als einführendes Beispiel. Es gibt viele Modelle im Internet. Ich werde von Seite zu Seite gelotst. Es gibt ein Modell der Ich-Entwicklung von Jane Loevinger. Es sind fließende Stufen der Persönlichkeitsentwicklungen. Es gibt von einem Herrn Kohlberg auch Theorien der Moralentwicklung. Es gibt viele Informationen über Bewusstheit. Es gibt sehr, sehr viel Wissen. Wissen in großem Umfang. Ich gehe wieder zu Lieblingsthemen von mir: Selbstfindung, Gottfindung, Selbststörung, Selbstverständnis. Selbstverstehen. Selbstbewusstsein. Das Selbst als großes Thema. Das Selbst mit meinen Gefühlen und mit meinem Herzen. Ein Suchkreislauf beginnt wieder. Und ich denke mir, dass dieses Wissen auch ein großes Netz ist, das die Menschen miteinander verbindet. Informationen, die für alle Menschen da sind. Das finde ich toll.

19. März 2019, ich, Andrea, schreibe

Als ich meinen Laptop anmache, sehe ich ein blaues Bild mit hellen Sternen. Es ist ein Bild vom Universum. Es stehen drei Schlagzeilen auf dem Bild. Sie heißen: „Über 100 000 neue Galaxien wurden von Forschern kürzlich entdeckt." Und: „Forscher rätseln über Aufbau des Weltalls." Und: „Nicht einmal Licht entkommt dem schwarzen Loch." Ich bin von dem Bild und den Schlagzeilen fasziniert; aber auch bedröppelt. Es scheint ja echt zu sein, dass wir Erdenkinder nur ein ganz winziger Teil eines Großen und Ganzen sind. Zumindest gibt es etwas ganz Großes, einen Gott, der sich das alles ausgedacht hat. Eine übergeordnete Energie. Für mich schon eine Art Gottesbeweis. Ich logge mich nun ein. Trete zumindest in das irdische Universums der technischen Verbundenheit mit vielen Menschen ein und schaue nach den neuesten Schlagzeilen aus aller Welt. In Neuseeland tötete ein Attentäter viele Menschen. Die Priemierministerin tröstet die Menschen und will den Namen des Mörders niemals in den Mund nehmen. Ich selbst bin für ein weltweites Waffenverbot. Waffen sind auch Ausdruck einer Selbststörung. Ich bin da für Selbstheilung.

Gestern fuhr ich meinen Sohn zum Fußball-Stützpunkttraining in ein kleines Dorf in der Nähe von Roth. Die kranken Bäume am Fußballspielrand bereiteten mir manchmal Sorgen. Den Winter hat es viel geregnet und geschneit, so dass der Wald frisch wirkt. Diese Niederschläge brauchte meine Region dringend. Die kaputten Bäume stehen jedoch noch. Ich bin von der Magie des Waldes beeindruckt. Es ist toll, wenn so große Pflanzen am Sportplatzrand stehen. Sie wirken majestätisch und groß. Strahlen Ruhe und Kraft aus. Das Rauschen der Wipfel wirkt beruhigend und erzeugt schöne Klänge. Ich bleibe noch ein wenig am Sportplatz und betrachte den Wald. Dann fahre ich nach Roth zurück. In Roth bin ich geboren. Während des Trainings kaufe ich in dieser Stadt ein. Ich fahre zuerst in einen kleineren Supermarkt. Im Markt wähle ich Biowurstprodukte und Biomilchprodukte aus. Außerdem noch ein paar Süßigkeiten in Bioqualität. In einem Regal sehe ich Samen. Jetzt startet ja bald wieder die Gartensaison. Garten macht mir Spaß. Den Winter genieße ich jedoch auch. Da kann ich die geernteten Früchte verzehren und habe keinerlei Gartenarbeit. Das schätze ich auch sehr. Arbeit ist mit einem Garten schon verbunden. Manchmal graut mir selber davor; meine Tätigkeit im Kiosk, mit Postversand, Lottoterminal, Zeitschriften, Tabak, Karten, Bücher- und Geschenkartikelverkauf, schlaucht mich nämlich auch manchmal. Das lange Stehen ist anstrengend. Das Umeinanderlaufen im Laden auch. Allerdings habe ich jetzt eine Top-Kondition und brauche gerade keinen anderen Sport. Mir kommt meine Arbeit an zwei Kassen und dem Aus- und Einräumen, manchmal putzen, körperlich als sehr vielfältig vor. Ich komme mir vor, als würde ich den ganzen Tag Waren- und Geld-Volleyball spielen. Die Bewegungen sind ähnlich. Bücken, strecken, umhergehen und dann immer wieder die Arme über die breite Theke strecken, um den Ball, also das Geld, einzukassieren. Ich spielte für mein Leben gerne Volleyball. Jetzt mache ich es viele Stunden in der Woche. Und zu meiner Freude liegen auch meine Bücher auf dem Büchertisch. Zurück zum Supermarkt, einem Netto, in Roth. An der Kasse sehe ich eine Zeitschrift mit dem Titel: „Gold. Meine Zeit." Also hier werden ich und meine Zeit auch als Gold definiert. Es ist eine Werbezeitschrift des Discounters. Ich kaufe sie, weil auf der Vorderseite steht: „Tipps, für den ultimativen Frühjahrsputz." Außerdem steht ein Artikel über Stimmungsschwankungen drin. Auf Seite 21 und 22 steht: „Stimmungsschwankungen kommen bei allen Menschen vor, auch ohne Grund. Wichtig ist nur, dass man ihnen nicht zu lange nachgibt." Diese Schlagzeile wird auf der folgenden Seite so erklärt: „Viele Lebensphasen sind von Stimmungsschwankungen geprägt, und meistens gibt es dafür eine körperliche oder hormonelle Ursache – wie etwa während der Pubertät, der Menstruation in Form des Prämenstruellen Syndroms (PMS), einer Schwangerschaft, nach einer Geburt oder in den Wechseljahren. Grund sind die Hormone. Auch eine Demenzerkrankung kann starke Stimmungsschwankungen nach sich ziehen. Experten sprechen dabei von physiologischen Stimmungsschwankungen, da ihnen eine körperliche Ursache zugrunde liegt. Aber auch andere Faktoren können uns die Laune verhageln und dafür sorgen, dass wir uns von einem Moment auf den anderen schlecht fühlen, das Glas eher als halbleer als halbvoll ansehen und uns am liebsten in ein dunkles Loch verkriechen würden. Ein Wetterumschwung, ein falscher Satz vom Chef oder auch nur mangelnder Schlaf können die Ursache dafür sein, dass die Stimmung kippt und wir einfach ‚näher am Wasser gebaut' sind. Doch auch diese Stimmungsschwankungen sind vergleichsweise harmlos und lassen sich leicht überwinden. Schlimmer und deshalb weniger leicht zu verarbeiten sind jedoch pathologische Stimmungsschwankungen. Darunter fallen psychologische Erkrankungen wie Depressionen oder bipolare Störungen. Wenn es immer länger dauert, um sich aus dem Tief herauszuholen, oder wenn die Schwankungen immer schneller aufeinanderfolgen, wird es anstrengend – auch für das soziale Umfeld. Dann ist es absolut ratsam, einen Arzt aufzusuchen, um die Ursachen abzuklären und Hilfe zu bekommen. Doch glücklicherweise lassen sich die meisten Stimmungsschwankungen leicht in den Griff kriegen. Und: Sie sind nichts Schlimmes, sondern gehören zum Leben dazu. In den Lebensphasen wie Pubertät, Schwangerschaft oder Wechseljahren etwa lassen sie sich aufgrund der Hormone kaum vermeiden. Wer bei Stress in einem Moment gut drauf ist, im anderen aber an die Decke geht und dann traurig wird, könnte mit der Einnahme von Magnesium gut beraten sein. Auch ein Natriummangel kann Stimmungsschwankungen auslösen. Das Wohlfühlhormon Serotonin reguliert viele Prozesse in unserem Gehirn, ein Mangel aufgrund von einseitiger Ernährung kann ebenfalls zu verstimmten Phasen führen. Wer zum Beispiel Cashewnüsse isst, hilft dem Körper, Serotonin zu bilden. Grundsätzlich gilt bei harmlosen Stimmungsschwankungen, die so gut wie jeden ereilen: mit einer gesunden Ernährung kann viel erreicht werden. Denn viel Hochs und Tiefs resultieren nur aus einer nährstoffarmen Ernährung. Kündigt sich schlechte Laune an, greifen viele zu Süßigkeiten, doch das hilft nur kurzfristig, bis der Zuckerspiegel wieder abfällt und die Laune noch schlechter wird – besser zu Brainfood wie Nüssen oder getrockneten Früchten greifen." Auf Seite 22 steht auch ein goldener Rat. Mit homöopathischen Mitteln kann ich mich sanft selber helfen. Und generell sagt der Verfasser des Artikels: „Wer die Stimmungsschwankungen annimmt und sich nicht über die schlecht gelaunten Phasen oder Ausbrüche ärgert, macht damit den Weg frei, um die Laune wieder schneller steigen zu lassen. Wer sich klarmacht, dass auch die trübe Stimmung wieder vorbeigeht, nimmt das Leben leichter." Ich finde den Artikel sehr Mut machend und hilfreich. Und im Laden gefällt mir das Thema „Gold" so, dass ich nochmal umherlaufe und schaue, was es zu diesem Thema gibt. Es fallen mir viele Produkte auf, die in der Farbe „Gold" eingepackt sind. Ich kaufe diese Produkte, aufgrund der Verpackung und meines Schreibthemas. Eine ethische Überprüfung nach den ethisch richtigen Gewinnen und Sinnhaftigkeit dieser Produkte nehme ich nicht vor. Eine solche Überprüfung stellte ich in meinem 8. Buch auf. Mir fällt ein, dass ich viele Sachen golden verpackt finde. Mir kommt es vor, dass das Gold der Kirchen nun in den Supermärkten liegt. Das Kreuz nicht nur gegen den Euro, sondern auch gegen Geld und Konsum eingetauscht wird. Der Konsum als ersetzte Religion. Und der Bankautomat als isolierte Gebetsstätte von Menschen. Ich möchte natürlich Gott als Mittelpunkt der Religion und des Menschen und die Kirchen zum gemeinsamen Beten. Im Supermarkt sind viele Produkte golden und wirken als religiösen Insignien, die früher nur den Adeligen und den Kirchen vorbehalten waren. Kirchenmänner wollten mit Gold entweder ihre Macht oder die Größe Gottes darstellen. Beides gab es. Mir sind natürlich die Gottesfürchtigen lieber, als die Kleinkarierten. Ich mag es, wenn Menschen das Wort Gottes ernst nehmen und beachten. Es als Weisung für ihr Leben sehen. Nach der Weisheit der Bibel und nach dem Heiligen Geist leben. Und was da im Detail zu beachten ist, muss ich selber für mich herausfinden. Ich selbst darf Gottes Willen suchen. Ich kann entscheiden; Minute für Minute. Sekunde für Sekunde. Tag für Tag. Monat für Monat. Jahr für Jahr. Mein ganzes Leben. Wenn ich es nun positiv sehe, besagt es, dass jeder Mensch wertvoll ist wie Gold, und sich auch diese Produkte (bei ausreichend Geld) kaufen kann. Gegen Geld kann ich folgende Gold-verpackte Produkte kaufen: Gummibärchen, Schokoriegel, Bonbons, Pralinen, eine große Tafel Schokolade vom sportlichen Ritter mit der Aufschrift: „Goldschatz", in goldener Alufolie eingepackte Schokohasen (es kommt bald Ostern) und Schokoladeneiner. Dann Porzellaneierbecher mit goldenen Punkten darauf und goldenen verpackte Schokopralinen darin. Für jedes Kind kaufe ich nun diesen Eierbecher. Wir haben leider keine. Und für ein weichgekochtes Ei ist das doch dann ganz praktisch.

Dann Katzenfutter in goldener Verpackung. Jetzt weiß ich bald nicht mehr, was ich dazu sagen soll. Da kann sich jeder seinen eigenen Reim dazu machen. Dann noch goldene Konservendosen mit Lebensmittel. Also Mittel zum Leben. Konserviertes Obst und Gemüse ist in goldenen Dosen verpackt. Wobei wir jetzt zu den wesentlichen Dingen kommen. Diese wichtigen Lebensmittel sind zumindest vom optischen Anschein richtig verpackt. Sie sind zum Lebenserhalt sehr wichtig. Und Obst und Gemüse gibt es auch in Rohform. Und auch in Bioqualität. Weil ich ja selber konserviere und einlagere, kaufe ich nur Zwiebeln und Knoblauch. Beides baute ich dieses Jahr im Garten leider nicht an. Im Regal liegen Samen. Verpackungen mit dem Namen: „Gartenmagie" stechen mir ins Auge. Ich kaufe eine Tüte Samen mit Feld- und Wiesenblumen, eine Sommerblumenmischung und mit Samen von Möhren, Radieschen und Pflücksalat. Weil ich daheim einen Vorrat an hortete, brauche ich nicht mehr. An der Kasse sinniere ich über den Namen „Gartenmagie" und komme zu dem Schluss, dass Garten Magie ist. Eine wirkliche Magie ist jede Natur. Alles Leben auf der Erde ist Magie und eine magisches, zauberhafte Idee unseres Gottes. Nach dem Bezahlen steuer ich mit meinem, inzwischen kleinen Auto, den nächsten Supermarkt an. Weshalb ich dahin fuhr, kann ich nicht mal mehr genau sagen. Ich hatte einfach noch Zeit und kenne den Supermarkt, einen Edekamarkt, nicht. Interesse und Neugier. Der Supermarkt wird von einem einzelnen Händler geführt, der die Eigenverantwortung für seinen Laden trägt. Allerdings ist auch dieser Supermarkt einer großen Kette angegliedert. Was ich von diesen Großzusammenschlüssen halte, kannst du dir ja denken. Immer zu einem Bioladen zu fahren, ist nicht möglich. Ich muss auch da Kompromisse machen. In meinen Einstellungen mache ich keine Kompromisse. Hier beschließe ich, wieder auf das Thema „Gold“ zu achten. Als ich in den Laden trete, sehe ich einen Kiosk, so ähnlich wie jener, wo ich auch arbeite. Ich sehe zwei Karten, die mir sehr gefallen und die ich später noch kaufen werde. Eine Karte zeigt ein Foto mit nackten Füßen, die in weißen Turnschuhen stecken. Die Beine baumeln in der Luft. Der Mensch könnte auf einer Bank sitzen und die Füße so ausstrecken. Zumindest erweckt dieses Bild diesen Eindruck. Das Bild ist rund; oben ein wenig abgeschnitten und golden eingerahmt. Darunter steht: „Zum Geburtstag.“ Und auf zwei goldenen Strichen steht in Weiß: „Die besten Wünsche für Dich.“ So eine ähnliche Karte verkaufte ich schon einmal. Auf dieser ähnlichen Karte waren zwei, stehende nackte Füße abgebildet. Was bei diesem Barfuß-Bild stand, weiß ich nicht mehr. Die nächste Karte enthält ein Foto mit verschiedenen Eiern. Hühnereier und Wachteleier, und es liegen ein paar bunte Vogelfedern dabei. Darüber steht in goldener Schrift: „Schöne Ostertage“. Und als goldene Motive sind Hasen, Schmetterling und Ostereier abgebildet. Als ich in den Laden gehe, sehe ich Pralinen. Sie sind in Herzform mit goldenen und roten Farben verpackt. Da Papa bald 80 Jahre alt wird, kaufe ich ihm diese Herzverpackung. Und weil ja bald Ostern ist, suche ich eine Verpackung, die ich in das Grasnest der Kinder im Garten legen kann. Ich werde zu Ostern Holzästchen in das Gras stecken. Kreisförmig. So dass ich ein Osternest auf der Wiese simuliere. Und darin soll ja ein Geschenkchen sein. Ich sehe kleine Tütchen. Diese kaufe ich 6 Mal. Es ist ein Geschenktütchen. Darauf steht: „Lieblingsmensch“. Die Tüte ist in Weiß mit goldenen Punkten gehalten. „Lieblings“ ist in schwarz geschrieben; „Mensch“ ist in Gold geschrieben. Die weiße Tüte ist mit einem schwarzen Trageband versehen.

Daheim schaue ich mir die Tüte nochmal genauer an. Es ist auf dem Trageband auch noch ein goldenes Etikett. Darauf steht in schwarzer Farbe: „Lieblings" und in weißer Farbe: „Mensch". Ein Herzchen ist in schwarzer Farbe darauf gemalt. Ich mache mir so meine Gedanken. Weil mit der Symbolik der Farben und der Symbolik von Gold komme ich jetzt irgendwie nicht mehr klar. Meine Interpretationen kommen nun total durcheinander. Hier kommen auch die Symbolerklärungen total durcheinander. Die Wirklichkeit kann ich mit diesen Farben schon nicht mehr erklären. Diese Tasche passt gar nicht mehr in mein bisheriges Erklärungs- und Symbolkonzept. Ich bin total ratlos. Alle bisherigen Farbtheorien erweisen sich als Hokuspokus und falsch. Diese Tasche wirft alle meine Phantasie über den Haufen. Die Farblehre gilt bei ihr nicht. Nicht mal im Ansatz. Schwarz kann ich nicht mehr für das Böse nehmen. Wobei ich ja das Böse, grundsätzlich und generell, nicht mehr haben will. Schwarz ist hier auch nicht die Trauer, weil es ja zu Ostern verschenkt wird. Und Ostern ja Fest der Auferstehung ist. Weiß und Gold sind ja Farben des Guten. Das trifft ja eigentlich zu. Mit dem Gold trifft es manchmal wieder nicht zu: weil ja das Gold auch nicht gut verteilt ist. Für Erklärung der Welt und Erklärung der Liebe zu meinen Kindern kann diese Tasche nicht herhalten. Nur einen Ansatz von einer Erklärung kann ich vielleicht an den Haaren herbeiziehen. Sie würde sagen, dass Schwarz für die Schattenseiten des Lebens und des Menschen steht. Und Weiß für die Sonnenseiten. Und Gold für den Menschen an sich; in seiner Vollkommenheit. Jeder Mensch hat ja Schwächen und Stärken. Gute Charaktereigenschaften und weniger gute Charaktereigenschaften. Und beides macht ihn trotzdem zum Lieblingsmenschen. Also meine Kinder sind mir wichtig. Sie sind alle gleich viel wert. Egal in welchen Farben ich die Geschenke verpacke und auch welchen geldlichen Wert vom Inhalt ich hineinlege. Nur am Rande bemerkt: Ich werde die Ostersüßigkeiten hineinlegen und für jedes Kind eine Packung mit Blumensamen.

Soviel Zeit zum Nachdenken hatte ich dann doch nicht. Marius kam und zog Familienfotos aus der Schublade im Büro. Dort sind in einer Kommode die Fotos aufbewahrt. Ein Foto zeigt die Zwillinge als Kleinkinder und meinen anderen Sohn als Kleinkind nackt beim Baden im großelterlichen Planschbecken im Garten. Marius amüsiert sich so über diese Nacktaufnahme, dass er sie Tabea zeigt. Dann zieht er noch das Buch über unsere Pfarrgemeinde aus dem Schub. Ich kann dieses Buch schon nicht mehr sehen. Es ist auch anstrengend, die Geschichte zu studieren. Er bat mich, die Seiten über unsere Familie aufzuschlagen. Wir redeten darüber, wer wohl der Urahne war, der 1653 plötzlich im Dorf war und der der Stammvater vieler Arnold's in der Gegend ist. Entweder ein vertriebener Adeliger, nach dem unsinnigen 30jährigen Krieg oder ein grausamer Doldi, der für die Fürsten als Kampftier benutzt wurde. Seine Nachfahren waren im Dorf, als die evangelischen und katholischen Christen die gemeinsame Kapelle erbauten. Da waren also meine Vorfahren dabei. Wir dachten darüber nach, warum sie das machten. Ich meinte: „Sie verstanden Gott. Und der Heilige Geist wirkte. Ich sehe diese gemeinsame Kapelle als sehr positiv an.“ Marius meinte: „Mama, ich glaub, die waren gar nicht gläubig. Die wollten nur Frieden haben.“ Ich meinte: „Da hast du auch wieder recht. Von der Theologie der Kirchen hatten die wahrscheinlich gar keine Ahnung. Jedoch konnten sie schon die Bibel lesen und auch schreiben. Wahrscheinlich verstanden die kaum was in dem lateinischen Gottesdienst. Bildung im jetzigen Verständnis hatten die auch kaum. Doch konnten sie die Bibel selbständig lesen und ich denke, dass sie das Herz meistens, oft und manchmal nie, auf dem rechten Fleck hatten. Ob die evangelischen Christen auch so viel Latein im Gottesdienst sprachen, weiß ich nicht. Die Einweihung der evangelischen Christen war zumindest in Deutsch, und die sangen mit dem Kirchenchor auch in Deutsch. Da sind noch Aufzeichnungen da. Und was der katholische Pfarrer in Spalt beim Weihwasserspritzen murmelte, können wir nur erahnen. Ich denke mal, dass alle Christen von den 10 Geboten wussten und auch den Satz kannten: ‚Liebe deine Nächsten wie dich selbst‘. Zur Wiederholung: Sie konnten alle Lesen und Schreiben; kannten also die deutsche Bibel. Wie sie das dann die nächsten

Jahrzehnte umgesetzt haben, wissen wir." Und darüber sage ich in diesem Buch keinen Ton mehr. Die Kinder lesen noch im Bett. Ich mache ihnen eine Fußreflexzonenmassage. Wir sprechen ein Nachtgebet, und ich setze mich ins Wohnzimmer. Ich sehe nochmal die Einkaufsprodukte an, die ich in einen Korb legte und die vor mir lagen. Mit dem Schokoladeessen fange ich gleich mal an. Sie versüßt mir das Tippen. Zumindest kurzfristig, wie ich ja in einem goldenen Rat erfahren konnte. Ich denke nochmal an den Einkauf. Die Kassiererin hatte doch tatsächlich ihre Fingernägel an den Spitzen mit goldenem Glitzernagellack lackiert. Trug an der rechten Hand einen goldenen Ehering und an der linken Hand einen goldenen Schmuckring. Zufälle, die gerade auch in mein Buch passen. Gold ist doch überall präsent; vor allem der Mensch selber ☺. Und nun sehe ich nochmal die Tasche an: Will sie mir symbolisieren, Weiß, Schwarz und Gold gehören zusammen- Weiß als das Gute, Schwarz als das Böse und darin der Mensch und/oder das Geld. Also dann bräuchte ich die Farbe schwarz dabei gar nicht. Die Farbe Rot gefällt mir wesentlich besser. Also nur die Farben Weiß, Gold und Rot. Und Gold für Vollkommenheit. Für die Farbe 10. Jetzt komm ich wieder in das Reich der Symbolik. Das ist so komplex und kompliziert. Ich befürchtete dauernd, dass ich mal an die Grenzen meiner Erklärungen stoßen würde. Jetzt habe ich sie.

Leider fehlte mir jetzt eine andere Person zum Reden. Also befasse ich mich mit anderem. Vor mir der Laptop und zwei Zeitschriften. Das Magazin des Katholischen Deutschen Frauenbundes – die christliche Frau. Die Zeitschrift heißt: „Engagiert". Sie zeigt eine strahlende, lachende und hüpfende Frau. Vorne steht drauf: „Botschaften. Was KDFB-Frauen im Herzen bewegt." Auf der Rückseite steht der Satz: „Wir sind bunt, stark, laut, Frau und es wert! Applaus!" Ich stöberte in der Zeitschrift unseres Verbandes. Und dann lag noch die Zeitschrift: „Stern" vor mir. Ich verkaufte im Kiosk, regte mich beim Titelbild so auf, dass ich sie gleich selber kaufte. Ich las sie nicht. Aber jetzt blättere ich darin.

Es ist die Ausgabe Nr. 12 vom 14.03.2019. Auf dem Titelbild ist ein riesengroßer goldener Löffel abgebildet. Die Schlagzeile, die ich ja nicht so haben will, und die es nicht geben soll, lautet: „Euer Reichtum auf unsere Kosten. Wie sich deutsche Milliardäre aus ihrer Verantwortung stehlen. Und der Staat sie gewähren lässt.“ Ich platze schier vor Wut. Wirklich.

Mittwoch, 20.03.2019

Auf Seite 27 steht die Schlagzeile: „ 32 Haushalte besitzen so viel wie die Ärmeren 50% der deutschen Gesellschaft.“ Das bedeutet im Umkehrschluss, dass 32 Hausbesitzer 50% des Vermögens in Deutschland besitzen. Ein Skandal; über den kaum geschrieben wird und was wenige Menschen bisher wissen. Es geschah ganz unbemerkt. Und die materiell armen Menschen wählten bisher nicht, so dass wir keine Linksregierung bisher bekommen konnten. Das wird sich ändern. In Deutschland wurde schon mal wegen materieller Güter ein Bürgerkrieg initiiert. Wiederholungen sind zu vermeiden. Auf der Seite heißt es auch: „Eigentlich zieht sich der Grundsatz, dass die starken Schultern der Gesellschaft eine größere Last tragen, durch das Grundgesetz vom Sozialstaatsprinzip bis zu Artikel 14: ‚Eigentum verpflichtet. Sein Gebrauch soll zugleich dem Wohle der Allgemeinheit dienen.‘“ Dass dies gerade nicht der Fall ist, ist offensichtlich. Weiter geht es: „Für Deutschlands Milliardäre waren die vergangenen Jahrzehnte eine goldene Epoche. Während die Unternehmensgründer einst ihre Gewinne investierten, machen heute viele Nachfahren Kasse. Zwischen 1991 und 2016 wuchsen die Gewinne der deutschen Kapitalgesellschaften um das Dreifache. Deren Netto-Investitionen stiegen nicht. Im Gegenteil: Sie schrumpften auf ein Viertel. Wo sind die Milliarden geblieben? Auf den Konten der Eigentümer. Die Dividendenzahlungen der Dax-Konzerne sind seit der Finanzkrise um 60% gestiegen. Die Verwendung der Unternehmensgewinne ist nur ein Grund für die Umverteilung des Reichtums in einem Ausmaß, zu dem sonst blutige Revolutionen notwendig wären." Über die nächsten Sätze bin ich genauso erschüttert. Sie betreffen die Vergangenheit: „1970 besaß das reichste Zehntel der Deutschen 44 Prozent des gesamten Netto-Vermögens. Schon 2014, bei der letzten Messung, war ihr Anteil auf gut 63 Prozent angewachsen." Die Katastrophe ging weiter. Es heißt: „Den reichsten 5% gehört die Hälfte von allem, also genau so viel wie den ärmeren 95%. Das reichste eine Prozent kommt auf ein Drittel, das reichste Promille auf 17%." Wenn ich sowas lese, halte ich eine sofortige Enteignung der betroffenen Personen für notwendig; soweit sie das nicht schon selber eingesehen haben. Im Text erfahre ich, dass in den USA die Vermögenskonzentration noch extremer ist als in Deutschland. Stefan Bach, der Steuerexperte des Deutschen Instituts für Wirtschaftsforschung (DIW) sagt: „Die Reichen reiben sich die Hände und sagen: ‚Mein Gott, ist diese Gesellschaft doof.'" Mir fällt dazu ein, dass wir Menschen wirklich dumm sind, das Geistesgestörten zu erlauben. Und das dies eine Geistesstörung ist, liegt auf der Hand. Geld ist Tauschmittel, mit dem Lebensnotwendiges ertauscht werden sollte und kann. Auf Seite 27 und 28 schreiben die Autoren: „Seit den 90er-Jahren hat noch jede Bundesregierung dem Lobbydruck der besitzenden Klasse nachgegeben und das deutsche Steuersystem an ihre Wünsche angepasst. Sämtliche Steuerarten, von denen Reiche betroffen sind, wurden entweder drastisch gesenkt oder abgeschafft: Körperschaftssteuer: runter, Kapitalertragssteuer: runter, Börsenumsatzsteuer: weg, Gewerbekapitalsteuer: weg, Vermögenssteuer: ausgesetzt. Irgendjemand aber muss die Löcher füllen: die Normalverdiener. Andrerseits als noch in den 1970er-Jahren finanziert sich der Staat heute vor allem durch Verbrauchssteuern wie die Mehrwertsteuer, die Energiesteuer, die Tabaksteuer und die Branntweinsteuer. Da gilt für alle derselbe Steuersatz, vom Hartz-IV-Empfänger bis zum Dividendenkönig. Die Jedermann-Steuern wurden stetig erhöht und bringen dem Fiskus inzwischen fast viermal so hohe Einnahmen wie sämtliche Unternehmenssteuern, Gewerbesteuern und Kapitalertragssteuern zusammen." Die Mittelschicht übernimmt also im Wesentlichen die Finanzierung des Staates. Auf Seite 28 steht die Schlagzeile: „50% halten die Reichen für rücksichtslos und 62% halten sie für egoistisch.“ Ich halte die Reichen für krank; vielleicht würde auch die Einsicht zur göttlichen Perspektive und Gotteskindschaft etwas bewirken. Ich erfahre, dass in den USA eine Einführung der Vermögenssteuer, die im Endeffekt nur die Gewinne der Reichen reduziert, diskutiert wird. Das halte ich als christliche Kommunistin für nicht diskutabel. Elitenforscher Michael Hartmann sagt: „Der Aufwand, für den Staat, eine gerechte Vermögenssteuer einzutreiben, ist minimal, verglichen mit dem Aufwand, mit dem Hartz-IV-Empfänger kontrolliert werden.“ Es wird nun ein weiterer Irrtum aufgeklärt. Es geht um das Einkommen. Auf Seite 28 heißt es: „Einkommen ist Reichtum für Anfänger. Wer davon lebt, muss für seinen Lebensunterhalt arbeiten, womöglich selbst. Dazu zählen auch die Manager. Ihre Bezüge sind in den vergangenen Jahren zwar drastisch gestiegen, doch auch die Lieblingsfeinde der Deutschen sind nur Bedienstete der Eigentümer, die bei Nichtgefallen gekündigt werden.“ Weiter heißt es: „Die Wohlhabenden vermehren ihr Kapital nicht mit Arbeit oder Ideen, sondern mit: warten. Milliardäre bringen ihr Geld nicht zur Bank, sie haben eine Bank. Die nennt sich ‚Familiy Office‘. Dort zaubern mitunter Dutzende hoch bezahlter Magier des Geldes, die den gesamten Globus bereisen, auf der Suche nach Anlagemöglichkeiten. 200 Familien beschäftigen in Deutschland ein solches Institut, das nur für sie allein da ist. 900 weitere Familien vertrauen einem Multi Family Office‘, das bis zu 30 Kunden dient. Das teilt der ‚Verband unabhängiger Family Offices e.V. ‘mit, ein gemeinnütziger Verein. Family Offices schaffen eine Rendite zwischen 5 und 15%.“ Sie haben immer finanzielles Glück und sind bei jedem Boom dabei. „Diskretion ist das prägende Merkmal in der Parallelgesellschaft des Kapitals.“ Weiter heißt es: „Die deutschen Reichen protzen nicht. Sie tun so, als gäbe es sie gar nicht.“ Weiter heißt es: „Die heutigen Reichen kaufen Kunst nicht, um sich mit schönen Bildern zu umgeben. Ihr Kunst-Portfolio lagert für immer in klimatisierten, dunklen Hochsicherheitsbunkern in Genf, Luxemburg oder Singapur.“ Diese Luxusbestände sind lachhaft; meine ich. Könnten jedoch veräußert, vielen Menschen Geld bringen um sie am Handeln und Tauschen und zum Überleben bringen. Ich finde so ein nutzloses Verhalten schäbig, rücksichtslos und geistesgestört. Ich kann es nicht oft genug sagen. Auf Seite 32 steht: „2% Vermögenssteuer für die 8000 Reichsten brächten 18 MRD. Euro Einnahmen." Weiter steht im Text: „Wie das Verantwortungsgefühl der Unternehmensbesitzer von Generation zu Generation abnahm, zeigt sich deutlich beim größten Problem der Deutschen: beim Wohnen. Einst war es üblich, dass die großen Arbeitgeber Werkswohnungen für ihre Arbeiter bauten, in denen diese gut und günstig wohnen konnten. Ganze Stadtteile sind so entstanden, so auch in Berlin die Siemensstadt." Es gab eine schlechte Entwicklung: „Die Werkswohnungen wurden versilbert. Aus Wohnraum wurden Anlageobjekte." In Berlins Siemensstadt hat sich Berlins größtes Wohnungsunternehmen einen beachtlichen Teil der Wohnungen gesichert. Die Firma heißt zynisch: „Deutsche Wohnen". „‚Das Unternehmen kümmert sich nicht um den Mietenspiegel und erhöht in ihren Objekten alle drei Jahre die Miete um 15 Prozent', sagt Marcel Eupen, Vorsitzender vom Alternativen Mieter- und Verbraucherschutz. Auf Platz zwei in der Hauptstadt folgt die Vonovoia, die jedoch deutschlandweit die größte Eigentümerin von Privatwohnungen ist. An beiden Konzernen hält die Firma Blackrock jeweils das dickste Aktienpaket. Das amerikanische Unternehmen ist der reichste Vermögensverwalter der Welt und kontrolliert rund 6,4 Billionen Dollar. Um so viel Geld zu erwirtschaften, braucht die Volkswirtschaft des Landes Berlin gut 41 Jahre. Klare Machtverhältnisse." Es regt sich Widerstand unter den Berlinern. „Eine Initiative aus mehreren Mietvereinen sammelt Unterschriften für ein Volksbegehren. Sie wollen die ‚Deutsche Wohnen' und ‚Vonovia enteignen." Im Artikel geht es weiter: „‚Eigentum verpflichtet. Sein Gebrauch soll zugleich dem Wohle der Allgemeinheit dienen.' So steht es im Artikel 14 des Grundgesetzes." Eine Enteignung halten Fachleute nicht für ausgeschlossen. Und ich halte die Enteignung für notwendig. Unter dem Artikel ist ein Bild der zwei Autoren, und es steht dabei: „Walter Wüllenweber und Illustrator Lennart Gäbel sind nicht reich. So bleibt ihnen nur der Klassenkampf. Silke Müller und Isabel Stettin halfen bei der Recherche. „Ich will auch keinen Klassenkampf, weil es da Fronten gibt. Ich will weder Täter noch Opfer. Zumal Jesus mit seinem Tod alle Schuld der Welt auf sich nahm. Er schaffte die Ursünde des Bösen ab; wenn wir es wollen. Er möchte alle Menschen zu Kindern Gottes machen. Bitte lese die Bibel. Dann erfährst du, was er will. Und wie wir Gottes Willen suchen sollen. Gottes Wille ist Einhaltung der Menschenrechte und materielle Gleichheit. Jesu-Leben ist für mich ein Synonym für die Menschenrechte. Die Menschenrechte sind seine Botschaft, in Wörtern und Sätzen ausgestaltet.

Ich brauch nach diesen Infos noch mehr Schokolade als üblich; zur kurzfristigen Beruhigung. Da ich ja leider nicht im Bioladen war, was auch nicht immer bei mir finanziell möglich ist, besorgte ich mir die Schokoeier, wie ich erklärte, vom Supermarkt. Ich hole aus der Speisekammer einen Schoko-Nougat-Mix in einer dunkelgrünen Verpackung mit goldener Umrandung darauf. Ich öffne diese Schachtel, und es kommt eine goldenen Pappschachtel hervor, die sich zu einer goldenen Blüte öffnet. Darin sind hellgrün, golden und dunkelgrün verpackte Schokoeier. Ich fange das Naschen an. Produziere nebenbei noch eine Menge unnötigen Müll. Immerhin ist die Verpackung so schön, dass ich sie aufheben kann, um sie bei anderer Gelegenheit wiederzuverwenden. Und ich esse alle Ostereier auf einmal. Jawohl. Der Artikel regte mich so arg auf. Und Schokolade beruhigt mich ein wenig. Letztendlich beruhige ich mich jedoch nicht wirklich. Ich tobe vor Wut. Und bitte tobe du bei der nächsten Wahl auch. Mache dein Kreuzchen an die richtige Stelle. Gehe zur Wahl.

Ich greife zum nächsten Buch. Es ist ebenfalls in hellgrün und in gelb gehalten. Diesmal bleibe ich von dem Gold verschont. Ich bin schon allergisch gegen diese goldenen Farben, weil Goldfixierung und die damit einhergehende Verteilungsungerechtigkeit so viel Leid in die Welt brachten. Und nun suche ich Alternativen und finde sie.

Vor mir liegt das Buch: „Die innere Stimme. Wie Spiritualität, Freiheit und Gemeinwohl zusammenhängen“ von Christian Felber. Auf der Rückseite des Buches steht: „Christian Felber ist einer der führenden Köpfe der Gemeinwohl-Ökonomie, Mitbegründer von Attac Österreich und der Bank für Gemeinwohl. In diesem persönlichen Buch zeigt er, aus welchen spirituellen Wurzeln sein Gemeinwohldenken und -handeln entspringt. Und wie sich eine spirituelle Orientierung in einem wirtschaftlichen Denken und Handeln konkretisiert, dem es um Gemeinschaftswerte geht.“ Auf Seite 15 redet er über das Eins sein. „Als ich acht Jahre alt war, begann ich diese Erfahrung der Verbundenheit, diese Einheit mit allem, bewusst zu suchen. Ich ging im Sommer oft täglich vor oder zu Sonnenaufgang fischen –aber nicht nur, um Fische zu beobachten und zu fangen, sondern vor allem, um die Stille, die Wasseroberfläche, die Wolken und das gesamte Ökosystem zu erfahren, in ihm zu versinken. Diese magische Verschmelzung löste süße, tief befriedende – heute würde ich sagen spirituelle – Gefühle aus. Was ich suchte, war, mit allem eins zu werden, alleins, aufzugehen in einer größeren mystischen Einheit. ‚Der Mensch ist nur ein Faden im Netz des Lebens‘, sagte Häuptling Seattle. So empfand ich mich als Teil des großen Ganzen erfüllt mit dem unermesslichen Reichtum des Universums, mit allen Lebewesen, Formen, Farben, Eigenschaften und Werten. Ich war teilhaftig an allem.“ Auf Seite 16 schreibt er: „Aus dieser mystischen Erfahrung erwuchsen Werte, mir heilige Werte.“ Auf Seite 86 sagt er: „Eine spirituell grundierte Ökonomie ist per definitionem gemeinwohlorientiert. Sie ist durchdrungen vom Geist der Ganzheit und der achtsamen Perspektive auf alle. Sie lässt keinen Wert unberücksichtigt und grenzt kein Lebewesen aus. Sie sorgt sich gleichermaßen für starke Bindungen und individuelle Freiheitsräume.“ Er meint weiter: „Spirituelle, von diesem Geist durchdrungene, von dieser Energie durchflossene Menschen agieren aus innerem Antrieb heraus, weil politisches Handeln ihrem Herzen entspringt.“ Er meint: „Wer mit allem verbunden ist und mit allen fühlt, wird an der Errichtung einer Wirtschaftsordnung mitwirken, die Gemeinwohl-Verhalten belohnt." Auf Seite 90 und folgende konkretisiert er das: „Beispielsweise könnte die Infrastruktur und Grundversorgung mit Wasser, Energie, Geld, Bildung und Gesundheit in Form von öffentlichen Gütern organisiert sein, die aber demokratisch kontrolliert werden. Konsumgüter des täglichen Gebrauchs, angemessener Wohnraum und kleinere Unternehmen könnten Privateigentum sein. Große Unternehmen könnten auch als Gesellschaftsbetriebe geführt werden. Wälder, Weiden und Fischgründe könnten als Allmenden bewirtschaftet werden. Die Ökosysteme sind als Regulatoren von Sauerstoff, Feuchtigkeit, Temperatur und Artenvielfalt als globale öffentliche Güter zu schützen. Die Natur könnte auch gänzlich vom Eigentumsrecht ausgenommen werden – zugunsten von Nutzungsrechten, die wiederum an Bedingungen geknüpft sind. Und so wie sich der Staat nicht in Kleinkram einmischen und etwa als Füllfederhersteller versuchen sollte (Begrenzung von öffentlichem Eigentum), dürfen Unternehmen im reinen Privateigentum nicht zu groß werden – sie würden zu einflussreich und mächtig, die Kontrolle und Mitbestimmung der Gesellschaft käme zu kurz. Das Potenzial der Vielfalt in der Eigentumsfrage kann am Beispiel des Laptops anschaulich gemacht werden: Die Hardware könnte entweder von einem Privatbetrieb oder einem gesellschaftlichen Großbetrieb stammen. Verschiedene Zulieferkomponenten, vom Bildschirm bis zum Stromkabel, von Privatbetrieben. Das Betriebssystem und die Anwendungsprogramme, die Software, könnten Techno-Allmenden sein; der Strom sowie der Internet-Zugang der NutzerInnen öffentliche Güter. Die Wartung und Reparatur könnte über Genossenschaften erfolgen, die flächendeckend anzutreffen sind, um Erreichbarkeit sicherzustellen. Der Grund und Boden, auf dem all diese Unternehmen stehen, gehört niemandem, er wird nur von den kleinsten politischen Gebietskörperschaften verwaltet und je nach Gemeinwohl-Bilanzergebnis den Unternehmen kostenlos, zu geringen oder hohen Gebühren zur Nutzung überlassen. Vielleicht verhalten sich Eigentumsformen zueinander wie Organe oder Gefühle: Alle haben ihre Berechtigung und Funktion, keines ist überflüssig oder tabu, und keines ist das ‚wichtigste'. Das ‚goldene Maß' gilt für Eigentumsformen gleich wie für vermutlich fast alles im Leben." Christian Felber meint, dass nicht alle das Gleiche verdienen sollen. Ich bin sogar für ein bedingungsloses Grundeinkommen und dann zusätzlich Bezahlung nach Tätigkeit. Er meint: „Näher am goldenen Maß ist eine Gesellschaft vermutlich, wenn sie MillionärInnen, aber nicht MilliardärInnnen zulässt; wenn es eine negative Erbschaftssteuer und ein Mindesterbe für alle gibt; wenn die Einkommensungleichheit ebenso durch demokratischen Beschluss begrenzt wird wie die Größe von Unternehmen, die in ausschließlicher privater Verfügungsgewalt stehen." Als vorübergehende Stufe auf der Treppe der Menschheitsentwicklung, finde ich seine Ansichten sehr gut.

In meinem 9. Buch wagte ich den Versuch im Ansatz, in Regenbogenfarben Buchungssätze aufzustellen. In Regenbogenfarben eine Bilanz zu erstellen. Es gibt von Christian Felber konkrete, ausgearbeitete Modelle dazu. In dem Buch „Die innere Stimme" erzählt er von der Gemeinwohlbilanz: „ Dem goldenen Gleichgewicht kommen wir näher, wenn es zwar private und gemeinschaftliche Unternehmen gibt, diese aber nicht ausschließlich den Nutzen ihrer privaten oder kollektiven EigentümerInnen mehren, sondern auch einen Beitrag zum Gemeinwohl leisten und darüber Rechenschaft ablegen müssen, zum Beispiel in Gestalt einer Gemeinwohl-Bilanz. Das würde auch endlich den Willen des Grundgesetzes umsetzen. Artikel 14 gebietet nämlich: ‚Eigentum verpflichtet. Sein Gebrauch soll zugleich dem Wohl der Allgemeinheit dienen.' Eine Gemeinwohl-Bilanz wäre die verbindlichste und direkteste Form des Nachweises, wie ein Unternehmen in privatem oder öffentlichem Eigentum ', zugleich dem Wohl der Allgemeinheit dient.'" Und nun liegt auch dieses Arbeitsbuch vor mir. Es heißt: „Arbeitsbuch zur Gemeinwohlbilanz-5.0." Herausgeber ist das Matrix-Entwicklungsteam. Der Verlag ist Sigrid Koloo-Publishing, Wien, 2017. Und die ISBN-Nr. ist: 978-3-200-05485-1 Auf der vorletzten Seite befindet sich ein Gruppenbild der vielen Autorinnen und Autoren, die an einem umgekippten Baum stehen. Auf der letzten Seite steht: „Einen

Gemeinwohl-Bericht zu schreiben ist wie ein Blick in den Wertespiegel. Sie erkennen, wo Sie mit ihrem Unternehmen derzeit stehen auf dem Weg zum Gemeinwohl-Unternehmen. Der Sinn des Gemeinwohl-Berichtes liegt auf drei Ebenen:

- Sie gewinnen einen tiefgehenden Blick auf nachhaltige Unternehmensaspekte und werden sich als Unternehmer* in darüber klar, welchen Beitrag Sie bereits jetzt zum Gemeinwohl leisten. Zusätzlich erkennen Sie Potenziale, wie Sie ihr Unternehmen zukunftsfähig weiterentwickeln können.
- Mit dem Gemeinwohl-Bericht stellen Sie ihre gelebten Werte und nachhaltigen Leistungen im Unternehmen in einer übersichtlichen Struktur dar und können sich als gesellschaftlich nutzbringendes Unternehmen öffentlich zeigen. Damit legen Sie einen Grundstein für Vertrauen und fördern die langfristige Zusammenarbeit mit wichtigen Berührungsgruppen.
- Durch den Prozess der Berichterstellung stärken Sie Ihr Bewusstsein als Unternehmer* in für werteorientierte Ziele und erhalten durch neue Blickrichtungen Ideen und Input für die wertorientierte Gestaltung neuer Produkte und Dienstleistungen.

Dieses Arbeitsbuch zur Matrix 5.0 richtet sich an Organisationen, die einen Gemeinwohlbericht erstellen wollen. Es beinhaltet alle notwendigen Informationen, um die Themen und Aspekte der Gemeinwohl-Bilanz erstellen zu können.“ Es sind 180 Seiten, die sehr aufschlussreich sind. Es ist untergliedert in Grundlagen und Kompaktbilanz. Zu den Grundlagen gehören drei Zahlen. Und zu den Kompaktbilanzen gehören Großbuchstaben in alphabetischer Reihenfolge. Ich will nun die Grobgliederung, also den Inhalt des Buches, abschreiben:

Grundlagen.

1) Einleitung; Erläuterung zum Arbeitsbuch; Gemeinwohl-Matrix und Gemeinwohl-Bilanz; Bilanzvarianten wählen; Bericht erstellen; Beitrag zum Gemeinwohl bewerten; Gemeinwohl-Punkte ermitteln; Neuerung der Matrix 5.0

2) Berührungsgruppen: A = Lieferant*innen; B = Eigentümer*innen und Finanzpartner*innen; C = Mitarbeitende; D =Kund*innen und Mitunternehmern; E =Gesellschaftliches Umfeld
3) Werteverständnis aus Sicht des Matrix-Entwicklungsteams: Menschenwürde, Solidarität und Gerechtigkeit; Ökologische Nachhaltigkeit; Transparenz und Mitentscheidung

Kompaktbilanz.

A1 Menschenwürde in der Zulieferkette; A2 Solidarität und Gerechtigkeit in der Zulieferkette; A3 Ökologische Nachhaltigkeit in der Zulieferkette; A4) Transparenz und Mitentscheidung in der Zulieferkette

B1 Ethische Haltung im Umgang mit Geldmitteln; B2 Soziale Haltung im Umgang mit Geldmitteln; B3 Sozial-ökologische Investitionen und Mittelverwendung; B4 Eigentum und Mitentscheidung

C1 Menschenwürde am Arbeitsplatz; C2 Ausgestaltung der Arbeitsverträge; C3 Ökologisches Verhalten der Mitarbeitenden; C4 Innerbetriebliche Mitentscheidung und Transparenz

D1 Ethische Kund*innenbeziehungen; D2 Kooperation und Solidarität mit Mitunternehmen; D3 Ökologische Auswirkungen durch Nutzung und Entsorgung von Produkten und Dienstleistungen; D4 Kund*innenmitwirkung und Produkttransparenz

E1 Sinn und gesellschaftliche Wirkung der Produkte und Dienstleistungen; E2 Beitrag zum Gemeinwesen; E3 Reduktion ökologischer Auswirkungen; E4 Transparenz und gesellschaftliche Mitentscheidung

Und nun erfolgen Ausführungen zu der Vollbilanz.
Das Heftchen ist übrigens in dunkelgrün, hellgrün und grau gehalten. Ganz kann ich dann doch nicht die Finger von der Zahlensymbolik lassen. Ein weiteres Buch von Christan Felber liegt vor mir. Da sind die Buchstaben auch bunt geschrieben. Es heißt: „Gemeinwohl-Ökonomie“ und ist vom Piper-Verlag. Es heißt: „Komplett aktualisiert und überarbeitet“ in einem grünen Kreis.

Das Wort „Gemeinwohl“ ist in bunten Buchstaben geschrieben. Das Wort „Ökonomie“ ist in Orange gehalten. Auf der Rückseite steht ein Kommentar von Jakob von Uexküll: „Christan Felber zeigt den Weg zu einer Ökonomie, in der Geld und Märkte wieder den Menschen dienen statt umgekehrt.“ Dieses Buch kann jeder Interessierte selber lesen. Ich habe noch weitere Bücher von dem Autor vor mir liegen: „Ethischer Welthandel. Alternativen zu TTIP, WTO § Co“. Ein anderes Buch von ihm trägt den Titel: „Geld. Die neuen Spielregeln. Eine alternative Geldordnung für eine faire Wirtschaft.“ Das Wort Geld ist in Großbuchstaben geschrieben. Jeder Buchstabe hat unten entweder eine 1 oder 2, in kleinen Ziffern, geschrieben, stehen. Beide Zeichen sind auf einem kleinen Holzquadrat geschrieben und spiel-mäßig, wie bei einem Buchstabenspiel, mit Lücke, lesbar als „Geld“ angeordnet. Ich leite davon auch ab, das Geld auch ein Spiel ist. Es kann ein Spiel des Lebens sein.

Es liegen noch mehr Bücher vor mir.

Heute, 21. März, nachmittags

Meine Tochter liest gerade; die anderen Kinder sind anderweitig unterwegs, und ich nutze die Zeit zum Schreiben. Ein Stapel Bücher liegt immer noch vor mir. Ich nehme mir das Buch von Harald Welzer. Es ist vom Fischer Verlag. Das Cover ist ein blauer Himmel mit weißen, geballten Wolken. In meinem 8. Buch wählte ich auch ein Cover mit weißen Wolken; einem Unendlichkeitszeichen bzw. einer 8; weil es ja mein 8. Buch ist. Harald Welzers Buch heißt: „Alles könnte anders sein. Eine Gesellschaftsutopie für freie Menschen.“ Hinten steht der aufbauende Satz: „„– Die Welt ist zum Verändern da, nicht zum Ertragen. –““ Es heißt unter dieser Schlagzeile: „Schöner, freier, nachhaltiger: So könnten wir leben. Vordenker und Zukunftsarchitekt Harald

Welzer hat keine Lust mehr, nur zu kritisieren. Er malt in leuchtenden Farben das Bild einer neuen Gesellschaft: Ganz konkret und mit vielen überraschenden Perspektiven zeigt er, wie es geht und dass es geht. Eine Gebrauchsanweisung für unsere Zukunft." Der Soziologe entwirft eine gute mögliche Zukunft. Im Einband heißt es: „Darin gibt es Städte ohne Autos, Schulen ohne Gebäude, die Menschen haben ein Grundeinkommen, und Grenzen gibt es auch nicht mehr. Erfrischend und Mut machend zeigt Welzer: Die vielbeschworene ‚Alternativlosigkeit' ist in Wahrheit nur Phantasielosigkeit. Alles kann tatsächlich anders sein. Man braucht nur eine Vorstellung davon, wie es sein sollte. Und man muss es machen." Diese Vorstellung, wie es sein sollte, will ich ja auch versuchen zu machen. Ich überfliege die Inhaltsangabe und einige Seiten. Weil ich mir auch meine eigenen Gedanken machen will, lege ich es mit dem Vorsatz weg, es nächste Woche zu lesen. Die Schlagzeilen der Inhaltsangebe gefallen mir sehr.

Ich greife zum nächsten Buch. Es heißt: „Wohlstand ohne Wachstum. Grundlagen für eine zukunftsfähige Wirtschaft" und ist von Tim Jackson. Auf der Rückseite steht: „Wie hat sich die Welt nach Jahren der Finanz- und Wirtschaftskrisen verändert? Was könnten wir gegen die grassierende Ungleichheit tun? Wie jenseits des Wachstums den Wohlstand sichern? Der renommierte britische Ökonom benennt die aktuellen Herausforderungen und Chancen einer Welt, die die ökologischen Grenzen unseres Planeten nicht überschreitet und trotzdem in Wohlstand lebt Das Standardwerk zur Wachstumsdebatte: aktualisiert, stark erweitert und komplett überarbeitet." Auch da lese ich die Inhaltsangabe und werde mich nächste Woche tiefer einlesen. Auch das nächste Buch werde ich mir nächste Woche näher zu Gemüte führen: „Die bedürfnisorientierte Versorgungswirtschaft. Eine Alternative zur Marktwirtschaft" von Alfred Fresin. Das Gleiche werde ich mit dem nächsten Buch machen: „Parecon. Leben nach dem Kapitalismus" von Michael Albert. Und jetzt schaue ich mir den Inhalt von einem Buch von Murray Bookchin an. „Die nächste Revolution. Libertärer Kommunialismus und die Zukunft der Linken." Ich selber empfinde mich ja als christliche Kommunistin, die allen Besitz gleichermaßen aufgeteilt haben will. Ich möchte gerechten Privatbesitz. Allerdings stelle ich fest, dass sich auch Kleineigentümer nicht wirklich um ihren Wald kümmern. Sie haben viel zu wenig Bezug zu ihrer Natur. Und das soll anders sein. Karl Marx war für mich ein sensibler Vordenker, dessen Theorien falsch umgesetzt wurden. Und er selbst machte einige verheerende Fehler. Leider. Und Glaube und Religion ist für mich das wichtigste Fundament für ein funktionierendes, gutes und gerechtes Wirtschaftssystem. Ich denke, gerade beim Wirtschaften sollen wir uns an Jesus-Lehre orientieren. Natürlich soll sich in meinen Augen das ganze Leben, nach der Lehre Jesu und damit den Menschenrechten, ausrichten. Das versuche ich in meinen Büchern darzulegen. Es ist eine philosophische Betrachtung aus der Perspektive des christlichen Glaubens und aus eventueller Sicht aus dem All. Meine Ansichten sind in meinen Büchern bruchstückhaft dargelegt. Sie ergeben jedoch ein Puzzle. Ein großes Bild. Es ist eigentlich ein Foto von meinem Leben. Eine Momentaufnahme. Denn mein Leben ist ja dynamisch und nicht statisch. Und in diesem Bild sind viele Motive erhalten. Ich betrachte meine Buchi wie ein Gemälde. Eine Art Kunstwerk mit vielen bunten Farben. Ein Abklatsch der Realität wie bei einem Kleksbild. Das eigentliche Leben spielt sich woanders ab. Gerade auf meinem Sofa, wo ich munter tippe.

Nun zurück zu den dicken Schmöckern, die ich schon erwähnte. Schmöcker aus dem Reich der Wirtschaftswissenschaften und der Mathematik. Die besorgte ich mir nämlich auch, in dem unrealistischen Glauben, dass ich mich da einarbeite. Im Moment glaube ich nicht daran. Es ist mir zu anstrengend und gerade eine Last. Vielleicht irgendwann, vorausgesetzt, meine geistigen Kapazitäten reichen für diese Symbolik in vollem Umfang aus. Im Moment zweifle ich sogar daran. Vom Deutschen Universitäts -Verlag liegt gerade folgendes Buch vor mir: „Simulation der Ökobilanz. Modelltheoretische Analyse ökonomischer und ökologischer Auswirkungen.“ Ein Lehrbuch: „Aufgaben und Lösungen in der Volkswirtschaftslehre. Arbeitsbuch zu Engelkampf/Sell.“ Von Jürgen Tietze ein Lehrbuch: „Einführung in die Finanzmathematik." Dann: „BWL-Formeln für Dummies." Dann: „Mathematische Formeln für Wirtschafts-Wissenschaftler." Von SpringerGabler. Dann von Lutz Arnold (er ist meines Wissens nicht mit mir verwandt): „Makroökonomik". Und von Jürgen Fietze „Einführung in die angewandte Wirtschaftsmathematik. Das praxisnahe Lehrbuch – inklusive Brückenkurs für Einsteiger." Mit diesem Buch müsste ich beginnen. Ein wenig Vorwissen ist ja von der Schule noch da. Ich schaue, was denn x in der Mathematik ist. Es ist immer eine Variable und kann für alles Mögliche stehen. Für ein Ding oder eine Beziehung. Es ist immer eine Unbekannte. Auf Seite XIV steht, dass es ein häufig verwendeter Variablennamen für Nachfrage, Angebot, Output, Menge ist. X kann für alles Mögliche stehen. Es muss halt vorher definiert werden. In der Schule schrieb ich x als Malzeichen. Z.B. 2 x 5 = 10. Ich lese mich in die ersten 15 Seiten ein und komme zu dem Schluss, dass mir Mathe zu kompliziert ist. Nein, ich werde mich da nicht tiefer einarbeiten. Basta. Was ich jedoch mache, ist, dass ich x selber definiere. Und zwar in seiner simpelsten Aussage: x heißt einfach mal. Und ich definiere x als auch als 1. Dann heißt x für mich x1. Das x steht für mal. Dann heißt es mal 1. Und die 1 steht für Ego, also ich, für mein Selbst. Also heißt 1 selber. Dann heißt x – mal Selber. Und diese Aussage könnte ich an jede einzelne Formel dazu basteln. LaTex brauch ich dazu auch nicht. Eigentlich müsste ich jetzt einen Smiley machen, mit einer hängenden Zunge und einem halben Auge. Denn ich bin jetzt aus dieser LaTex- Nummer raus. Weil LaTex verstehe ich auch nicht wirklich. Also, ich baue nun theoretisch x an jede Formel, und es bedeutet: „mal selbst". Es bedeutet, dass jede Berechnung auch an mich denken soll und zu meinem Nutzen sein soll. Ich will auch einen Gewinn daraus ziehen. Andere Menschen auch. Also soll das x ein Beitrag für alle Menschen sein. Und dieses Buch ist auch ein Beitrag x. Und herauskommen soll bei den vielen Milliarden x's die weltweit möglich sind, ein großes X. Ich denke da an eine gestickte Tischdecke. Im Kreuzstich könnte sie ein X ergeben. Es soll wirklich ein großes Tuch sein, als Tischdecke, auf dem Teller stehen, wo alle satt werden.

Und das ist nun mein 10. Buch, und das Rätsel, was denn die Buchi sein soll, lüftete ich immer noch nicht. Es gibt vielleicht auch verschiedene Lösungen. Jedoch ist mir ein Lösungssatz ganz wichtig. Und dieses eine Wort ist immer noch ganz wichtig und das Hauptwort. Und du darfst bei diesem großen Rätsel mit raten. Im Kiosk verkaufte ich gestern das Heft: „Kreuzworträtsel, die Spaß machen." Das Heft steht neben vielen anderen Rätselheften mit den magischen Worten: „Rätsel-Sterne" oder „Rätsel-Spaß pur". Hoffentlich hast du dabei auch Spaß. Zumindest ein wenig, bei diesem Rumgehüpfe von einem Knotenpunkt zum Nächsten. Ich gebe ja zu, manchmal sind mir meine Bücher auch fast zu anstrengend, und ich schlage die Hände über dem Kopf zusammen, wie chaotisch sie geschrieben sind. Ich kann es nicht anders. Zumindest bin ich froh, dass ich einen für mich gangbaren Weg gefunden habe, um mich nicht mit der Symbolik der Mathematik auseinanderzusetzen. Vor allem muss ich sagen, dass der Mathematik eine Philosophie und Annahmen zugrunde liegen, die es gibt oder die auch erst geschaffen werden wollen. Und die Bücher werde ich an Interessierte verschenken. Dann bringen sie zumindest diesen Menschen Nutzen. Bei mir würden die nur einstauben.

Gestern arbeitete ich, wie gesagt, am Kiosk. Es war der weltweite Tag des Glückes. Eine Kundin brachte zur Erinnerung zwei Stoffkäfer (ähnlich den Junikäfern: rot mit schwarzen Punkten darauf) mit und erheiterte meine Kollegin und mich damit. Auf der Münchner Abendzeitung stand das Thema gleich auf der Titelseite. Ich kaufte schon vor Tagen eine Zeitschrift zu diesem Thema: „GEO kompakt. Die Grundlagen des Wissens." Es ist die Nr. 58. Das Thema lautet: „Was uns glücklich macht." Auf der Titelseite ist ein fröhliches, schaukelndes Kind unter einem Baum und einer grünen Wiese abgebildet. Das besagt schon sehr viel zu dem Thema Glück. Schlagwörter sind: „Zuversicht. Die Kraft des positiven Denkens." Und: „Gemeinschaft. Das gute Miteinander." Und: „Neuanfang. Warum uns Veränderung guttut." Dann unten: „Sinnsuche. Worauf es im Leben ankommt." Und weiter: „Selbermachen. Von der Freude am Schaffen." Und dann: „Natur. Was der Wald uns schenkt." Und dann noch das Thema: „Beruf. Wie der Job einen erfüllen kann." Dieses Heft betrachte ich dann übernächste Woche näher. Wenn die Kinder abends im Bett liegen und ich meine Ruhe habe.

Donnerstag, 21. März, mmer noch Frühlingsanfang und Abends

Ich will dieses Buch zu Ende bringen. Vorhin sah ich in den Nachrichten, dass Schleichwerbung eine heikle Sache ist. In meinem Buch soll keine Schleichwerbung sein. Ich werde von niemandem angehalten, bestimmte Produkte oder Druckerzeugnisse zu benennen. Die Dinge begegnen mir im Alltag, und ich zähle sie hier auf. Es ist reiner Zufall, dass mir diese Gegenstände mit diesen Gedanken begegnen. Oder Fügung oder was auch immer. Ich schaute mir gerade den Impuls von dem christlichen Buchversand „Vivat!" an. Die Bibelstelle Jer 17,7 erschien mit dem Newsletter. Sie lautet: „Gesegnet der Mensch, der auf den Herrn vertraut und dessen Hoffnung der Herr ist." Als Gedanke steht ein Satz von P. Albert Altennähr dabei. Er meint: „Die Macht der Worte sind bekannt. Ich traue auch der Macht der angeblich ‚nur' schönen Worte. Sie sind gute Worte. Sie haben Wirkung." Als Gebet formulierten die Redakteure: „Herr, dich loben wir für alles, was du den Völkern gibst. Für jede Spur des Friedens, für jede Weisheit, die zu entdecken ist, für jede Hoffnung, die aufbricht und Frieden schafft."

Gestern stöberte ich auf dem Wühl-Bücher-Tisch. Ich fand ein Buch, dass mich ansprach: Die Farbe ist rosarot, und in Goldschrift steht darauf: „Der letzte Scheißkerl. Wie aus dem Falschen der Richtige wird." Das Hinterteil eines Schweinchens ist auch in goldener Farbe darauf. Der Roman ist von Roman Maria Koidl. Im Moment fühle ich mich als Single total glücklich. Ich arrangierte und arrangiere mich mit meiner Situation. Bin gerade auch müde, nach einem Partner zu suchen. Ich lasse das Leben so dahinplätschern. Und warte einfach ab, was diesbezüglich noch passiert. Ich sehe dieses Thema mittlerweile entspannt und locker. Ich hatte nette und angeblich monogam lebende Verehrer. Zu unserem Bedauern hat es bei mir nie geknallt. Kein Funke von Verliebt sein. Alle weiteren Erklärungen und Ausführungen zu diesem sehr persönlichen Thema erübrigen sich. Nun zurück zu dem Buch. Auf der Rückseite steht: „Wie aus Singles glückliche Paare werden. Geliebt werden immer die anderen. Nur man selbst ist ein Deppenmagnet mit der magischen Hand für Mangelmänner: Psychos, Vollpfosten, Weicheier und natürlich King Koitus, den Mann, der sie alle haben kann. Im neuen Buch von Bestsellerautor Roman Mario Koidl geht es um die Frage, wie aus dem Frosch im Bett doch noch ein Prinz werden kann. Schonungslos analysiert Koidl die Muster in Beziehungs-Battle und erklärt, warum uns kaum etwas so viel Angst macht wie die Liebe.“ Auf der Innenseite des Covers steht außerdem: „ Das Besondere an diesem Buch: Es bietet ein praktisches Modell, Ängste als Schlüssel zur Lösung von Beziehungsproblemen zu begreifen und entsprechend zu handeln. Auf dass sich DER LETTZTE SCHEISSKERL für immer verabschiede.“ Wie gesagt, ich bin gerade in keiner Verbindung zu einem Mangelmann, und auch keinen perfekten Mann. Keine Partnerschaft und kein Verliebt sein und Liebe. Der Prinz kam noch nicht. Und ich muss auch aus keinem Frosch einen Prinzen machen. Das Thema ist gerade nicht aktuell für mich. Es interessiert mich, vielleicht für zukünftige Zeiten, doch. Ich werde auch das lesen. Und dann, wie gesagt, einfach mal warten. Glücklich sein, so wie das Leben gerade verläuft.

Weil meine zwei kleinsten Kinder auch, wie ich, im Mai Geburtstag haben, kaufte ich eine Mäuschenkarte. Sie ist rosa, klein, und ein kleines Mausgesicht ist darauf. Und Mäuschen ist ja auch ein Kosewort. Das Kärtchen ist von der Firma Gruss & Co. Weil ich Schussel am Sparen bin und auch nicht genügend Geld dabei hatte, werde ich die Karte nachbasteln. Ich muss aufpassen, dass ich im Kiosk nicht zu einer meiner besten Kundinnen werde, die Produkte gefallen mir meist sehr. Ich zitiere nun die Karte. Auf den Spruch wäre ich aber auch selber gekommen. Es steht darauf: „Weißt du eigentlich, dass ich dich gaaaaanz doll lieb hab?!“ Recht simpel; jedoch eine sehr emotional starke Aussage. Von Depesche kaufte ich drei kleine Schachteln. Eine davon ist in Weiß und Hellblau gehalten. In silberner und weißer Schrift steht darauf: „Nur für dich. 10 Gründe warum du mein Lieblingsmensch bist.“ Mein Lieblingsmensch ist Jesus. Der ist jedoch nicht leibhaftig auf der Erde, sodass ich ihm die Schachtel nicht schenken kann. Also gehe ich zu einem wirklichen Menschen aus Fleisch und Blut über. Der nächste Mensch dafür bin ich Selbst. Ich werde mir diese Schachtel im Mai zum Geburtstag schenken. Bin jedoch jetzt schon neugierig und teile den gedanklichen Inhalt mit. Ich öffne die Schachtel. In einer ganz kleinen Tüte sind goldene, hell- und dunkelrosafarbene Herzchen eingepackt. Ich werde sie erst am Geburtstag auf den Tisch verstreuen. Und es steht darauf: „Eine kleine Portion Liebe für dich.“ Es sind auch zwei goldene Mini-Herzchen darauf gemalt. Ich lese den Inhalt aller Kärtchen vorne und hinten, und merke, dass nicht alle Aussagen der Kärtchen perfekt für mich alleine geeignet sind. Diese Kärtchen müsste ich wirklich meinem Lieblingsmenschen schenken. Ich beziehe sie auf den oben genannten Lieblingsmenschen. Ich zähle die ganzen 10 Karten auf. Die 1. Karte ist in Rosa und Silber gehalten. Es sind zwei Kirschen am Stil abgebildet. Der Satz lautet: „Wir passen einfach perfekt zusammen, so wie (das sind nun Ankreuzfragen) Salz & Pfeffer, Kaffee & Kuchen, Topf & Deckel.“ Dann kommt die 2. Karte. Sie ist in Weiß, Hellgrün und Silber gehalten, und es ist eine Erdkugel darauf. Die Autoren dachten sich den folgenden Satz aus: „Die Welt ist schön, weil du mit drauf bist. Sooo schön, dass es dich gibt.“ Die 3. Karte ist weiß-hellblau mit goldener Schrift. Folgender Satz ist eingerahmt: „Mit dir scheint immer die Sonne. Auch an regnerischen und grauen Tagen. Schön, dass es dich gibt.“ Das Einzige, was ich an dieser Karte auszusetzen habe, ist, dass ich in der Wetter-Realität gerne Regen habe; und bei mir nicht immer die Sonne scheinen soll. Im übertragenen Sinn mag ich doch lieber fröhliche, helle und freundliche Tage. Mit Regentagen ist hier wahrscheinlich ein trübsinniger, kalter, nicht so toller Tag, gemeint. Die 4. Karte ist mit weiß-rosa Hintergrund versehen. Goldene und weiße Schrift. Ein goldener Flamingo drauf. Der Zuspruch an mich ist: „Du bist der Flamingo, in einer Schar grauer Tauben. Du bist einfach einzigartig." Auf der 5. Karte ist ein weiß-hellgrüner Hintergrund. In Silber und Weiß geschrieben. Mit drei Luftballons und auch drei Ankreuzfragen. Es steht darauf: „Mit dir ist das Leben superleicht und ein Ponyhof, wundervoll toll." 6. Karte: in Weiß und Hellblau, mit weißer und goldener Schrift und einem goldenen Diamanten drauf: „Deine Ecken passen gut zu meinen Kanten. Und diese Ecken mag ich ganz besonders."7. Karte ist in Rosa-Weiß und Golden. Ein Goldstück ist darauf abgebildet. Text: „Du bist ein echtes Goldstück. Ich geb dich nicht mehr her." Damit wäre auch geklärt, was Gold ist: nämlich Jesus. Die 8. Karte ist in Grün und Weiß gehalten. Mit silberner und weißer Schrift. Und zwei vierblättrige Kleeblätter darauf. Inhalt: „Jeder Mensch hat eine andere Definition von Glück. Du bist meine. Ich bin ein Glückspilz, denn ich habe dich." Die 9. Karte ist in Weiß-Blau und Silber: „Du lässt mich nie allein im Regen stehen. Danke." Dass ich vor allen Dingen genügend Regen habe und ein schönes Klima, ist ein Anliegen von mir. Jetzt zu der 10. Karte in Rosa und Weiß und Silber: „Ich habe ganz oft nachgemessen. Du bist großartig. Ich bin dein größter Fan."

Weil ich die Karten ja mir schenken will, formuliere ich sie um. 1. Ich bin perfekt. 2. Die Welt ist schön, weil ich mit drauf bin. Sooo schön, dass es mich gibt. 3. Ich bin immer gut gelaunt. Schön, dass es mich gibt. 4. Ich bin der Flamingo, in einer Schar von grauen Tauben. Ich bin einfach einzigartig. Wow. Diese Karte find ich cool. Bezeichnete ich mich doch vor Kurzem noch als Frau, die eine Meise hat.5. Mit mir ist das Leben superleicht. 6. Ich habe Ecken und Kanten. Ok. Also ehrlich gesagt, mag ich nur die Ecken und Kanten von Büchern. Und mein Leben ist ja jetzt viereckig, mit Ecken und Kanten, in Bücher gepresst. Über charakterliche Einschätzungen rede ich mal intensiver mit meinen Kindern. 7. Ich bin ein echtes Goldstück. Also ich bin auch Gold. Zumindest darf ich es nach Jesus sein. Und in seinen Augen bin ich unendlich wertvoll. 8. Ich darf glücklich sein. 9. Es regnet vor meiner Haustür. 10. Ich bin mein Fan. Dass ich großartig bin, sehe ich nicht so. Eher klitzeklein. Doch diese Einschätzung überlasse ich mal dem Himmel.

Marius bekommt die Schachtel mit den Aussagen: „ Das Beste an meinem Zuhause sind die Menschen, mit denen ich es teile. I love my family." Und Tabea bekommt die Schachtel: „Ich wünsche dir viele, viele Sternstunden. Jeden Tag!" Außerdem bekommen sie Buntstifte in bunten Farben, auch mit Silber und Gold. Und Mandala-Ausmalbilder. Es ist ein silberner Rand drum herum, und da steht darauf: „ Mandalazauber. Zum Ausmalen und Aufstellen." Ich hoffe, die Kids zaubern sich damit viele entspannte und unterhaltsame Ausmalstunden.

Und weil meine Bücher ja ein Rätsel sind, mit den verschiedensten Lösungen, mache ich jetzt auch eine andere Art von Lösungsvorschlägen. Lösungsvorschläge zu der Frage, wen denn die Bücher im Einzelnen, neben Gott, vorstellen. Es könnte so sein: 1. Ich; 2; Du; 3. Wir; 4. Selbst; 5. Selbstsuche; 6. Selbstverständnis; 7. Selbstfindung; 8. Selbst-Gewinne; 9. Gottesverbindung; 10. Gotteskindschaft.

Unter dem Blickwinkel könnte ich sie sehen: 1. Meine klitzekleine Welt; 2. deine klitzekleine Welt; 3. die Welt, in der ich lebe; 4. mein Leben hier; 5. Selbstsuche im gestern, heute, morgen; 6. die göttliche Perspektive; 7. Gottes Wille; 8. menschliche und göttliche Gewinne; 9. Verbundenheit mit dem Schöpfer; 10. alle sind Kinder Gottes. Diese Buchi kann auch als ein klitzekleiner Versuch gesehen werden, die 10 Gebote auszulegen. Zumindest im Ansatz.

Und wenn ich einen Satz finden soll, der mir ganz wichtig in meinen Büchern ist, dann ist es der Satz: „Einladung zum Gotteskindfest." Klar, ich gehe von einer Veränderung der menschlichen Struktur aus. Schon die Bibel, und damit Gott, schenkte uns ein neues Herz und einen neuen Geist. Ich gehe vom Herzen von mir und anderen Menschen aus. Und versuche, mich selber zu verstehen.

Jedes Buch kann für einen Finger von mir stehen. Die Hände vor mir liegend. Mit dem kleinen Finger angefangen. Dann rüberzählen. Von links nach rechts. Oder von rechts nach links. Das ist bei dem Fingertanz egal. Ich habe gerade eine Fotokopie der Hände von meiner kleinsten Tochter vor mir liegen. Sie kopierte ihre Hände am Kopierer im Haus. Das Bild ist in schwarz-weiß gehalten. Die Handlinien und die Umrisse der Hände sind gut zu erkennen. Der Abdruck ihrer Hände liegt schwarz-auf weiß vor mir. Ich werde auch meinen Jungen bitten, von seinen Händen so ein Bild zu machen. Und die beiden bitten, ein gemeinsames zu machen. Von jedem Kind soll gleichzeitig eine Hand auf dem Bild sein. Dieses Bild könnte ich auf den kleinen Schrank im Wohnzimmer stellen. So ein Schwarz-Weiß-Abdruck gefällt mir.

Heute überlegte ich mir, was ich, fast abschließend, von meinem 10. Buch schreiben will. Ich fand eine Inspiration in der aktuellen Kirchenzeitung vom 17. März. Auf Seite 17 steht: „Religiöses Leben. Ein Bild – Ein Wort – Ein Mensch." Es ist der Himmel mit der Sonne abgebildet. Ob es die aufgehende, oder die untergehende Sonne ist, ist nicht klar ersichtlich. Der Text ist von Schwester Hermine Ferber MC und lautet: „Freier Blick nach oben. Sieh zum Himmel hinauf und zähle die Sterne. Sieh zum Himmel hinauf und spüre die Sehnsucht. Sieh zum Himmel hinauf und glaube, du wirst erwartet."

Ich danke dir für das Lesen meiner Buchi. Oder vielleicht von einem Buch oder zwei oder mehr. Als Dankeschön würde ich dir gerne eine echte Rose überreichen. Vor meinem Haus steht ein großer Rosenstrauch. Er trägt im Sommer bis Herbst lange rosa Stilrosen. Und im Spätherbst bilden sich aus diesen Rosen kleine Hagebuttenfrüchtchen. Also aus jeder Rose entsteht eine Hagebutte. Diese Rose würde ich dir gerne mit einer Umarmung geben. An der Rose hängt ein weißer Faden und daran ein winzig kleines Papierherzchen in Regenbogenfarben. Und in der Phantasie findet nun unsere Übergabe statt. Und ich sage dabei: „Danke."

Nachwort am 12.08.2019

Heute ist der internationale Tag der Jugend. Auf „Philogenesis“, einer Internetseite, kann ich nachlesen, wie ein Welttag entsteht oder entstanden ist. Er entsteht, weil es vielen Menschen wichtig ist und sie sich auf diesen Tag einigen. So können auch andere Wichtigkeiten, die alle Menschen betreffen, durchgesetzt werden. Am 8. August war Tag des Friedens. In Bayern wird er nur in Augsburg begangen, weil dort der Religionsfrieden geschlossen wurde. Ist schon lange her. Nach dem 21.08.2019 erlebte ich viele Dinge. Ich finde sie so wichtig, dass ich sie noch in mein Buch heute anfüge. Schließlich begann ich vor einem Jahr und einem Tag dieses Buch. Es war der internationale Linkshändertag. Mein Zwillingssohn ist Linkshänder. Die Zwillingsschwester ist Rechtshänderin. Beide gingen wegen der schlechten Lateinnote nicht mehr in die gleiche Klasse. Und nun ist das Vorrücken meines jüngsten Zwillingsmädchens gefährdet. Sie möchte eine Nachprüfung machen. Sie hängt in Latein und Englisch. Beide Kinder sind der Meinung, dass sie zwar im gleichen Zimmer schlafen möchten, aber nicht mehr in die gleiche Klasse wollen. Es ist schön für beide, autark vom anderen zu sein. So empfinden sie das. Ich als Mutter stehe irgendwie ratlos da, das Verhalten ist mir auch ein Rätsel. Ich bin gespannt, wie die Nachprüfungen ausfallen werden und wie es schulisch mit den beiden weitergeht.

Ich bin immer noch der Meinung, dass mit der Überbewertung des Lateinischen und des Griechischen auch die Lehre Jesus unterdrückt werden sollte. Gerade die Adligen bemühten sich, um Götterfiguren und hielten Kriege hoch. Und dieser Adel hatten Finanziers. Und die Finanzierung dieser Dynastien ist auch noch der heutige Knackpunkt des Geschehens auf der Erde. Und kurioserweise machten die Leute diese Anordnungen mit. Denken war bisher nie die Stärke der meisten Menschen. Sie überließen das anderen; leider. Gemeinwohl sollte alle Menschen beachten. Alle Menschen sind Kinder Gottes. Gesetze müssen dafür verfasst werden. Verbote und Begrenzungen und Phantasie eingesetzt werden. Alle Menschen sollen gleichwertig beachtet und gewürdigt werden. Und dies ist die Aufgabe unserer Zeit. Es ist die Aufgabe eines Erziehungs- und Bildungssystems. Jesus soll die Mitte sein. Da gibt es keine Ränder. Jesus sagt: „Wo zwei oder Drei in meinem Namen versammelt sind, das bin ich mitten unter ihnen.“ Wir selbst, als Gruppe, sind das Zentrum. Vor 100 Jahren beendeten die Menschen die Adelsherrschaft; allerdings noch nicht deren Namen. Und sie beendeten auch nicht die falschen Strukturen mit der Religion des Kapitalismus und ihres Gottes: Die Götter sind ein, oder sogar mehr deutsche Familien. Darum gibt es immer noch die Geldmonarchie. Jesus ist ein Gott aller Menschen. Für mich ist ein Adelstitel ein Zeugnis der Unterdrückung und Ausbeutung; keine positive Auszeichnung. Ich machte drei Busreisen die letzte Zeit. Es ging in die Gärten von Bayern. Es begleitete mich jeweils ein Kind von mir. In Bayreuth bekam ich Bauchkrämpfe: Die Gräfin Wilhelmine ließ sich ihre Schlösser auf Pump finanzieren, und später verkaufte der Markgraf Alexander, der die Schulden erbte, bayerische Soldaten nach Amerika. Dann ließ sie den fleißigen und trotteligen Franken ein Opernhaus bauen, was wie eine Kirche anmutet. Ihr Mann hatte nach 7 Jahren Ehe eine Mätresse; was ich für diese Frau sehr schlimm finde. Es erklärt vielleicht ihr Ausleben von Kreativität; entschuldigt es jedoch nicht. Sie ließ auch eine Eremitage bauen. Was die beim Buchstudium lernten, kann ich nicht mal erahnen. Mit innerer Einkehr hat es nichts zu tun. Dazu gibt es einen großen, prächtigen Schlossgarten, der gerade sehr unter der Trockenheit leidet. Dann waren wir noch im tollen Nymphenburger Schloss. Wir schauten die kleinen Häuser im Park an. Da spielte die Königsfamilie die „armen Leute“. Das kommentiere ich nicht. Zu sowas würden mir so viele Gemeinheiten einfallen, dass ich mich selber schämen würde. Weshalb diese Person König wurde, ist mir auch schleierhaft. Was hatten die, was andere nicht hatten? Abgesehen von Gier und Rumkommandierfähigkeiten? Der Garten war toll; dafür schufteten auch sehr viele Bayern. Der Hofgarten ist auch sehr toll. Kunst und Natur in Harmonie verbunden. Er wird rege von Einheimischen und Gästen besucht, was ich schön finde. Und zuletzt waren wir auf der Gartenschau in Wassertrüdingen. Das ist ein wahrer Schatz. Mein Zwillingssohn und ich waren am 11.08.2019 dort. Die FLZ Regionalteil schrieb dazu: „Wassertrüdingen erlebt ein Sommermärchen. Gartenschau als Anziehungspunkt für Einheimische und Touristen. ‚Jeder, der hier mitgewirkt hat, kann stolz sein.' – Entspannte Atmosphäre." Mit der Autorin des Artikels, sie war am Fotoapparat erkennbar, wechselten wir ein paar Worte. Wir genossen das Essen im Zelt. Ich aß Kartoffeln mit Zucchini-Tomaten-Gemüse und Kräuterquark. Dann schlenderten wir bei einer Führung mit und lauschten und besahen auf einem Liegestuhl die Darbietungen. Beim Schlendern bekamen wir am Rand einen katholischen Gottesdienst mit. Ich nehme mir vor, nochmal hinzufahren und dann bewusst Zeit für die Hl. Messe einzuplanen. Das Thema war laut Zeitung: „Schatz des Glaubens – Blühe da, wo du gepflanzt bist." Wir hörten die schönen rhythmischen neuen geistlichen Lieder beim Schlendern. Auf Biertischen duftete frisches Brot, und es waren Spiele ausgelegt. Marius und ich legten uns in einen Liegestuhl und hatten den Blick auf die Sparkassenbühne. Wir schauten einer Tanzaufführung des Trachtenvereins „D'Rieser" aus Oettingen zu. Dann hörten wir ein Konzert des Musikvereins Großenried. Der Leiter der Blaskapelle ging auf das Thema der Gartenschau sprachlich ein. Das Thema ist: „Die Gartenschau der Heimatschätze." Er meinte sinngemäß: Die Menschen, ihre Natur und ihre Kultur und Brauchtum sind Schätze. Weil wir entspannten, sahen wir gar nicht die zwei neuen, 13 ha großen Landschaftsparks, die durch die malerische Altstadt miteinander verbunden sind. Allerdings schauten wir beim 1. Besuch mehr an. Im August war das unsere zweite Reise dahin.

Und überhaupt erlebte ich die letzten Monate sehr viel. Mit einer Freundin verbrachte ich einen halben Tag in Regensburg. Ich war beeindruckt von dieser alten Stadt mit den vielen Kirchen. Ende März diesen Jahres war ich mit einem sehr guten Bekannten, mit einem Bus, organisiert von der Volkshochschule Roth, auf der Leipziger Buchmesse und besuchte den Stand des Novum-Verlages und seiner Mitarbeiterinnen. Beim Deutschlandfunk hörte ich jungen Leuten zu, die lyrische Gedichte vortrugen. Das Thema war: „LyriX". Sehr interessant, was die jungen Leute an ausdrucksstarken Sätzen vortrugen. Diese lebensbejahende Lyrik von jungen Leuten sehe ich als Hochliteratur an. Diese jungen Leute sind selber Hochliteratur. Denn sie redeten von sich selber und ihren Gefühlen und ihrer Sicht von der Welt. Mit Worten erzählten sie von ihrem Kosmos. Und vielleicht ist auch noch andere gute Literatur Hochliteratur. Und die Kernaussage der Hochliteratur solle jedenfalls gut sein, und ein positives Weltbild vermitteln. Und der Sprechende sollte ebenfalls ein gutes Leben führen und viele guten Wörter sollen aus seinem Mund kommen. In der Bibel heißt es sinngemäß, dass unser Mund von dem übersprudelt, von dem, was unser Herz erfüllt. Und im Idealfall ist es Jubel über unseren Schöpfer und unser Leben. Gute Worte, also gute Literatur, ist lebensbejahend. Da kommt es mir auf den Inhalt und nicht die Form an. Und eigentlich könnte jeder Schreiberling und jede Schreiberline, die sich am guten Leben orientiert, Hochliteratur sein. Die Jugend, die mit ihren neuen Techniken so gut vernetzt ist, und so viel schreibt, sehe ich als Hochliteratur an. Ich denke, noch keine Generation kommunizierte so viel mit Buchstaben wie sie. Natürlich ist das Liveredon besser. Und natürlich ist der direkte Kontakt das Höchste. Das Maß aller Beziehung. So sehe ich das. Und wenn schon Institute nach Hochliteratur benannt werden, dann wünsche ich mir, dass sie nach der schreibenden Jugend benannt werden. Jugend-Institute. Oder Jugend-Schulen, Jugend-Hochschulen oder Jugend-Straßen. Mir ist der Nachwuchs von jungen Menschen, die Jugend, als Ganzes, sehr wichtig. Und ich denke, jedem Volk sollte die Jugend sehr am Herzen liegen. Mit der Jugend transportiere ich ein positives Weltbild auf die Erde. Gute Bilder. Ein Heute und die Zukunft. Die Jugend ist die Gegenwart und die Zukunft. Die Jugend ist selbst die Hochliteratur.

Nochmal zurück zum Vergangenen; dem 8. August. Er bleibt für mich in Erinnerung. An diesem Tag arbeitete ich im Kiosk und hatte Zeit, auch das Zeitschriftensortiment durchzuschauen.

Ich kaufte ein paar typische Frauenzeitschriften wie „Lea“ und „Bild der Frau“, wegen mancher kurzweiligen Geschichten, den Rezepten, den Bildern und anderen interessanten Themen. Wegen den Menschen, die darin vorgestellt werden und mit denen ich mich meistens identifizieren kann. Es werden vorwiegend Frauen, und andere Menschen, wie Du und ich, vorgestellt und abgebildet. Ihre Lebensgeschichte erzählen die Redakteure. Und mit den Bildern in den Zeitschriften, kann ich mir ihr Leben auch plastisch vorstellen. Die Bilder und Texte sagen ganz viel über den Menschen aus und tragen viel zu meinem Verstehen bei. Ich kenne ja die Leute nicht persönlich und nicht ihr persönliches Leben. Da gefällt mir mein Leben wieder besser: viele Menschen sind um mich herum; die ich Tag für Tag sehe und mit denen ich live reden kann. Und dieser Austausch und Kontakt ist mir wichtig. Es ist meine Wirklichkeit. Und von diesen Menschen könnte ich ja theoretisch auch Bilder machen und ihr Leben aufschreiben. Bilder mache ich jedoch seltenst. Das organisieren die Kinder selber. Und aufschreiben, tue ich ja jetzt ☺ Und die Hauptperson in meinem Leben bin ich und Gott. Ich bin mir wichtig. Auch die Zeitschrift „Für Sie“ vom 5. August kaufe ich. Und erlebe durch die Worte auf Seite 59 einen Aha-Effekt. Und ich denke mir, dass hier auch ein Lebensrätsel von mir geklärt wird. Ein Empfinden von mir wird in einem Wort manifestiert. Das Wort kenne ich nicht. Es heißt: „Demisexualität.“ Ich übernehme nun sinngemäße Sätze aus dem kurzen Text: Demisexuelle Frauen und Männer empfinden sexuell und wünschen sich diese Art intimer Nähe mit ihrem Partner. Allerdings möchten sie zuerst eine tiefe emotionale Bindung zu einem Menschen aufbauen. Dann folgt daraus der Wunsch nach Sex. Demisexuelle fühlen sich erst also nie zu einem Fremden sexuell hingezogen; sie träumen beim Verkehr mit dem Partner nicht von einem anderen. Im Internet finde ich weiterführende Infos dazu. Ich denke, die Beschreibung trifft etwa zu 90% auf mich zu. Es heißt: „Experten siedeln Demisexualität im Spektrum zwischen Asexualität und der gängigen Vorstellung von ‚normalen Sexualtrieb‘ an.“ Über Normalität lässt sich ja streiten. Bei manchen ist „normal“, was beide wollen. Für mich ist normal, was mein Herz, also mein Empfinden und mein Denken, sagt. Und ich finde demisexuell normal. Der Ausdruck klingt wie das französische Wort für halb-trockener Sekt. Was soll's. Mein Empfinden hat einen Begriff. Und ich finde die Haltung meiner Kirche zu Sexualität entspricht der Vorstellung von demisexuell und ist damit sehr frauenfreundlich. Ich meine, dass sich die meisten Frauen eine emotional-seelische Verbindung wünschen und dann erst Sex. Der Wunsch nach Sex erwächst mit der emotionalen Nähe. Ich bespreche das leider nur per Whatsapp mit Bekannten und Freunden. Ihnen schickte ich diesen interessanten Artikel. Sie kannten den Begriff auch nicht. Durch die technischen Möglichkeiten sind auch Texte fotografierbar. Auch Texte können sich in Bilder verwandeln. Die liebsten Bilder sind mir jedoch die Bilder von Menschen; und der Live-Kontakt zu einem Menschen ist mir am wichtigsten. Und auch meine Texte verwandelten sich in der Buchi zu Coverbildern. Und bei genauem Lesen erkennst du, dass ich Bibelverse in Coverbilder verwandelte.

Im Kiosk fand ich auf dem Bücherwühltisch auch ein interessantes Buch. Es heißt: „Den Schmerz verstehen.“ Ich kaufte es mir an diesem Tag. Schmerzen beeinflussen ja mein Denken stark. Vor allem Hunger und körperliche Beschwerden. Hunger habe ich selten; nur wenn ich vor lauter Kinderstress gar nicht zum Essen kam. Das tat dann schon sehr weh und machte mich schon unleidlich. Es brachte mir Ungeduld und Gereiztheit. Ein voller Bauch tut mir immer gut und hält meinen Hirnstoffwechsel in Schwung. Der Autor heißt Harro Albrecht, und es heißt hinten: „Schmerz ist die Grenzfläche, an der Psyche und Körper aufeinandertreffen. Er ist Wundschmerz und Trennungsschmerz, ist körperliche und seelische Verletzung. Doch trotz größter Anstrengung von Wissenschaft und Forschung leiden die Menschen bis heute millionenfach unter Schmerzen. Harro Albrecht erzählt vom langen Kampf gegen diese menschliche Erfahrung, von Fortschritten und Fehlschlägen. Sein Resümee: Es ist an der Zeit, dass wir den Schmerz aus der Umklammerung der Medizin befreien.“ Bevor ich das Buch lesen werde, mache ich mir schon

Gedanken. Und mein Gedanke ist, dass ich Schmerzen, soweit es geht, durch eine gesunde und vernünftige Lebensführung vorbeugen will. Manchem Schmerz konnte ich leider nicht vorbeugen. Siehe mein 1. Buch. Darüber sinniere ich jetzt nicht mehr.

Auch ein weiteres Buch liegt vor mir, dass mir der Internetanbieter, bei dem ich öfter Bücher bestellte, vorschlug: „Neosozialismus. Solidarität, Demokratie und Ökologie vs. Kapitalismus." Herausgegeben von Klaus Dörre und Christine Schickert. Zwei Zeitungen vom 9.8.2019 liegen vor mir. Auf der Vorderseite der Frankfurter Rundschau steht: „ Die Erde brennt." Und auf der Süddeutschen Zeitung steht: „Weltklimarat fordert Agrarwende." Mir gefallen die Sätze nicht. Mir wäre lieber, es würde da stehen: „Agrarwende erfolgreich bewältigt." Und „Temperaturen auf der Erde gesenkt." Ich habe es so satt, dass auch wir Deutschen zu Umweltzerstörungssoldaten wurden. Mit diesem Text ist das Negative vorbei; denn Jesus versprach uns ein Leben in Fülle. Ich will Frieden mit allen Menschen und der Natur. Heute las ich auf dem Monitor der Schlagzeilen in dem Einkaufscenter, in dem ich arbeite, dass in Brasilien weiterhin Regenwald abgeholzt wird. Das ist Genozid an den Ureinwohnern; außerdem kann dadurch weniger CO2 in O2 umgewandelt werden. Die ganze Menschheit ist davon betroffen. Ich würde ein Importverbot von Sojaprodukten und ausländischem Fleisch verhängen; außerdem die Verantwortlichen für Zerstörung und Tod zur Rechenschaft ziehen und den „Blauen Goldpreis" einführen.

Vor mir liegen verschiedene Stifte; ich verkaufe sie auch im Laden. An einem Stift hängt ein Boxhandschuh. Er hängt an einen Faden und kann beim Draufdrücken herausspringen. Ich boxe ja auch in gewisser Weise mit meinem Stift. Und ich bin dadurch auch ganz k.o. Auch die Kämpferin ermattet bei einem geistigen Kampf. Und bei einem Kampf mit einem Stift, kann es auch nur eine Siegerin geben. Und dass das ich sein will, ist mir schon klar. Ein Puppenstift liegt auch vor mir; er gefällt mir nicht. Denn eine Marionette von jemandem will ich nicht sein. Ich bin ein Mensch, keine Puppe. Schließlich gibt es noch den Stift mit einer Taube drauf und einen Stift, in dem eine Frau, beide Hände mit dem Friedenszeichen hochhebt. Sie hat eine offene, freundliche Haltung. Dieser Stift gefällt mir besser, als der Boxstift. Der Renner sind jedoch folgende Stifte: ein Stift mit einer Kugel in einem Labyrinth; mit dem ich die Kugel zum Ziel bugsieren kann. Und ein Holzstift, auf dem steht: „Erst Bier-dann Arbeit.“ Hier muss ich lachen; ist doch meine Meinung gerade andersherum; und ich stehe auf Kamillentee und Wasser. Karten liegen auch noch neben mir. Zwei Geburtstagskarten, die ich auf Vorrat für einen lieben Menschen besorgte. Auf einer Karte ist ein rosa Flamingo abgebildet und der Satz: „Happy Birthday.“ Auf der anderen Karte, von Depesche, sind Seifenblasen, in denen sich Regenbogenfarben spiegeln, und die Sätze: „Alles Gute. Das Leben ist voller kleiner Wunder, die uns verzaubern. Herzlichen Glückwunsch und ein neues Lebensjahr voller wunderschöner Augenblicke.“ Ich denke mir, ich schreibe für einen lieben Menschen noch diesen Satz dazu: „Ich wünsche dir ein magisches Leben und das Glauben an Wunder.“

Heute, 28.01.2020

Meine Zwillinge sitzen wieder zusammen in einer Klasse. Und zur Zeit sind sie sehr aufgeweckt. Das freut mich. Meiner Familie geht es gut. Das freut mich auch sehr. Mir geht es auch einigermaßen gut. Ich vermisse unsere eingelagerten Äpfel, weil im letzten Sommer die Bäume nicht tragen wollten. Wahrscheinlich erfroren die zu bald angesetzten Blüten. Das finde ich sehr schade und bewegt mich sehr. Darum schreibe ich das jetzt. Ich korrigiere meinen Text. Und ich füge noch ein paar Gedanken an. Ich lese wieder die Mails von Vivat! Das heißt übersetzt: Lebt! Dieses Wort finde ich sehr schön. Mit dem Ausrufezeichen ist es ja eine Aufforderung und auch ein Wunsch zu leben. Von Vivat! bekam ich die Anregung, Mk 3,35 zu lesen. Ich lese in der Bibel.

In der Einheitsübersetzung der Heiligen Schrift Altes und Neues Testament. „Wer den Willen Gottes erfüllt, der ist für mich Bruder und Schwester und Mutter." Ich erfahre, dass die Fülle Gottes Willen ist. Und ich Schwester von Jesus sein kann. Ich kann sogar seine Mutter sein. Also sein Geschwisterkind und seine Mama. Wie er das genau gemeint hat, ob ich auch sein Bruder sein kann, weiß ich nicht. Ich denke schon; im übertragenen Sinne. Er meinte damit, dass ich mit der Umsetzung von Gottes Willen ein Teil seiner Familie bin. Also mit der Umsetzung gehöre ich zu Gottes Familie. Und Jesus redete ja immer von der Menschheitsfamilie, deren Zentrum er sein will. Gott will das Zentrum aller Menschen und allen guten Tuns sein. Gutes Tun ist die Fülle; Gottes Willen tun ist Erfüllung. Und Lebensfülle ist Gottes Willen zu tun. Auch ein Spruch aus dem Warschauer Ghetto ist angezeigt. Die Zeilen in diesem traurigen, grausamsten Zuhause sind jedoch voller Weisheit; und sollen uns immer auch erinnern und mahnen, gut zu sein. Die Weisheit dieses Spruches ist toll. Die Menschen, die diesen Spruch verfassten, erfassten das Wesentliche von Gott. Sie verstanden Gott. Der Spruch ist: „Ich suchte Gott und er entzog sich mir; ich suchte meine Seele und ich fand sie nicht; ich suchte meinen Bruder und fand alle drei." Der Spruch besagt, im anderen Menschen finde ich Gott und mich Selbst. Der Mensch ist das Wichtigste. Jeder Mensch. Die ganze Menschheitsfamilie. Und vor mir liegt auch die Geschichte vom verlorenen Schaf. Es ist ein Gleichnis, das Jesus auch in der Bibel erzählte. Hier ist es eine Geschichte vom hänssler-KINDERLAND-Verlag. Es heißt: „Das kleine Schaf." Ich zitiere das liebevoll bunt illustrierte Bilderbuch. „Jesus erzählte seinen Freunden diese Geschichte, um zu zeigen, dass Gott sich um uns Menschen kümmert, wie ein Hirte um seine Schafe. Es war einmal ein Hirte, der hatte hundert Schafe. Der Hirte kannte jedes Schaf mit Namen und er hatte jedes einzelne lieb. Jeden Abend zählte er seine Schafe, um sich zu vergewissern, dass sich alle Schafe sicher im Pferch befanden. Eines Tages aber zählte der Hirte nur noch neunundneunzig Schafe. Ein Schaf fehlte! Sofort ließ der Hirte die 99 Schafe allein und zog los, um das verlorene Schaf zu suchen. Der Hirte sucht oben… und suchte unten. Er sucht hier…und dort. Er sucht überall! Bis er schließlich etwas hörte, nur ganz schwach…Da – auf einem Felsvorsprung – war das verlorene Schaf! Der Hirte bückte sich und hob das verängstigte Schaf hoch. Er nahm das kleine Schaf behutsam auf seine Schultern und trug es nach Hause. Der Hirte war so voller Freude, dass er ein Fest gab. Jesus sagte: Gott ist wie der Hirte, und wir Menschen sind manchmal wie das Schaf. Aber wenn wir zu Gott zurückfinden, ist Gott genauso glücklich wie der Hirte, der sein Schaf wiederfand!" Wir Menschen sind die Schafe. Jesus trägt jeden Menschen; wenn er das möchte. Jesus sind alle Menschen wichtig. Jesus will das Gute für uns Menschen. Jesus will Dir Gutes sein. Jesus will dir Gutes tun.

Jetzt werde ich noch meine kleine Bibel, mit den 4 Evangelien zur Hand nehmen. Ich schlage die Stelle auf, wo Gott aus einer Wolke spricht, und sagt, dass ich auf Jesus hören soll. Dann die Speisung der 5000 Menschen und schließlich das Johannesevangelium Kapitel 10. Es ist das Kapitel vom guten Hirten. Jesus ist der gute Hirte. Ich lese die Sätze Joh 10,1 bis Joh 10,10. Gerade den Satz Joh 10,10 finde ich so schön und lebensbejahend. Jesus verspricht mir und uns das Leben und das Leben in Fülle. „Ich bin gekommen, damit sie das Leben haben und es in Fülle haben." Ich finde die Bibel, also Gottes Wort, so toll. Um diesen Satz dreht sich mein Leben und dieses Buch. Diese Aussage macht richtig Mut, gibt Kraft und Stärke. Es ist ein Zuspruch für uns alle. Eine gute Botschaft für die Menschheit. Eine gute Nachricht an uns. Es ist eine Frohe Botschaft. Jesus sagt, dass wir ein Leben in Fülle haben werden. Ein Leben in Fülle. In Fülle leben werden. Ein erfülltes Leben. Ein Leben haben. Tun wir Gottes Willen, werden wir erfüllt leben. Tue ich Gottes Willen, lebe ich erfüllt. Ich lebe erfüllt. Ich lebe. Du lebst. Wir leben. Leben. Leben ist das gesuchte Wort. Das gesuchte Wort X von mir ist Leben; und damit Gott. Und damit ist das Rätsel gelüftet und damit ist es kein Rätsel mehr. X = Leben und Gott. Gott war die Frage und ist die Antwort. Und wird immer die Antwort bleiben. Und zum x-ten Mal. Wir sind Kinder Gottes. Und im Röm 8,17 heißt es: „Sind wir aber Kinder, dann auch Erben; Erben Gottes und Miterben Christi.“ Und in Jes 40,31 gibt es die Verheißung, die ich immer wieder sehr gerne lese: „Die aber auf den Herrn hoffen, empfangen neue Kraft, wie Adlern wachsen ihnen Flügel.“ Und noch einige Wörter aus der Bibel möchte ich abschreiben. Es ist Röm 8,38–39: „Weder Tod noch Leben, weder Engel noch Mächte, weder Gegenwärtiges noch Zukünftiges noch Gewalten, weder Höhe oder Tiefe noch irgendeine andere Kreatur können uns scheiden von der Liebe Gottes.“ Und in Offb 1,6 heißt es: „Ihm sei die Herrlichkeit und die Macht in alle Ewigkeit. Amen.“

Nach all dem stundenlangen durchlesen tun mir die Augen sehr weh. Es ist anstrengend, auf Rechtschreibung, Inhalt und Gesamtkorrektur und Gesamtlogik zu achten. Ich bin sehr angestrengt. Die Augen schmerzen. Ich mache sie zu und mir fällt der Satz eines weisen Mannes ein: „Man sieht nur mit dem Herzen gut; das Wesentliche ist für die Augen unsichtbar.“ So sehe ich das auch. Das Wesentliche ist die Liebe und damit Gott. Ich bin gerade lesemüde; ich bin erschöpft von der Korrektur und vom Hinzufügen von klitzekleinen Beiträgen. Meine Augen sehen kaum mehr den Text. Ein Text ist eine Buchstabenansammlung; bestehend aus vielen Buchstaben, die sich zu einem Wort und dann zu Aussagesätzen, Fragen oder Aufforderungen, fügen, zunächst ein Medium für das Auge; dann erst werden alle anderen Sinne aktiviert. Und dann wird der Inhalt eines Textes von Menschen umgesetzt. Jedes gute Wort ist ein sinnhaftes Tun. Es kann auch einen anderen Ablauf geben: Ein Text wird zum Ton eines laut Lesenden. Der Text kann mit den Ohren aufgenommen werden. Er kann und soll verstanden werden. Es können Diskussionen darauf folgen und schließlich Anleitungen für sinnvolle Umsetzung. Ich bin als Leserin eines Textes sehr gefordert. Ich soll das Gelesene verstehen und das umsetzen. Ich bin sehr wichtig. Die Worte im Text sind wichtig. Die Worte eines Menschen sind sehr wichtig, drücken sie doch aus, wie wir zueinander in Beziehung stehen und was wir tun. Und manchmal tue ich mich auch schwer, die Worte zu finden, die ich im Herzen meine. Das auszudrücken, was ich innerlich erlebe. Das auszudrücken, wovon mein Herz singt und jubelt.

Und es gibt viele andere Wege, mich und meine Gefühle, mein Selbst, auszudrücken. Ich bin da sehr kreativ von meinem Schöpfer ausgestattet worden. Ich bin da kreativ. Worte sind ein Weg dazu. Es ist jetzt ziemlich spät am Abend. Ich werde mich bald schlafen legen. Morgen werden meine Augen wieder ausgeruht sein. Ich werde mit wachen, schmerzfreien Augen wieder gut sehen und lesen können. Darauf freue ich mich: auf einen neuen Morgen. Ich freue mich auf eine frische Sicht auf das Leben und die Umsetzung.

Die Autorin

Andrea Arnold, 1973 geboren und heute in Windsbach in Bayern lebend, hat bereits mehrere Bücher beim Novum Verlag vorgelegt. Sie ist ledig und Mutter von 6 Kindern. Mit ihrem nun vorliegenden zehnten Buch wird sie sich freuen, wieder mehr Zeit für ihre anderen Vorlieben zu haben: Tanzen und Gartenarbeit.

Der Verlag

*Wer aufhört
besser zu werden,
hat aufgehört
gut zu sein!*

Basierend auf diesem Motto ist es dem novum Verlag ein Anliegen neue Manuskripte aufzuspüren, zu veröffentlichen und deren Autoren langfristig zu fördern. Mittlerweile gilt der 1997 gegründete und mehrfach prämierte Verlag als Spezialist für Neuautoren in Deutschland, Österreich und der Schweiz.

Für jedes neue Manuskript wird innerhalb weniger Wochen eine kostenfreie, unverbindliche Lektorats-Prüfung erstellt.

Weitere Informationen zum Verlag und
seinen Büchern finden Sie im Internet unter:

www.novumverlag.com

Marie Likisch

Jetzerla.

Frau mit Vergangenheit sucht Mann für die Zukunft

ISBN 978-3-99038-708-5
230 Seiten

Die Autorin erzählt ihr Leben: Hausfrau, sechs Kinder, ein Ex-Mann und die Partnersuche im Internet. Mit dem Schreiben dieses Buches entwickelte sie eine eigene Lebensphilosophie – das echte Leben ist besser als jede erfundene Geschichte.

Marie Likisch

Sahras Gedankenwelt

ISBN 978-3-95840-200-3
76 Seiten

Sahra erzählt in Tagebuchform aus ihrem Leben: vom Alltag mit der Familie, aber auch über ihre Gedanken zu Kirche, Religion und sozialen Fragen. Die Geschichte einer ganz normalen Frau mit allen Höhen und Tiefen – und einem erfüllenden Glauben an Jesus.

Marie Likisch

Die Gedanken sind frei.

Der tote Krimi und lebendiges Wasser.

ISBN 978-3-95840-263-8
90 Seiten

Was kann man tun, wenn sich direkt vor der eigenen Haustür ein Klimadrama abspielt? Eine Suche nach Alternativen beginnt, und ganz neue Ideen für unsere Gesellschaft entstehen. Ein autobiografischer Roman, der zeigt, was ist – und was sein könnte.

Andrea Rosemarie Arnold

9. Elisabeths Buchhaltung und Bilanzierung.

Vereinfachte Theorie der Buchführung in Regenbogenfarben

ISBN 978-3-95840-836-4
78 Seiten

Andrea Rosemarie Arnold ist fasziniert von Zahlen, ihrer Symbolik und dem Umgang der Menschen mit ihnen. Dieses Buch ist die Fortsetzung ihrer Bücher über Gott und die Zahlen und beschäftigt sich mit der Zahl 9 und der Verbindung zu Gott.